소년들의 밤

소년들의 밤

한상운 장편소설

차례

自序

열아홉에서 스무 살이 될 때
뜨겁고 아프고 외로울 때
결과보다는 과정이 중요할 때
이기고 지는 승패보다는
거기서 무얼 배웠는지가 중요할 때
소년이 어른이 될 때
이 소설은 바로 그때를 그린 성장기다.
세상은 아름답고
싸워볼 가치가 있다.
너를 죽이지 못하는 것들은 다만
너를 더 강하게 만들 것이다.
소년을 위하여, 건배!

2012년 봄을 기다리며
한상운

.1. *생일파티*

그것을 처음 발견한 건 동철이었다. 주차금지 구역에 버젓이 세워진 승용차 앞유리에 끼여 있었는데, 거기에는 '그것' 말고도 조잡한 전단지들이 잔뜩 붙어 있었다. 서류 없이 이천만 원까지 대출 가능하다는 사채 광고, 부킹에 실패하면 술값을 물어준다는 나이트클럽 광고, 전 직원이 일억 원 손해배상 보험에 가입했다는 대리운전 광고. 그 사이에서 그것은 보석처럼 빛났다.

동철이 전단지를 뽑아 들며 감탄사를 내뱉었다.

"야, 이것 좀 봐. 죽인다."

'죽인다'는 동철이 가장 좋아하는 어휘다. 녀석은 기분이 좋을 때나 나쁠 때나, 신기한 걸 봤을 때나 놀랐을 때, 그도 아니면 뭐라고 말해야 할지 모를 때도 죽인다고 했다. 그래서 난 녀석을 제이슨이라고 부른다. 살인마 제이슨…….

"이리 줘봐."

나는 그것을 넘겨받아 쫙 펼쳤다. A4용지 크기의 전단지 중앙에는 여자의 사진이 박혀 있었다. 사진 속의 여자는 카메라를 등진 채 침대에 기대서 있었는데, 갈비뼈를 들어낸 게 아닐까 의심스러울 만큼 잘록한 허리에 농구공 두 개를 붙여놓은 것처럼 탱탱한 엉덩이가 육감적이었다.

길을 걷다보면 한두 번은 마주치는 게 성인광고 전단지지만 그 사진은 어딘가 달랐다. 일본 성인 AV에서 오려낸 사진이 아니라 진짜 모텔에서 찍어 현실감 넘치는, 인터넷 용어로 말하자면 '직찍사'였다. 사진 속의 여자는 카메라 쪽으로 고개를 돌려 옆얼굴만 살짝 보이고 있었는데, 왠지 어색한 표정이 꼭 "저 사실은 이런 일 하는 여자 아니거든요"라고 말하고 싶은 듯 보였다. 사진 밑에는 '출장안마 전문, 전신 및 발마사지 서비스'라고 적혀 있었고, 그 아래로 '30분 내 출동, 아가씨 30명 24시간 항시 대기'라는 문구와 핸드폰 번호가 보였다.

정구는 안경을 벗어 알을 맹렬히 닦은 다음 다시 쓰더니 사진을 뚫어져라 쳐다보다가 흠, 하고 신음을 흘렸다. 수학 선생이 예상문제를 찍어줄 때의 버릇이 나온 걸로 보아 제법 인상 깊은 모양이었다.

동철이 말했다.

"이렇게 예쁜데 왜 안마 사진을 찍었을까?"

"인터넷에 떠도는 사진 가져다 썼겠지."

내 말에 정구가 고개를 흔들었다.

"아냐. 이건 전단지 만든 애들이 직접 찍은 거야."

"네가 그걸 어떻게 알아?"

"요거 안 보이냐."

정구가 여자 뒤의 화장대 거울을 가리켰다. 하얗게 터지는 카메라 플래시와 청바지를 입은 누군가가 한쪽 무릎을 꿇은 채 신중한 자세로 여자를 찍는 모습이 비쳐 있었다.

"여기 끄트머리에 하얀 거 보이지? 내가 볼 때 이건 반사판이야. 완전 작정하고 찍은 거지. 근데 허술한 데가 많은 걸 보면 프로는 아니고, 출장안마 업자가 찍은 사진인 거지."

동철이 감탄했다.

"야. 너 눈 진짜 좋다."

"집중력이 좋은 거라고 해줘."

정철은 이리저리 사진을 살피다 갑자기 날 쳐다보며 말했다.

"야, 근데 부르면 진짜 오냐? 삼십 분 내에?"

어이가 없었다.

"이 자식은 왜 나한테 그런 걸 물어. 그걸 내가 어떻게 아냐. 몰라."

"집으로 와?"

"모른다니까 미친놈아."

정구가 끼어들었다.

"출장안마라니까 부르면 어디든 오지 않겠냐?"

"진짜로 안마만 해주는 건 아니지?"

동철이 걱정스러운 목소리로 물었다.

"별 걱정을 다 한다. 사진 다시 보고 얘기해. 쟤가 안마만 할 애로 보이니."

동철은 다시 사진을 쳐다보다 혼잣말처럼 중얼거렸다.

"이 정도면 연예인을 하지. 길을 잘못 들었네."

정구는 전단지를 들여다보다 곱게 여러 번 접어 자기 주머니에 넣었다. 녀석에게는 마스터베이션을 지나치게 좋아한다는 문제가 있었다. 덕분에 정신과에도 여러 번 들락거렸다고 했다. 하루에 자위를 몇 번이나 하냐고 묻자 녀석은 머뭇거리며 손가락을 세 개 들어 보였다.

나는 깜짝 놀랐다.

"하루 세 번이면 병원 가야 되는 거냐?"

세 번에 병원엘 가야 되면 나도 가야 하니까 반드시 알아둘 필요가 있었다. 녀석은 기어들어가는 목소리로 대꾸했다.

"최소 세 번……."

가끔은 열 손가락이 부족할 때도 있다고 했다.

정구와는 중학교 때 처음 만났다. 실은 초등학교부터 줄곧 같은 학교였다는데, 내가 녀석의 존재를 인지한 건 중3 때가 처음이었다. 그때 담임은 권투선수 출신의 사나이로, 어떻게 교사가 됐는지 의아할 만큼 무식하고 사나웠지만 딴엔 아이들에게 애정이 넘쳤다. 특히 그는 교과과정을 따라오지 못하는 열등생에게 관심이 많았는데, 성적 좋은 아이 옆에 공부와 담 쌓은 애를 앉히고 함께 수업을 듣도록 일종의 짝꿍 겸 멘토 시스템을 운영했다. 성적이 안 오르면 공평하게 둘 다 때렸기 때문에 모범생들 입장에선 억울해도 최선을 다해 공부를 가르치는 수밖에 없었다. 그때 내 짝꿍이 된 게 전교 1등이던 정구였다. 담임은 내가 정구와 함께 지내며 성적도 올리고 조금이라도 얌

전해지길 바랐겠지만 실제로는 정구가 내게 일탈을 배웠다. 하지만 녀석이 가출했던 건 결코 내 책임이 아니다.

그나마 정구 성적이 떨어지지 않아 다행이었다. 그랬다면 정구 엄마가 교무실에 더 자주 왔을 것이다. 그렇게 일 년을 보내고 녀석은 외국어고로 난 일반고로 가면서 헤어졌지만 지금까지 가끔씩 만난다. 성적도 성격도 취미도 확연하게 다른데 어떻게 그럴 수 있냐고 다들 의아해하지만 글쎄, 특별한 이유가 있는 것은 아니다. 그냥 편하니까. 어쩌면 각자 사는 세계가 다르기 때문에 가능한 일인지도 모르겠다.

동철이 말했다.

"성구야, 오늘 너희 집 양주 따는 거지, 응?"

정구는 인상을 썼다.

"안 돼! 그거 아버지가 얼마나 애지중지하는데. 수첩에 무슨 술이 몇 병 있는지 다 적어놓고 마실 때마다 눈금 체크해."

"그럼 술 안 먹어?"

동철이 볼멘소리를 냈다.

"가다가 편의점에서 맥주나 좀 사자."

"야. 그래도 생일인데 맥주가 뭐냐."

"모르는 사람이 들으면 네 생일에 발렌타인, 조니워커 먹은 줄 알겠다. 사이다에 소주 타 먹어놓고선."

"그것도 나름 맛있었잖아."

나는 티격태격히는 너석들 뒤를 따라 천천히 걸었다. 한가한 여름방학, 아주 덥지도 않고 적당히 바람도 부는 이런 날, 친구들과 이렇게 어슬렁거리는 것두 나빠진 않다 그때 요란한 엔진 소리와 함께 오토바이 한 대가 꽁무니로 따라 붙었다. 오토바이는 우리를 덮칠 듯 반회전하더니 부르릉 소리와 함께 바로 앞에 멈췄다. 김기혁이 오토바이에서 내렸다.

전투돼지 김기혁.

190센티가 넘는 키에 몸무게는 110킬로에 육박하는 괴물. 작년에 전학 와서 하루 만에 학교를 평정한 자식이다. 운이 좋은 건지 나쁜 건지 때마침 내가 입원했을 때라 녀석과 한판 뜨진 않았다. 애들 사이에선 우리 둘이 싸우면 누가 이길지 내기가 붙었다고 하는데 솔직히 말해서 저런 괴물과는 친하게만 지내다가 졸업하고 싶다.

기혁은 좌우로 목을 한 번씩 꺾고는 우릴 향해 걸어왔다. 정구는 멀뚱히 녀석을 쳐다보고 있었지만 기혁이 누군지 잘 아는 동철은 슬그머니 뒤로 물러섰다. 기혁이 주먹을 들어 날 가리켰다. 거짓말 조금 보태서 주먹이 내 머리통만 했다. 이놈은 볼 때마다 덩치가 커지는 것 같다. 난 기혁과 주먹을 맞부딪친 뒤 악수를 하고 서로를 끌어당겨 힘 있게 포옹했다. 만날 때마다 하는 의식 같은 거다.

기혁이 말했다.

"어디 가냐?"

나는 턱으로 정구를 가리켰다.

"정구네. 오늘 애 생일이거든."

진짜 생일은 다음 주 월요일이다. 하지만 정구 부모님이 부부 동반 모임에 가셔서 내일 아침에나 오신다기에 겸사겸사 오늘 파티를 하기로 했다. '그 남자'에겐 독서실에서 밤새울 거라고 했는데, 그는 그 말을 믿는지 안 믿는지 헷갈리게 으응, 하고는 더 묻지 않았다. 솔직히 내가 한 말을 제대로 듣기나 했는지 의심스럽다.

기혁은 거뭇하게 수염이 자란 턱을 문지르며 말했다.

"철우 형 만났는데, 언제 가게 한번 들르라더라. 요새 너 통 안 보인다고 섭섭해하던데."

"내가 좀 바빠서. 미안하다고 전해줘라."

기혁은 담배를 꺼내 입에 물었다. 내게도 한 대 건넸지만 고개를 저었다.

"나 끊었어."

기혁은 담배를 툭 튕겨내버리고 긴말 없이 오토바이에 올랐다.

"재밌게 놀아라."

부르릉. 내장이 떨리는 엔진 소음과 함께 오토바이는 금세 저만치 날아갔다. 나는 작게 한숨을 내쉬고 시선을 돌렸다. 기혁을 만나면 왠지 마음이 불편하다. 전보다 약해진 내 모습이 창피하기 때문일까. 아니면 기혁과 비슷하게 살던 때가 떠오르기 때문일까. 이유는 나도 잘 모르겠지만 기분이 나아지려면 얼마간 시간이 필요한 건 확실하다.

동철이 다가와 물었다.

"저 새끼는 헬멧도 안 쓰고 오토바이를 타냐."

"궁금하냐? 물어봐줘, 왜 그러냐고?"

내 말에 동철이 질겁을 했다.

"아니, 됐어. 그런 거 알아서 뭐하려고. 혹시 묻더라도 내가 물어봤다는 말은 절대 하지 마라."

정구가 끼어들었다.

"너네 학교야? 쟤 오토바이 멋있는데. 태워달라면 태워줄까?"

본심인가 싶어 얼굴을 가만히 들여다봤지만 정구는 진지했다. 하긴 이놈이라면 충분히 할 법한 소리긴 하다. 워낙 곱게 자란 하룻강아지라 범 무서운 줄 모른다. 기혁이 얼굴을 보고도 오토바이 타고 싶은 생각이 드나? 나도 저거 건드릴 땐 부들부들 떨린다고 이놈아.

"나중에 타. 그나저나 술을 어디서 사나?"

동철과 정구는 거의 동시에 편의점과 이마트를 외쳤다. 둘은 학생 신분으로 술을 사고자 할 때 어느 쪽이 더 안전한지에 대해 떠들며 걸어가기 시작했다. 나는 그 뒤를 따라가며 하늘을 올려다보았다. 구름 참 더럽게 많네. 여름이 왜 이리 선선해?

▸▸

밤 12시. 우린 모두 얼근하게 취해 있었고 텔레비전에선 한국 대 영국의 A매치 축구 경기가 한창이었다. 스코어는 2:1. 우리나라가 이기고 있었다. 남은 로스타임은 20초. 나는 초조함에 입술을 깨물었다. 절대 우리나라가 이겨선 안 된다! 하지만 영국의 스트라이커 웨인 루니가 날린 마지막 슛이 대기권을 돌파할 듯 하늘 높이 날아가면서 내 마지막 희망도 사라져버렸다. 주심이 시합 종료 휘슬을 부는 순간 난 조이패드를 내려놓으며 소리쳤다.

"이건 사기야, 사기!"

"아니지. 실력이지."

동철은 조이패드를 무릎 위에 올려놓은 자세 그대로 점잔을 빼며 말했다. 녀석은 자타가 공인하는 게임의 달인이다. 동네 게임방의 위닝 대회에 나가서 우승하고 상금을 탄 적도 있다. 깐깐하기로 유명한 학생주임조차 "굼벵이도 구르는 재주가 있다"라고 동철을 칭찬했었다.

내가 동철을 알게 된 것도 게임 때문이다. 작년 여름에 있었던 온라인게임 사건. 지금 생각해도 속에서 열불이 난다. 우리 반 김태식이 밥 먹고 게임만 하더니 판타지온라인이라는 게임에서 제일 센 몬스터를 때려잡았다는데, 세상에, 난 대한민국에 게임 인구가 그렇게 많은 걸 그때 처음 알았다. 게임 속 용한 마리 잡았다고 네이버 검색어 순위 2위에 오른다는 게 말이 되나? 더 신기한 건 게임이 돈이 된다는 사실이었다. 괜찮은 게임 아이템은 현금으로 바꿀 수 있을뿐더러 최강의 칼 같은 무기는 중형차 한 대 값에 육박한다고 했다. 아이템을 노린 불량배들이 태식을 만나러 학교에 찾아왔다가 어이없게 일이 꼬이는 바람에 내가 녀석들의 타깃이 되었다. 그것만으로도 충분히 억울한데 학교에서는 내가 폭력사태에 연루되었다고 징계를 내리려고 했다. 그때 내 편을 들어준 것이 동철이었다. 동철은 당시 태식과 함께 용을 잡은 멤버였기에 내가 억울하다는 사실을 잘 알고 있었다.

"성민이가요, 착한 애는 절대 아닌데요, 애들도 많이 때리고 성격도 안 좋고…… 근데 이번 일하고는 관계없거든요."

곰곰 생각해보면 열 받는 얘기인데도 그때는 참 고마웠다. 다른 놈들은 날 위해 입도 뻥긋하지 않았으니까. 특히 김태식 그놈은 아무리 내가 괴롭혔어도 그렇지, 저 때문에 생긴 오해로 내가 곤죽이 되도록 맞았는데, 최소한의 양심도 없이 배신을 때렸다.

그 뒤로 동철과 친하게 지낸다. 이렇게 말하면 조금 거창하지만 그동안의 삶을 반성하는 계기도 됐고. 우리 학교 애들이 날 그렇게까지 싫어하는 줄 몰랐다. 그래서 요새는 가급적 조용히 지내려고 노력한다.

동철이 말했다.

"위닝으론 안 된다고 몇 번을 말해야 되냐. 박지성을 데려다 놔도 나한테는 못 이긴다니까."

"박지성이 너랑 위닝을 왜 해."

동철은 내 말은 들은 척도 않고 정구에게 소리쳤다.

"정구야. 한판 할까?"

정구는 꾸벅꾸벅 졸다가 눈을 떴다. 녀석은 술이 올라 벌게진 얼굴로 늘어지게 하품을 하더니 잔을 집어 들었다.

"따라라."

"너 오늘 술 좀 받나보다?"

"우리 아버지가 그런 말씀을 하셨지."

정구는 아련한 옛 추억을 떠올리듯 창밖을 바라보았다.

"자기 주량을 알 때 남자는 어른이 되는 거라고."

나는 내심 감탄했다. 정구 아버지 꽤 멋있네. 나중에 후배들에게 써먹을 요량으로 정구가 한 말을 되뇌고 있는데 동철은 아무 감흥도 없는지 가방에서 게임 CD를 꺼내며 물었다.

"이제 뭐할까? 기어 오브 워?"

"그만하자. 나이가 몇인데 오락이냐."

"그럼 영화나 볼까?"

정구는 대답하지 않았다. 고집스럽게 입을 다문 채 골똘히 생각에 잠긴 것으로 보아 나름의 꿍꿍이가 있는 모양이었다. 은근히 걱정됐다. 정구는 좋은 녀석이지만 공부를 너무 열심히 한 나머지 살짝 미쳤다. 시험 날 우울하다며 학교에 안 오고 춘천에 가버린 적도 있으니까 말 다했다. 그러니까 나랑 지금까지 잘 지내는 것이기도 하겠지만.

나는 마음의 준비를 하고 턱을 까딱었다.

"할 말 있으면 해봐. 참지 말고."

정구가 갑자기 비장한 어조로 말했다.

"우리 안마 받자."

역시 내 짐작이 맞았다. 이 자식은 여전히 미쳤다. 표정과 말투만 보면 '이제 공부 열심히 하자'라든가 '하느님을 믿어야 천국 가'라고 했대도 믿길 정도다.

"정신 차려, 인마. 이 시간에 어디서 무슨 안마를 받아. 우린 어리다고 받아주지도 않아. 괜히 그런 데 갔다가 단속이라도 뜨면 바로 경찰서 끌려가고."

동철이 눈을 번득이며 물었다.

"넌 어떻게 그렇게 잘 아냐? 혹시 가봤냐? 가본 거야?"

"거길 내가 무슨 수로 가보냐? 아는 형한테 들었지."

"어떤 아는 형?"

“그냥 아는 형. 암튼 그런 데 기웃거리다 단속 뜨면 바로 인생 종 치는 거야. 동철이 너 이 새끼, 생일 지났지? 그럼 넌 소년원이 아니라 교도소행이다. 거기서는 살벌하게 생긴 강간범이 바닥에 비누를 던지고 너보고 주우라고 그래. 네가 비누 주우려고 고개 숙이면 무슨 일이 일어날까?”

“진짜 그러기야 하겠냐…….”

동철이 창백한 얼굴로 중얼거리는데 정구가 말허리를 잘랐다.

“아무 데도 안 갈 테니까 걱정 마라.”

정구는 주머니에서 종잇조각을 꺼내 펼치더니 테이블에 쾅 하고 내려놓았다.

“여기 봐. 아가씨 삼십 명 이십사 시간 항시 대기.”

“그래서?”

“이리로 부르면 되잖아.”

“그거 죽인다!”

동철이 말했다. 무슨 음탕한 장면을 떠올렸는지 녀석의 얼굴이 발갛게 달아올랐다. 그는 나와 정구를 번갈아 보며 물었다.

“그럼 우리…… 섹스하는 거야?”

두 놈 다 제정신이 아니다. 난 현실적인 문제를 지적했다.

“일단, 너흰 그럴 돈이 없어.”

“셋이 돈 합치면 그럭저럭 될 것 같은데…….”

“돈이 있어도 안 되지, 자식아. 지금 니들이 하는 말이 학생 입에서 나올 소리냐?”

내가 인상을 쓰자 정구가 볼멘소리를 했다.

“다른 사람은 몰라도 네가 그런 말 할 줄은 몰랐다. 우리 중

제일 학생답게 안 산 놈이. 깡패들이랑 사 대 일로 싸우다가 입
원했을 때의 깡은 어디로 갔냐?"

"거기다 두고 왔지."

거짓말이 아니다. 매를 맞는다는 게 얼마나 비참한 일인지
그때 처음 알았다. 처음에는 정신없이 두들겨 맞다가 나중에
는 정말 죽을 것 같아 다리를 부여잡고 살려달라고 빌었다. 주
위에서는 그 뒤로 내가 달라졌다고 수군대는데 솔직히 그 말이
맞는지도 모르겠다. 하여간 내가 언제나 때리는 쪽일 수는 없
다는 사실 하나는 분명히 알게 되었다. 당하는 쪽이 얼마나 고
통스러운지도.

동철이 끼어들었다.

"오늘 정구 생일이잖아. 죽은 사람 소원도 들어준다는데 산
사람 소원 하나 못 들어주냐?"

"안 된다고 말했는데, 자식들이!"

둘 다 잠잠해졌다. 나는 이마를 문질렀다. 화내지 말아야지,
다짐을 해도 불쑥불쑥 분노가 치민다. 왜 나한테만. 다른 애들
은 다 놔두고 하필 나한테만.

죽은 사람 소원도 들어준다는데 산 사람 수원 하나 못 들어
주니?

그건 엄마가 자주 하던 말이다. 엄마는 올 초에 죽었다. 엄마
가 죽지 않았다면 예전의 난폭하고 사나운 나로 돌아갔을 것이
다. 육신의 상처가 아물듯 마음의 충격도 사그라지기 마련이니
까. 하지만 엄마가 죽었을 때 느낀 상실감은 쉬이 사라지지 않
을 것 같다. 그래도 엄마가 죽은 건 애들 때문이 아니다. 화내

지 말아야지. 화내고 나면 꼭 후회하게 되니까. 나는 숨을 크게 들이마셨다가 푸 하고 한숨을 내뱉으며 말했다.

"머리가 있으면 생각을 해봐라. 여기로 안마를 불러. 그리고 그…… 걸 한다고 쳐. 그다음엔? 만에 하나 소문이 나면? 경비가 너네 엄마한테 말하면? 그럼 어떻게 할 건데?"

"내가 책임질게."

정구가 선뜻 나섰다. 나는 눈을 크게 떴다.

"네가 어떻게 책임을 질 건데?"

"다음 모의고사 성적 전국 삼십 등 안에 들겠다고 하면 엄마도 이해해주실 거야."

정말 그런 걸로 이해가 되나? 나는 당황한 나머지 잠시 멍해졌다가 정신을 차렸다.

"그게 문제가 아니잖아. 너네 엄마가……."

내가 안마를 불렀다고 생각할 거 아냐. 선생님들도 그럴 거고. 기분은 니들이 내고 덤터기는 내가 쓰는 게 미안하지도 않니, 이 새끼들아! 내가 쓰레기 청소부냐? 뒷말도 해야 하나 말아야 하나 고민하는데 정구가 갑자기 내 손을 덥석 잡았다.

"성민아. 쫌만 도와줘라. 오늘이 딱 내 생일은 아니지만 대충 비슷하잖아. 나 자위하는 데 지쳤어. 언제까지 여자친구 있냐는 말에 오른손을 쳐다봐야 돼? 진짜로 하면 어떤지 정말 알고 싶다. 아니, 그게 아니라 내가 진짜로 할 수 있는지 알고 싶어."

"나도."

동철이 슬픈 목소리로 거들었다.

정구는 거의 울먹이며 말을 이었다.

“나 이러다 평생 여자 못 만나는 거 아닐까? 여자를 만나도 못하는 거 아닐까? 할 줄 모른다고 구박받는 거 아닐까? 내가 이런 걱정을 하루에 몇 번씩 하는 줄 알아?”

동철이 또 끼어들었다.

“나도.”

“내가 그걸 어떻게 아냐.”

“당연히 모르겠지! 넌 여자 많이 만나니까!”

동철은 여자 만나는 게 범죄라도 되는 양 소리를 질렀다. 나는 짧게 말했다.

“미리 경고하는데, 지은이 얘기는 하지 마라. 맞는다.”

동철이 입을 열려다 그만두는 걸로 봐서 성말 지은이 얘기까지 꺼내려던 모양이다. 하여간에 똥인지 된장인지 구별 못하는 녀석이라니까. 헤어진 여자친구 얘기는 왜 자꾸 하는 거야. 저러다 언제고 내 손에 죽지.

정구가 심각하게 중얼거렸다.

“넌 남자가 서른다섯 살까지 총각이면 초능력이 생긴다는 말 못 들었냐? 보통일이 아니야. 이러다 갑자기 죽으면? 난 정말 원귀가 되고 말 거다.”

“니가 갑자기 왜 죽어.”

“내일 일은 모르는 거야. 나 요새 밤에 잠을 못 자. 사는 건 힘든지 공부는 재미없지. 자다 깨면 건강에 어떻게 목을 매면 실패를 안 할까 그 생각부터 들어.”

정구는 축축한 눈망울로 날 쳐다보았다. 개소리라는 걸 짐작하고도 남지만 저런 수리까지 하는데 더 따지기도 곤란하다.

나는 손을 내저으며 말했다.

"알았어, 알았어. 네 인생 네가 꼬고 싶다는데 어쩌겠냐? 대신 돈 모자라면 그냥 술이나 먹는 거다."

정구는 즉시 저금통을 깨러 방으로 뛰어갔고 동철은 핸드폰을 꺼냈다. 이런 때만큼은 정말 죽이 착착 맞는 녀석들이다. 녀석들이 서로 텔레파시가 통하는 게 아닐까 궁금해졌다.

▶▶

정구는 지갑을 탈탈 털고 돼지저금통 배를 갈라 팔만이천 원을 만들었다. 적지 않은 돈이지만 안마를 받기에는 턱없이 모자랐다.

나는 정구의 어깨를 토닥이며 말했다.

"술이나 먹자. 이거면 양주 한 병 사겠네. 일단 너네 아버지 장식장에서 하나 꺼내고 내일 사서 바꿔치자."

"넌 돈 없냐?"

"오천 원쯤 있긴 한데…… 이거 보탠다고 되겠냐."

"동철이 넌?"

"팔백 원……."

"새끼야. 게임 좀 작작 사고 돈을 모아."

정구는 신용불량자를 만난 재테크 전문가처럼 투덜거렸다. 정구는 계속 징징댔지만 그렇다고 하늘에서 돈벼락이 떨어질 리도 만무했다. 체념이 빠른 동철은 게임의 세계로 돌아갔고 정구는 절망해서 머리를 감싸 쥐고 소파에 누워버렸다. 그 꼴이 하도 처량해 위로를 해줬다.

"진정해라. 곧 좋은 여자 나타나겠지."

갑자기 정구의 얼굴색이 변했다. 그는 입술을 깨물더니 얼음장처럼 차가운 목소리로 말했다.

"언제 나타나는데?"

"대학 가면."

"흥! 다들 말은 그렇게 하지. 엄마도 아빠도 선생님도. 이제는 너까지. 근데 내가 아는 형들 다 솔로야. 공부를 잘하면 놀 줄 몰라서 안 돼, 놀 줄 알면 비전이 없어서 안 돼, 어어 하다 보면 군대 가야 하고, 다녀오면 취업 준비해야 하고. 그냥 계속 혼자 지낸다고!"

"그래서 나더러 어쩌라고."

"나 여자랑 얘기해보고 싶어! 손도 만지고 싶고 가슴도 만지고 싶고 막 안고서 재미있는 얘기도 해주고 싶어! 남들은 다 하는데 왜 나만 못 해! 도대체 언제 하란 말이야!"

정구는 침을 튀기며 고래고래 소리를 질렀다. 창백했던 얼굴은 피가 몰려 빨갛게 변했다가 이내 검게 죽었다. 저러다 쓰러지지 않을까 겁날 정도였다.

"야, 나도 타워팰리스 살면서 빨간 스포츠카 몰고 모델 애인 두고 싶다. 근데 돈이 없는 걸 어떡하나?"

내 말에 정구는 체념한 듯 입을 다물었다. 나는 달래듯이 말을 이었다.

"나중에 해. 언젠가 기회가 있겠지."

하지만 정구는 쉽게 포기하는 성격이 아니었다.

"한 명만 하자."

"뭐?"

"한 명이면 할 수 있을지도 몰라. 그러니까 한 명만 하자고."

동철이 조이패드를 집어던지고 우리 옆으로 다가왔다. 하여간에 눈치 하나는 기가 막힌 녀석이다. 정구의 제안이 솔깃했는지 녀석의 두 눈이 초롱초롱 빛나고 있었다.

"그거 죽이는 아이디언데?"

"그렇지? 한 명만, 한 명만 하는 거야."

정구는 미친놈처럼 눈을 빛내며 말했다. 그 눈빛은 녀석이 수학문제 한 개 틀려놓고 시험 망쳤다고 화낼 때 보여줬던 것과 비슷했다.

"정신 차려, 인마. 넌 지금 이성을 잃고 있어. 술 깬 다음에 다시 생각하자. 응?"

"나 안 취했어! 내 인생에 지금처럼 정신 멀쩡한 때가 없었다고."

이 새끼, 공부가 참 힘들었구나. 쉬는 시간에도 공부할 때부터 알아봤어야 했다. 그러니까 평소에 적당히 좀 하지.

"근데 말이야……."

동철이 끼어들었다. 나는 녀석에게 눈을 부라렸다. 이 자식은 또 무슨 이상한 소리를 해서 내 복장을 터뜨리려고?

"누가 안마 받아?"

동철의 입에서 나왔다는 사실이 믿기지 않을 만큼 핵심을 찌르는 말이었다. 나는 반색했다.

"그 말이 맞네! 누가 안마 받냐? 나머지 둘은 손가락 빨고 기다릴 수도 없는 거 아니냐. 이 시간에 집에 가기도 그렇잖아. 그냥 술이나 마시……"

포기하지 않는 남자 강정구가 말했다.

"가위바위보."

"응?"

"가위바위보로 정하자고."

난 반대 의사를 제시하려 했지만 동철이 더 빨랐다. 녀석은 여드름을 긁으며 중얼거렸다.

"그거 죽이는데."

"그럼 두 사람은 뭐하고?"

"그냥 옆방에 조용히 있으면 되잖아. 귀에 이어폰 끼고 오락을 하든가 잠을 자든가. 만화책 있으니까 그거 읽든가."

"내 생각에는 나쁘지 않은 거 같애."

이놈, 생각이란 걸 하긴 하는 거야? 두 놈 다 머릿속에 근육밖에 안 들었는지 의심스럽다.

"너희들…… 진짜 할 생각인 거냐? 정말이야? 한 명은 아가씨 불러서 안마를, 그러니까 정확히 말하면 안마가 아니라 딴 걸 하겠지만 아무튼 그냥 안마라고 부른다면, 그걸 하고 나머지는 옆방에서 만화책이나 보자고?"

"응."

정구가 인상을 썼다.

"이럴 때 보면 네가 우리 중에 제일 범생이 같나. 여자 킬러라고 소문 자자한 놈이 왜 그래? 그동안 만난 여자애 세다가 지쳐 쓰러진다며! 우리가 하는 게 그렇게 샘니냐?"

그거야 인마! 거짓말이니까 그렇지……．

나는 목구멍까지 튀어나온 말을 간신히 삼켰다. 그렇다. 나 여자애들 자주 만났다. 그중에는 성적性的으로 개방적인 애들도 있었고 끝내주게 예쁜 애도 있었다. 하지만 내가 해본 건 키스 몇 번에 가슴 몇 번, 그것도 옷 위로 만진 게 전부다. 브래지어 안으로 손을 넣으려다 따귀를 맞았다. 그러고서 고작 아직은 아니야, 우리 사이는 좀더 진지했으면 좋겠어, 무서워 등의 이해할 수 없는 말만 들었다. 아니 고등학생이 무슨……！

정말 부조리한 일이다. 어쩌다 이런 부조리한 일이 생겼는지 나도 납득할 수 없다. 그러다 간신히 진지한 관계로 돌입하려고 하면 꼭 뭔가 사달이 나서 관계가 끝났다. 죽일 놈들. 너희보다 내가 더 급해 이놈들아! 하지만 녀석들에게 비밀을 털어놓을 생각은 없었다. 친구니까 비밀을 지켜줄 거라고 생각한다면 너무 순진한 거다. 놈들은 사실을 알게 되는 순간, 도시락 싸 가지고 다니면서 소문을 퍼뜨릴 거다. 그러다 나중에는 최성민이 게이인 것 같다고 학교 홈페이지에 익명글을 올릴 놈들이다.

나는 슬쩍 정구와 동철의 표정을 살폈다. 둘 다 날 이해 못하겠다는 눈치다. 어쩔 수 없이 순진한 아이들 물들이고 싶지 않아 하는 포르노 판매상처럼, 짐짓 슬픈 목소리로 말했다.

"좋아, 하자. 그래, 하자고. 너희들이 실망할까봐 그런 건데, 그렇게 하고 싶으면 해야지. 나중에 후회나 하지 마라."

"진작 그럴 것이지."

정구는 뭐가 좋은지 실실 웃으며 말하다 문득 표정을 굳혔다.

"넌 가위바위보에 안 끼지? 그냥 만화책 볼 거지?"

나는 첫 경험을 하고 싶은 욕망과 본의는 아니더라도 고이
지켜온 동정 사이에서 즉시 결단을 내렸다. 산 사람은 살아야
한다. 언제까지 처져 있을 수는 없다. 어차피 해야 할 일이라면
빨리 하자. 어쩌면 이 일로 기분이 나아질지도 모르니까.
　"아니, 해야지."

"여보세요? 거기 안마 하는 데 맞죠?"

정구가 핸드폰을 막고 우리를 돌아보았다.

"맞대. 목소리가 아주 죽이는데?"

동철이 계속 말하라고 손을 흔들었다. 우리는 정구 가까이 달라붙으며 '죽이는' 여자 목소리에 귀를 기울였다. 여자는 껌을 씹으며 출장안마의 룰을 설명하고 있었다.

"여러 명이 하는 건 안 되고, 변태행위도 안 돼요. 정식 안마 받으려면 추가요금 내셔야 되고요, 차비도 주셔야 돼요."

콧소리를 내며 번호이동을 권유하는 이동통신사 고객상담원과는 다른 종류의 포스를 풍기는 말투였다. 이제 막 담배를 끊고 군것질 삼아 껌을 씹는 화장 진한, 산전수전 다 겪은 삼십대 중반 아줌마의 얼굴이 보이는 듯 눈앞에 그려졌다. 나와 동철은 약속이라도 한 듯 정구를 노려보았다. 이 자식 이거 공부를 너무 많이 해서 귀가 썩었나?

"가격은 기본이 십만 원이고 스페셜은 십이만 원이에요. 차비는 서울 만 원, 경기는 이만 원. 지역이 어디세요?"

정구는 수화기를 막고 우리에게 입모양으로 말했다.

돈이 모자라. 어떡하지?

어떡하긴 뭘 어떡해. 못 부르는 거지. 나는 마음속으로 생각했다. 이제 와서 돈 구할 곳이 있는 것도 아닌데. 동철이 걱정스러운 얼굴로 속삭였다.

"할부 해달라고 하면 안 되나?"

"안 되지, 새끼야. 나중에 다시 건다고 그레. 끊어."

정구가 뭔가 결심한 표정으로 다시 핸드폰을 귀에 대고 말했다.

"저기…… 학생인데 조금만 깎아주시면 안 돼요?"

한동안 정적이 흘렀다. 하지만 껌 씹는 소리 때문에 전화가 끊기지 않았다는 사실은 알 수 있었다. 우리는 숨을 죽인 채 여자가 입을 열길 기다렸다. 꽤 오랜 시간이 흐른 것처럼 느꼈을 때 그녀가 말했다.

"학생 나이가 얼마나 되는데?"

"고3이요."

무슨 대답이 나올지 조마조마했다. 고3이 공부를 해야지 지금 뭐하는 거야, 라고 호통을 칠까 아니면 그냥 전화를 끊을까.

하지만 그녀는 뼛속까지 프로였다.

"얼마나 깎아줬으면 좋겠는데?"

“저희가 지금 가진 게 팔만칠천팔백 원이 전분데 괜찮을까요?”

“허참, 내가 이 일 시작하고 이런 경우는 또 처음이네……잠깐만, 저희? 너 혼자 아냐? 사람 더 있어?”

여자의 목소리가 한 옥타브 높아졌다.

“아뇨. 저 혼잔데요. 진짜요.”

정구는 필사적으로 말했지만 여자는 의심을 품은 듯 대답하지 않았다. 이러다 그냥 전화를 끊겠다 싶을 때, 정구가 간절하게 말했다.

“저 처음이거든요. 그렇게 오래 못할 텐데.”

이젠 나조차도 눈물이 앞을 가린다. 정말 어지간히 하고 싶었나보다. 녀석에게서 전화를 빼앗아 웬만하면 한 번만 도와달라고, 나중에 돈 벌어서 갚겠다고 말하고 싶을 지경이다.

여자가 물었다.

“어디 사는데?”

정구가 급히 아파트 주소를 댔다. 여자의 목소리가 살짝 밝아졌다.

“거기 전에 한 번 가봤는데, 크고 좋더라. 조망도 괜찮지?”

“예. 탄천이 바로 내려다보이거든요. 전망 진짜 좋아요. 확 트여서 공기도 시원하고. 로열층이에요.”

두 사람은 부동산 업자처럼 주변 시세에 대한 대화를 나누기 시작했다. 생각보다 값이 비싸서 나는 여기 어디 금싸라기라도 있나 하고 창밖을 보았다. 탄천이 내려다보이기는커녕 다른 아파트들이 시야를 가리고 있어 하늘도 잘 안 보인다.

"집에 부모님은 없고?"

"그럼요. 부모님 있는데 안마를 어떻게 불러요. 설악산 놀러 가셨거든요. 내일 오세요."

"좋아. 학생이라니까 내가 한 번만 봐줄게. 잔돈은 학생 가지고 팔만 원만 줘."

"정말요? 감사합니다."

"나한테 감사할 건 없고…… 나중에 나 원망하지나 마. 원래 첫 경험은 좋아하는 사람이랑 해야 하는 거야."

"절대 원망 안 해요."

동철과 정구는 서로의 손을 맞잡고 함께 기뻐했다. 그 와중에도 아줌마에게 들키면 안 된다는 걸 아는지 둘 다 소리는 내지 않았다.

"한 가지만 명심해."

정구는 전화기를 고쳐 잡고 활기차게 말했다.

"예. 말씀하세요."

"학생이라니까 모를 수도 있어서 말해주는 건데, 이런 영업장엔 무서운 아저씨들이 있거든. 사람 때리는 걸 좋아해서 학교도 그만둔 아저씨들이야. 네가 이상한 장난질한 걸로 밝혀지면 그 아저씨들이 찾아갈 거야. 네 전화번호랑 주소 다 아니까. 알겠니?"

"그럼요."

"그럼 씻고 기다려."

"저기요……."

"왜?"

“좋아하는 여자 타입을 고를 수 없나요?”

“값도 깎아줬는데 바라는 건 참 많구나. 어떤 여잘 원하는데?”

“누나 같은 여자요.”

그러자 여자가 웃음을 터뜨렸다.

“살다보니 별꼴을 다 보네. 내가 가면 좋겠어?”

“그랬으면 좋겠는데요.”

정구의 얼굴은 새침데기 처녀처럼 빨갛게 물들어 있었다. 나와 동철은 어이가 없어 입을 딱 벌렸다. 뭐야? 저 자식, 잠깐 통화한 여자한테 반한 거야? 그것도 아줌마한테? 동철이 정구의 멱살을 잡고 입모양으로 난 이 아줌마 싫어, 하고 폭풍처럼 말을 쏟아냈다. 하지만 정구는 모른 척 외면하고 계속해서 말했다.

“목소리가 예뻐요.”

“고맙긴 한데 내 얼굴 보면 아마 충격 받을 거야. 내가 나이가 좀 많거든. 대신 제일 예쁜 애로 보내라고 할게.”

“그럼요, 혹시 전단지에 사진 실린 누나는 안 될까요?”

여자는 잠시 침묵하다가 말했다.

“그건 곤란한데. 우리 애들 사진이 아니라서. 비슷하게 생긴 애가 있나 찾아볼게.”

“감사합니다.”

“그럼 씻고 기다려. 삼십 분 내로 사람 보낼 테니까.”

정구는 전화를 끊고 환호성을 질렀다. 동철이 말했다.

“자, 이제 가위바위보 하자.”

정구는 돈도 자기가 내고 생일인 것도 자기며 전화도 자기가 했는데 왜 가위바위보를 해야 하는지 모르겠다고 투덜거렸지만 동철은 꿈쩍도 하지 않았다. 나는 점잖게 말했다.

"삼만 원, 나중에 줄게."

동철은 삼만 원에 생일선물까지 따로 챙겨주겠다고 약속했다. 정구는 망설였지만 안마 아가씨가 올 시간이 점점 가까워지자 어쩔 수 없이 승부를 받아들였다. 녀석은 주먹을 불끈 쥐며 각오를 다지듯 말했다.

"정의는 승리하기 마련이니까."

▶▶

한 번 실패했다고 절망할 필요는 없다. 인생은 길고, 승부는 계속된다. 아무리 완벽한 인간이라도 모든 승부를 다 이기는 건 불가능하다. 이번에 지면 다음에 이기면 된다.

계속해서 그렇게 되뇌었지만 아쉬운 건 어쩔 수 없었다. 오늘의 패배가 평생의 트라우마로 남을지도 모르겠다. 이러다 삼십대 중반이 되어서까지 밤새 악몽을 꾸다 불을 켜고 부엌으로 나가 물을 마시며 '그때 가위를 냈어야 됐는데'라고 중얼거리게 되는 건 아닐까.

승자는 정구였다. 저놈이 정의라서 이긴 건지, 우연히 이겼는지는 모르겠지만 동철은 삼세판을 해야 한다고 우겨대다가 절망해서 소파에 철퍼덕 엎드려 있었다. 그래도 나보다는 저놈이 더 충격이 클 텐데 위로라도 해줘야 하나 고민하고 있는데 녀석이 엉금엉금 게임기로 기어가 위닝을 시작했다. 정구는 휘파람을 불며 샤워를 하러 화장실로 들어갔다. 아마 하반신을 중점적으로 씻겠지. 나는 동철이 옆에 앉아 위닝 2인용을 했다. 우리는 아무 말 없이 게임에 집중했다. 위닝도 내가 졌다.

정구가 젖은 머리로 샤워가운을 걸치고 나와 장식장에서 조니워커 블루를 꺼냈다. 동철이 물었다.

"아버지가 매일 체크한다며?"

"괜찮아. 좋은 날인데 한잔 마셔야지."

정구는 뒷일 따윈 모른다는 표정으로 뚜껑을 땄다. 우리는 양주잔에 술을 가득 채우고 건배했다.

"정구의 첫 경험을 위하여!"

내가 선창하자 다른 두 녀석도 따라했다. 우리는 술을 단숨에 털어넣었다. 정구의 벌건 얼굴은 더욱 벌게졌다. 갑자기 딸꾹질까지 시작하는 녀석의 등을 쳐주며 물었다.

"근데 너 제대로 할 수 있겠냐?"

"그럼. 나 안 취했어. 말짱해. 성민아, 네 인생에서 최고 영광의 순간은 언제였냐. 우리 학교 일진 됐을 때? 난 바로 지금이다."

정구는 진지한 눈빛으로 날 쳐다보았다. 그때 난 깨달았다. 이 새끼, 취했구나. 아까부터 취한 거야. 핸드폰이 울렸다. 정구가 잽싸게 전화를 받았다.

"여보세요? 아, 예. 맞는데요. 벌써 오셨어요? 우와 빠르시다. 문이 잠겼다고요? 비밀번호요? 어떡하죠? 저희 아파트는 비밀번호로 여는 거 아니거든요. 출입카드 없으면 못 들어와요. 화내지 마시고 제 말 들어보세요. 거기 키패드 보이시죠? 저희 집 호수 누르고 호출 버튼 누르면 인터폰으로 연결되거든요. 그럼 제가 열어드릴 수 있어요."

녀석은 전화를 끊고 인터폰으로 달려갔다. 인터폰 화면이 지직거려서 저쪽에 누가 있는지 잘 보이지 않았다. 정구는 얼굴을 확인하지도 않고 열림 버튼을 누르며 말했다.

"문 열렸죠? 그럼 들어오세요."

정구는 인터폰을 내려놓고 숨을 크게 들이마셨다. 녀석의 얼굴은 한껏 상기되어 있었다. 이제 곧 있을 일이 걱정되면서도 흥분되는 모양이었다. 녀석이 우릴 돌아보며 소리쳤다.

"얼른 방에 들어가! 절대 소리 내지 마!"

동철이 말했다.

"여자 얼굴만 보면 안 될까? 딴 거 안 하고 그냥 얼굴만 볼게."

"야!"

"알았어, 알았어."

나는 동철을 데리고 정구 방으로 향했다. 정구는 급히 가그린으로 입을 헹구며 현관에 널브러진 나와 동철의 운동화를 신발장에 감췄다. 확실히 용의주도한 놈이다. 동철은 마지막으로 파이팅을 외쳤다.

"아주 죽여버려! 최소한 삼십 분 알지?"

정구는 우릴 돌아보고 씽긋 웃었다. 여전히 불콰한 얼굴에 목소리는 떨렸지만 정말로 기쁜 표정이었다.

"당연하지."

곧 문 열리는 소리가 들리고 신발 벗는 소리가 뒤따랐다. 나와 동철은 숨을 죽인 채 밖에서 벌어지는 일에 귀 기울였다. 안녕하세요. 정구가 인사했다. 여자 목소리가 들렸다.

"진짜 크다. 여기 몇 평이나 되니?"

"육십 평이요. 혹시 경비 아저씨 만나지 않았어요?"

"못 봤는데. 왜? 만나야 돼?"

"아뇨. 안 만나야죠. 다행이라서요."

"나이가 몇 살이라고?"

"열여덟이요."

"검정고시 준비중이야?"

정구가 발끈했다.

"저 공부 잘하는데요. 모범생이에요. 지금은 방학이잖아요."

잠시 침묵이 흘렀다. 공부 잘하는 모범생이 왜 출장안마를 불렀을까 생각하는 게 틀림없다. 방학에는 불러도 되나.

그러다 여자가 말했다.

"다행이네. 안마는 어디서 받을래?"

"안방이요."

"부모님 주무시는 방인데 괜찮겠어?"

정적이 흘렀다. 안마 아가씨도 인정한 공인 불효자가 되느냐 우리가 훔쳐볼 가능성을 염두에 둔 채 거실에서 한판 벌이느냐 기로의 순간이다. 정구는 목소리를 쥐어짰다.

"다른 방에는 침대가 없거든요."

사실 정구 방에 침대가 하나 있긴 하다. 그 방을 우리가 차지하고 있어서 문제일 뿐. 여자가 말했다.

"여기서 하면 되잖아. 저기 소파 크네. 저거 가운데로 옮겨도 되지?"

"그냥 안방에서 할래요."

"네 마음대로 해라. 안방에도 화장실 있지?"

"예."

안방 문 여는 소리가 났다. 동철이 살짝 문을 열고 밖을 내다보았다. 이런 미친놈. 욕을 하면서도 나 역시 밖을 훔쳐보았다. 몸에 착 달라붙는 검은색 원피스를 입은 여자가 정구 옆에 서 있었다. 살짝 웨이브가 들어간 긴 머리카락이 살록한 허리까지 내려왔다. 호리호리한 몸매가 매력적이다. 치마 아래로 보이는 다리도 매끈하다.

정구 이 새끼 땡잡았구나…….

실은 전화 받은 아줌마가 직접 와서 나야, 놀랐지? 할지도 모른다고 생각했다. 두 사람이 방으로 들어가고 문이 닫혔다. 나는 참았던 숨을 내뱉었다. 동철은 아쉬움과 기대와 부러움이 뒤섞인 기묘한 얼굴로 술을 한 잔 따라 마시더니 비장한 목소리로 말했다.

"성민아. 우리 보자."

"제이슨 정신 차려라. 니 첫 경험 남이 훔쳐보면 좋겠냐? 조용히 방에 있겠다고 아까 약속했잖아. 사나이에게 약속이 얼마나 중요한지 몰라?"

"싫으면 마라."

　동철은 살금살금 안방으로 다가가 문에 귀를 댔다. 어라? 저 놈 진짜 듣네. 저런 파렴치한 놈. 전교에서 제일 나쁜 놈인 걸 진작부터 알고 있었다. 마음속으로 생각나는 욕을 모조리 주워섬기고 있는데 동철이 날 돌아보더니 입모양으로 옷 벗는대, 라고 했다. 나는 숨을 멈췄다. 옷을 벗는다고? 당연히 그럴 거란 사실은 알고 있었지만 직접 들으니 충격이 컸다. 동철은 인생 뭐 있냐는 얼굴로 실실 웃고 있었다. 저런 죽일 놈. 나는 마음속으로 욕을 하면서도 몽유병 환자처럼 녀석을 향해 걸어갔다. 정신을 차렸을 때는 나 역시 안방 문에 귀를 대고 있었다.

　문짝에 귀를 대자 "바지도 벗어" 하는 여자 목소리가 들렸다. 정구의 목소리가 뒤따랐다.

　"팬티는요?"

　"당연히 벗어야지."

　옷깃이 스치는 소리, 허리띠가 바닥에 떨어지는 소리가 차례로 들렸다. 친구 첫 경험을 엿듣는다는 죄책감은 순식간에 사라졌다. 우리는 귀를 쫑긋 세운 채 안에서 들리는 소리에 집중했다.

　"자, 이제 침대에 누워."

　정구가 조심스럽게 물었다.

　"저, 근데요, 누나는 안 벗어요?"

　"안마하는데 옷을 왜 벗어."

　여자의 매정한 말에 정구는 당황한 듯했다.

　"저기요 누나, 얘기 못 들으셨어요?"

　"무슨 얘기?"

“그러니까…… 저 안마 받으려는 거 아닌데…….”

“알아 알아. 처음엔 다 이렇게 시작하는 거야. 침대에 누워. 아니, 그렇게 말고. 나 쳐다보지 말고 엎드리라고.”

“이렇게요?”

“근데 너 양말은 안 벗니?”

나와 동철은 입을 틀어막은 채 어깨를 들썩이며 키득거렸다. 소리를 안 내려고 이를 악물었더니 나중에는 머리가 다 아팠다. 우리는 간신히 정신을 차리고 다시 문에 귀를 댔다.

아가씨 목소리가 들렸다.

“어디가 더 시원해? 여기니? 여기?”

정구이가 딜뜬 음성으로 말했다.

“약간 오른쪽이요. 예. 거기요.”

그리고 더 이상 대화가 없었다. 가끔 정구의 신음 소리가 들릴 뿐이다. 녀석은 진짜로 안마를 받고 있었다. 나는 동철에게 말했다.

“저러다 끝나는 거 아냐? 스포츠마사지 한 시간…….”

“그거 죽이겠다.”

우리는 킥킥 웃었지만 곧 우울한 얼굴로 돌아갔다. 안마만 받다 끝날 리도 없거니와 설령 그렇다고 해도 부러운 건 사실이다. 어쨌든 예쁜 언니가 등허리를 주물러주잖아. 하지만 정구 생각은 다른 모양인지 조바심 섞인 목소리가 들려왔다.

“근데요, 누나. 이거 언제까지 하는 거예요?”

“왜? 별로야?”

“그게 아니라요. 너무 좋은데요. 딴 걸 하고 싶어서.”

“누나가 알아서 할 테니까 걱정 마. 일에는 다 순서가 있는 법이야. 잠깐만 있어봐. 몸에 힘 빼고. 팔 뒤로 당긴다.”

“예. 아악!”

정구가 비명을 질렀다. 우두둑. 잠시 후 정구가 으음 하고 콧소리를 냈다. 하지만 그 소리도 곧 사라지고 조용해졌다. 한동안 침묵이 계속되었다. 우리는 인내심을 가지고 기다렸지만 안에선 여전히 아무런 기척이 없었다.

동철이 속삭였다.

“이게 무슨 일이래?”

“마사지 크림이라도 찾는 게 아닐까?”

말도 안 되는 소리긴 한데…… 달리 생각나는 것이 없다. 도대체 저 두 마리 짐승이 안에서 무슨 짓을 하고 있는 걸까? 그 짓이 시작된 걸까? 그런데 왜 신음 소리가 안 들리지? 소리를 내지 못할 정도로 경황이 없나? 그럴 리 없다. 정구는 물에 빠져도 입만 동동 뜰 정도로 말이 많았다. 그리고 내가 아는 한 녀석은 대한민국에서 가장 호기심이 많은 놈이다. 섹스를 시작했든 안 했든 누나 이름은 뭐예요, 나이는요, 언제부터 이 일 시작하셨어요 등등의 헛소리를 쉬지 않고 늘어놓을 게 분명하다. 한 대 맞을 때까지…….

나와 동철의 시선이 마주쳤다. 사태 파악이 안 되는 건 녀석도 마찬가지인 듯했다. 그때 침대 스프링이 덜컹거리고 누군가 바닥에 발을 내려디뎠다. 그러더니 바쁜 발소리에 이어 드르륵 서랍 열리는 소리, 부스럭대는 소리, 덜거덕 무언가 묵직한 걸 바닥에 내려놓는 소리가 뒤따랐다.

동철이 말했다.

"살짝 들여다볼까?"

"미쳤냐? 들키면 어떡하려고."

소리 죽여 의논하고 있는데 다시 발소리가 들렸다. 누군가 문을 향해 걸어오고 있었다. 우리는 딱딱하게 굳어버렸다. 철컥, 문손잡이가 흔들거렸고 한쪽으로 돌아가기 시작했다. 나와 동철은 누가 먼저라고 할 것 없이 반대쪽으로 부리나케 몸을 날렸다. 방까지 도망갈 틈은 없었다. 우리는 거실 소파를 뛰어넘어 그 뒤에 납작하게 엎드렸다. 거의 동시에 문이 열리고 여자가 나왔다. 소파 아래로 발이 보였다. 그녀는 거실을 가로질러 현관으로 갔다. 저 여자 어딜 가는 거지? 여자는 현관문을 열더니 밖으로 사라졌다. 하이힐 소리가 들렸지만 그것도 금세 사라지고 정적만이 남았다. 안심이 되면서도 왠지 불안했다. 도대체 이게 무슨 일이지? 동철이 내 팔을 잡아당기며 말했다.

"벌써 끝난 거 아닐까?"

그런가? 나는 어색한 미소를 지었다. 하긴 첫 경험의 압박이라는 것이 있으니까. 부모님 침대에서 한다는 중압감에, 밖에 숨어 있을 우리 걱정 때문에 제대로 못했겠지. 여자는 일을 끝내고 휴지를 찾으려고 서랍장을 열었던 거고…… 라고 생각하려 했지만 마음 한구석이 찜찜한 건 어쩔 수 없었다.

"정구 놀리러 가자"

동철이 히쭉 웃으며 말하곤 벌떡 일어섰다. 안방 문을 열자 침대에 발가벗은 채 엎드려 있는 정구의 모습이 제일 먼저 눈에 들어왔다. 팔은 등 뒤로 묶여 있었고 발목에도 청테이프가 감겨 있었다. 엉덩이 사이로 거뭇거뭇한 털이 보였다. 입에도 뭔가 감아놨는지 녀석은 조그맣게 애처로운 소리를 내며 팔다리를 뒤틀고 있었다.

"이게 대체……."

동철은 더 이상 말을 잇지 못했다. 삑 소리와 함께 다시 현관문이 열렸기 때문이다. 우리는 동시에 현관으로 시선을 돌렸고 머리에 스타킹을 뒤집어쓴 남자 셋이 들어오는 걸 발견했다. 그들은 지저분한 운동화를 신은 채 거실로 올라오려다 우릴 보고 동작을 멈췄다. 우리는 잠시 서로를 마주 보며 그렇게 서 있었다. 시큼한 땀 냄새가 코끝을 찔렀다.

.3. 떼강도

앞장선 남자가 바닥에 가방을 내려놓으며 중얼거렸다.

"이건 또 뭐야?"

잠시 침묵이 흘렀다. 동철이 내 팔 뒤로 숨으며 떨리는 목소리로 소곤거렸다.

"강도…… 강돈가봐."

새끼야 누가 그걸 모르냐. 나는 동철을 방으로 밀어넣으며 속삭였다.

"신고해. 빨리."

문을 닫고 벽에 걸린 액자를 무기 삼아 집어들었다. 생각보다 무거워 하마터면 발등에 떨어뜨릴 뻔했다. 나는 액자를 머리 위로 번쩍 쳐든 채 호기롭게 외쳤다.

"야! 니들 그냥 가라! 그냥 가면 고이 보내줄 테니까"

상대에게서 겁먹은 기색은 느껴지지 않았다. 다들 귀찮고 어이없어 하는 표정이었다. 앞장선 남자가 혀를 차며 내 얼굴을 유심히 살폈다. 콧날 아래까지 눌러쓴 스타킹 밑으로 지저분한 턱수염이 보였다. 그는 난감하다는 듯 살짝 입술을 내밀고는 때가 낀 손톱으로 턱을 긁었다. 손등에 나방 문신이 보였다. 나방은 피로 젖은 듯 빨간색이었다.

"누구냐, 너."

"집주인 친구! 좋은 말로 할 때 그냥 가. 경찰 금방 와! 내 친구가 지금 신고하는 중이야!"

나방 문신은 눈을 끔벅거리다 천천히 문을 닫았다. 어느새 문가에 여자가 기대서 있었다. 치렁치렁한 머리칼이 얼굴을 반쯤 가리고 있었고 얇은 입술은 굳게 다물고 있었다. 긴 머리칼 때문에 얼굴은 잘 보이지 않았다. 그녀는 가느다란 담배를 꺼내 입에 물고 불을 붙였다. 희미하게 연기가 피어올랐다. 나방 문신이 딱딱거렸다.

"이런 애들 얘기는 없었잖아."

"나도 지금 처음 봤어."

"하여간에 칠칠치 못하게."

나방 문신이 혀를 끌끌 차더니 신발을 신은 채 거실 가운데로 성큼성큼 걸어 들어왔다. 낡은 나이키 운동화. 늘어진 끈이 발을 옮길 때마다 신발창 밑에 깔렸다. 앞장선 나방 문신은 빈손이었지만 다른 둘은 그렇지 않았다. 한 명은 일자드라이버, 다른 하나는 금속절단기를 든 채 뒤따라왔다. 나는 주춤주춤 물러섰다. 지금이라도 무릎 꿇고 살려달라고 빌어야 하는 게 아

닐까. 어차피 도둑놈들인데 돈만 가져가면 되는 게 아닐까. 싸
워 이길 가능성은 없는데 내가 뭘 하고 있는 걸까. 가슴이 미친
말처럼 쿵쾅대며 뛰었다. 나방 문신이 내게 다가오며 말했다.

"그거 내려놔라. 좋은 말로 할 때."

나방 문신이 액자 끝을 잡았을 때 번쩍 정신이 돌아왔다. 나
는 녀석의 손을 뿌리치고 있는 힘을 다해 액자를 휘둘렀다. 나
방 문신은 살짝 옆으로 움직여 액자를 피하고 내 다리를 걸어
찼다. 오금 안쪽을 얻어맞자 몸이 휘청 뒤로 넘어갔다. 놈은 내
가 넘어지지 않도록 멱살을 잡더니 옷깃을 당겨 목을 졸랐다.
악력이 보통이 아니었다. 순식간에 숨이 막혀 정신이 아득해졌
다. 스타킹 너머로 보이는 남자의 얼굴은 아무 일 없었다는 듯
평온했다. 날 죽이는 일이 그에게는 별일 아닌 것처럼. 남자가
손을 놓았을 때 나는 마룻바닥에 머리를 처박았다. 쿵. 머리가
바닥에 부딪히는 소리가 너무 커서 무서웠다.

시야가 흐릿해지는 와중에 문득 소파 아래 리모컨이 보였다.
저게 저기 있었네…… 여태 리모컨을 찾지 못해서 TV를 안 보
고 오락을 했다. 채널을 바꿀 때마다 TV까지 뛰어갈 만큼 부
지런한 녀석이 없었기 때문이다. 쓸모없는 리모컨. 쓸모없는 인
간. 그게 바로 나다.

"죽인 건 아니지?"

여자의 목소리가 들렸다. 여자가 진짜로 날 걱정하는 게 아
니란 걸 알지만 왜지 눈가가 촉촉해졌다. 죽어두 상관없는데.
아니, 내가 죽어야 되는데. 그때 문 부서지는 소리와 동철의 비
명 소리가 들렸다. 신고했어? 신고! 누군가가 다그치는 소리를

045

들으며 나는 서서히 정신을 잃었다. 이제 엄마를 만날 수 있는 걸까. 눈물 하나가 바닥에 툭, 하고 떨어졌다.

▶▶

엄마는 봄에 죽었다. 걱정도 많고 잔소리도 많은 여자였다. 절대 내 방에는 드나들지 말라고 아무리 경고해도 늦은 밤 집에 돌아가보면 책상부터 침대까지 깨끗하게 정리되어 있었다. 그리고 언제나 짧은 메모가 하나 있었다.

—버린 건 아무것도 없으니까 염려 마.

—담배는 버렸다.

그때마다 물건을 던지고 화를 냈지만 엄마는 매번 청소하고 다시 메모를 남겼다. 엄마와는 싸울 때와 용돈 달라고 할 때 외에는 말을 섞지 않았다. 어차피 대화는 통하지 않고, 하더라도 결국 싸우기나 하니까. 엄마도 조심하려고 그랬는지 내가 싸움질하다 걸려 학교에서 호출이 있어도, 책을 훔치다 걸려 경찰서에 잡혀 있을 때도 뭐라 타박 한 번 한 적 없었다. 무슨 말을 해도 내가 듣지 않을 것을 알았던 걸까. 아니면 내가 철이 들기를 기다렸던 걸까. 가끔은 엄마가 불쌍하게 느껴질 때도 있었다. 하지만 위로 비슷한 말을 꺼내려 했어도 다음 순간 정신을 차리고 보면 화를 내고 있었다. 주눅이 든 듯 내 눈치를 살피며 제대로 말을 잇지 못하는 엄마를 볼 때마다 속에서 무언가가 치받쳐 올라왔다.

사달이 난 건 작년 겨울이었다. 저녁을 먹다 갑자기 화가 솟

구쳤는데 이유가 뭐였는지는 지금도 생각나지 않는다. 단지 너무 성질이 나서 의자를 박차고 일어나 밥그릇을 던진 것만 기억날 뿐이다. 절대 엄마를 맞히려는 의도는 없었다. 그것만은 하늘에 맹세할 수 있다.

하지만 밥그릇은 엄마의 이마에 정통으로 맞았다. 얼굴을 가린 손가락 사이로 핏물이 쏟아지는 걸 보고 얼마나 놀랐는지 모른다. 정말 수도꼭지를 끝까지 돌린 것처럼 피가 쏟아졌다. 한동안 어쩔 줄 몰라 하다 수건을 가져와 엄마의 이마에 대고 119를 불렀다. 그때는 엄마가 죽고 난 현장에서 체포될 줄 알았다.

다행히 엄마는 죽지 않았다. 의사는 피가 많이 나긴 했어도 피부만 찢어진 것일 뿐 신경이나 근육의 손상은 없다고 했다. 엄마는 묻지도 않았는데 설거지하나 넘어셨다고 보는 사람에게마다 둘러댔다. 난 엄마에게 미안하면서도 모든 걸 감싸 안으려는 태도가 마음에 들지 않았다. 일은 그렇게 마무리될 뻔했지만 파국은 엉뚱한 곳에서 찾아왔다. 병원에 온 김에 다른 검사들을 해봤는데, 췌장에서 종양이 발견된 것이다. 벌써 간까지 전이되어 길어야 여섯 달이라고 했다.

엄마는 암센터에 입원하며 내게 조그맣게 말했다.

"다 잘된 거야. 너 아니었으면 암인 줄 모르고 살 뻔했지 뭐니."

이상하게도 퉁명스러운 대답밖에 나오지 않았다. 말을 하는 나조차 소스라치게 만든 대답.

"그래서 고마워?"

엄마는 어색한 미소를 지을 뿐 아무 말도 하지 못했다.

처음에는 계속 병원에 함께 있을 생각이었다. 하지만 죽어가는 엄마를 지켜보는 일은 쉽지 않았다. 그렇게 부지런하고 악착스럽던 엄마가 조금씩 약해져가는 모습을 보는 것도 고통스러웠지만, 엄마가 죽은 후 세상에 홀로 남겨지는 것도 두려웠다. 엄마가 죽으면 내게 가족은 없었다. 아빠는 사람을 죽이고 감옥에 갔다. 새아빠라 주장하는 샌님 꼰대가 있긴 하지만 그는 심정적으로도 법적으로도 나와 아무 관계가 없었다. 엄마는 그 남자에게 날 입양시키려 했지만 감옥에 있는 아빠가 동의해주지 않아 뜻을 이루지 못했다. 물론 나도 싫었고. 결국 그 남자와 나는 가족관계등록부에 '동거인'으로 기록되어 있다. 다시 말해 완전 남남이라는 뜻이다. 난 내가 항상 어른이라고 믿었다. 엄마가 훨훨 날아가야 할 내 발목을 잡고 있다고 생각했다. 하지만 막상 엄마가 죽어 없어진다니 그다음의 세상을 살아갈 방법이 떠오르지 않았다.

엄마가 앙상한 손으로 날 붙잡고 말했다.

"네 아빠 말이야……."

더는 듣고 싶지 않았다. 나는 병원에 가는 횟수를 줄였고 밖으로만 맴돌았다. 반면 그 남자는 저녁에 퇴근하면 꼬박꼬박 병원에 들러 서너 시간씩 엄마 곁에 있어주었다. 엄마의 상태가 점점 나아진다는 그 남자의 말을 전해 듣고 안심했다. 그래, 엄마가 나를 안 보면 더 좋아질 거야. 그러다 어느 날 새벽에 이모의 전화를 받았다. 엄마가 아무 말 없이 조용히 눈을 감았다고 했다. 엄마가 말하려던 아빠는 누구였을까. 이제야 그게 궁금하다.

마지막으로 엄마를 본 것은 화장장에서였다. 시신을 태우는데 오랜 시간이 걸렸음에도 하얀 재 사이로 뼈가 남아 있었다. 이모는 눈물을 글썽이며 쟤가 정말 가기 싫었나봐, 라고 중얼거렸다. 나는 멍하니 뼈를 바라보았다. 뼈는 무척이나 하얗고 생각보다 가늘었다. 화장장 직원은 뼈를 절구에 넣고 천천히 빻았다. 콩콩콩. 작게 소리가 울렸다. 조금씩 가루가 피어올랐다.

▶▶

눈을 떴을 때 세상은 어두컴컴했다. 안 좋은 꿈이라도 꾼 걸까? 두통이 심했고 귀에서 계속 삐 하고 찌르는 듯한 소리가 났다. 정신이 하나도 없다. 시간이 지나자 하나둘 기억이 돌아오기 시작했다. 맞다. 나방 문신을 한 남자에게 목이 졸려 기절했었다. 그럼 여긴 어디지? 일어나보려 했지만 팔다리를 움직일 수 없었다. 손가락으로 더듬어보고 나서야 팔이 뭔가로 묶여 있음을 알았다. 그렇다면 다리도 마찬가지겠지. 고개라도 들어보려다 어딘가에 머리를 부딪쳤다.

"여보세요?"

작은 소리로 말해봤지만 대답은 없었다. 게다가 소리가 약간 울리는 느낌이다. 자동차 트렁크? 아니면 땅속? 암매장당한 건가? 그런 생각을 하자 갑자기 숨 쉬는 게 힘들어졌다

"살려주세요!"

이번에는 크게 소리쳤지만 여전히 대답은 없었다. 겁에 질려 결박을 풀려고 발버둥 치다 좌우로는 공간이 있다는 사실을 깨

달았다. 나는 팔꿈치와 엉덩이에 힘을 주고 끙끙거리며 옆으로 몸을 움직였다. 한참을 버둥거린 끝에 빛이 보이는 곳으로 고개를 내밀었다. 머리 위로 정구네 집 천장이 보였다. 베란다 창을 통해 햇빛이 쏟아져 들어왔다. 벽에 걸린 시계는 정확히 6시를 가리키고 있었다. 그리고 나는 꽁꽁 묶인 채 정구네 집 가죽소파 아래서 기어나오려 하고 있었다.

혼자 생쑈를 했구만. 나는 몸을 틀어 엎드린 자세로 굼벵이처럼 기어 마루로 나왔다. 사방이 조용한 걸로 보아 도둑놈들은 벌써 가버렸나보다. 그 개새끼 다음에 보면 죽여버릴 거야. 하지만 나방 문신을 떠올리는 것만으로도 덜컥 겁이 나는 건 어쩔 수 없었다. 나는 그 미친놈이 문 뒤에서 튀어나와 내 뒤통수를 갈기지 않을까 두려워 사방으로 눈알을 굴렸다.

시간이 지나자 서서히 마음이 진정되기 시작했다. 이대로 있어봐야 누가 와서 구해줄 것 같지도 않았다. 끙끙대며 돌아누워 등 뒤로 묶인 팔을 발밑으로 통과시켜 앞으로 뺐다. 이로 손목을 조이고 있는 청테이프를 물어뜯고 발목의 청테이프를 풀었다. 바닥을 짚고 일어나니 다리가 부들부들 떨리긴 했지만 그럭저럭 움직일 만했다. 벽에 등을 대고 서서 호흡을 가다듬었다. 머리가 아프고 계속 이명이 들렸지만 못 견딜 정도는 아니었다. 거실을 둘러보고 있으려니 어제 있었던 일이 선명하게 기억났다. 팬티가 축축한 게 오줌을 지린 모양이었다.

“개새끼들······.”

굴욕감에 조그맣게 욕설을 내뱉었다. 정구 그 새끼는 왜 안마 부르자고 해가지고. 다 그 새끼 잘못이다. 정구 엄마한테도 분명히 애기할 거다. 전 안 된다고 분명히 애기했거든요?

거실은 전과 다를 바 없었다. TV도 있을 자리에 있었고 화병이며 액자도 제자리에 놓여 있었다. 하지만 바닥엔 어지럽게 신발 자국이 찍혀 있었고 안방 문은 손잡이 부분이 움푹 팬 채 조금 열려 있었다. 꿈이 아니다. 나는 안방 문을 쳐다보며 침을 꿀꺽 삼켰다. 정구와 동철이는 저 안에 있겠지? 그렇지만 선뜻 문을 열고 들어갈 용기가 나지 않았다.

그때 누군가 코를 골았다. 처음에는 놀랐고 곧 바짝 긴장했다. 소리가 난 곳을 찾아 거실을 뒤지다 혹시 하는 마음에 소파 아래를 확인해보니 동철이 거기 있었다. 팔다리가 묶인 채 안쪽 깊숙이 처박혀 드르렁 코를 골이기며 지고 있었다. 녀석의 다리를 잡아 밖으로 끌어냈다.

"야, 일어나."

녀석은 꿈쩍도 하지 않았다. 힘을 줘서 어깨를 흔드니 "오 분만 더 잘게" 하고서 돌아누웠다. 등허리를 몇 대 걸어차자 그제야 눈을 떴다. 녀석은 눈곱 낀 눈을 깜빡이며 날 쳐다보았다.

"왜 그래?"

"뭐가 왜 그래야. 정신 차려 인마."

녀석은 눈을 비비려다 팔이 묶인 걸 깨닫고 눈을 크게 떴다.

"이게 뭐야? 네가 이랬어?"

"헛소리 말고 생각 좀 해라. 어제 무슨 일이 있었는지."

동철의 눈이 더욱 커다래졌다.

"맞다! 도둑놈들! 그놈들 어디 있어?"

"몰라. 갔나봐."

"확실해? 그 새끼들 간 거? 개새끼들."

나는 동철의 손목에 감긴 청테이프를 이로 물어뜯다가 궁금한 걸 물었다.

"너 경찰에 전화는 했냐?"

"아니 못했어. 내 핸드폰이 안 보여서 정구 바지 뒤지는데, 그 새끼들이 뛰어 들어와가지고……."

"알았어 알았어."

나는 녀석의 말을 막고 두리번거리다 장식장 맨 아래 서랍에서 공구함을 꺼냈다. 전에 정구가 거기서 망치를 찾는 걸 본 적이 있었다. 여태 그걸 떠올리지 못하고 이로 뜯고 있던 내가 바보다. 공구함에서 커터 칼을 꺼내 청테이프를 잘랐다.

동철이 손목을 문지르며 물었다.

"정구는? 정구 어디 있어?"

"저 안에 있겠지."

나는 부서진 안방 문을 가리키며 말했다. 잠시 침묵이 흘렀다. 동철은 심각한 얼굴로 입을 굳게 다물고 있었는데 발가벗은 채 침대에 엎드려 있던 정구를 떠올리는 게 틀림없었다.

동철이 혼잣말처럼 중얼거렸다.

"전국 삼십 등이라고 했었나. 그거로는 안 될 거 같지 않냐?"

"안 되지. 우리도 망한 거고."

나는 녀석에게 커터 칼을 건네고 공구함에서 망치를 꺼내 들었다.

"그건 왜?"

"혹시 모르니까."

나는 망치를 들고 안방 문 쪽으로 다가가며 물었다.

"걔들이 방에 들어와서 뭐라고 했어?"

"정구 핸드폰이 어디 있는지 몰라서 정구한테 물어보려고 하는데 그 새끼들이 문 부수고 들어오잖아. 씨발, 좆나 큰 펜치 같은 거 들고 있었는데……."

"절단기."

"그걸로 이마를 툭툭 치는데 나 정말 죽는 줄 알았어. 그 여자가 하지 말라고 소리 지르고 정신 하나도 없는데……."

"정신 하나도 없는데?"

"그다음은 기억이 안 나. 어딜 맞은 거지?"

특별히 다친 곳은 눈에 띄지 않았다. 감 잡았다. 이 새끼, 놀라서 기절했구나. 망치 끝으로 안방 문을 밀고 들어가려는데 동철이 겁먹은 얼굴로 내 앞을 막으며 물었다.

"그냥 경찰에 신고하는 편이 낫지 않을까?"

"정구가 무사한지 확인해야지."

녀석은 영 내키지 않는 얼굴이었지만 고개를 끄떡였다. 방은 각오했던 것보다 훨씬 엉망진창이었다. 장롱 서랍은 모조리 빠져서 바닥에 흩어져 있고 옷가지들은 옷걸이째 내동댕이쳐져 너저분하게 쌓여 있었다. 바닥이며 이불 위 여기저기에 발자국이 찍혀 있었다. 정구 엄마의 화장대도 무사하진 못했다. 거울은 한쪽으로 위태히게 기울어져 있었고 그 위에 올망졸망 놓여 있던 화장품과 향수병들은 바닥을 굴러다녔다. 몇 개는 깨졌는지 진한 향수 냄새가 코를 찔렀다. 활짝 열린 옷장 안쪽으로 금고가 보였다. 한눈에도 무겁고 단단해 보이는 작은 철제 금고였는데 강도들이 벌써 다 쓸어간 듯 안은 비어 있었다. 나는 망치를 쥔 손을 늘어뜨렸고 동철은 안도의 한숨을 쉬었다. 놈들이 없어 다행이다 싶으면서도 아쉬운 건 어쩔 수 없었다.

"이 집에는 금고가 다 있네."

동철이 옷장을 보며 혼잣말처럼 중얼거렸다.

"정구네 잘사니까."

늘 붙어다니다보니 녀석이 얼마나 부자인지 가끔 잊는다. 정구 아버지의 일 년 연봉이 우리 집 이십 년 생활비쯤 될 거다. 모르긴 몰라도 금고 안에 현금이나 보석 같은 것이 잔뜩 들어 있었겠지.

동철이 말했다.

"정구는?"

우리의 시선은 동시에 볼록 튀어나온 침대 위 이불로 향했다. 안을 들춰보니 정구가 여전히 벌거벗은 채 침대 위에 엎드러 있었다. 잠들었는지 매트에 머리를 박고선 미동도 하지 않았다.

"여기 있네."

나는 신경질적으로 말했다. 진짜 한심한 몰골이다. 이러니까 내가 조용히 술이나 마시자고 했지. 도대체 이게 다 뭐냐. 속이 부글부글 끓었다.

"와, 이 새끼 진짜 웃긴다."

동철이 쪼르르 밖으로 튀어나가 핸드폰을 가져왔다.

"뭐하냐?"

"사진 찍으려고."

동철의 정신상태가 사차원이라는 건 진작부터 알고 있었지만 이 정도인 줄은 몰랐다. 그러지 않아도 대형 사고를 쳐서 감당이 불가능한 이때 증거사진까지 남겨서 어쩌자고?

"정신 나간 짓 그만두고 칼이나 내놔라."

커터 칼을 받아 정구의 손발을 묶고 있는 테이프를 잘라냈다. 반항이 심했던지 정구의 손목과 발목에 피멍이 들어 있었다. 동철은 도와줄 생각은 하지 않고 정구의 엉덩이 가까이 핸드폰을 가져다 대고 사진을 찍기 시작했다. 그만두라고 말해줄까 하다가 그냥 결박을 푸는 데 집중했다. 정구도 창피 좀 당해봐야 정신을 차리지. 결박을 풀고 정구의 어깨를 흔들었다.

"야, 일어나."

정구의 어깨는 차갑고 딱딱했다. 손가락이 녀석의 피부에 닿는 순간 이상하게도 목덜미에 소름이 돋았다. 나는 알 수 없는 불안감에 녀석의 어깨를 잡아 돌려 눕혔다. 정구는 흰자가 드러난 눈을 살짝 뜨고 있었고 입에 청테이프가 감겨 있었다.

동철이 말했다.

"이 새끼 눈 뜨고 자나?"

불길한 기분이 들었다. 나는 정구의 코에 손을 가져다 댔다. 숨을 안 쉰다. 목의 맥을 짚어보았다. 아무것도 뛰지 않는다. 침을 꿀꺽 삼키고 다시 맥을 짚어봤지만 마찬가지였다. 나는 덜덜 떨며 말했다.

"숨, 숨을 안 쉬어."

"뭐가?"

"정구 말이야. 숨을 안 쉰다고."

동철의 얼굴이 창백해졌다.

“그게 말이 되냐. 잠깐 숨을 멈췄나보지.”

“잠깐 숨을 왜 멈춰!”

“정구야! 그만 자고 일어나!”

녀석이 정구의 어깨를 잡고 흔들었다. 정구가 꿈쩍도 하지 않자 동철의 손놀림이 빨라졌다. 얼빠진 동철이 뺨을 마구 치는데도 정구는 깨어나지 않았다.

“정구야……”

동철의 목소리는 거의 울 듯이 애처로웠다. 손바닥에 힘이 과하게 들어갔던 모양이다. 우두둑! 하는 소리와 함께 정구의 머리통이 옆으로 돌아갔다. 테이프 사이로 누런 액체가 주르륵 흘러내렸다. 녀석이 얼굴을 대고 있던 매트리스에도 흐릿한 얼룩이 있었다. 토사물 특유의 시큼한 냄새가 났다. 동철은 떨리는 목소리로 소리를 질렀다.

“야! 일어나라니까. 성민아. 뭐해. 이 새끼 지금 장난치는 거야. 니가 와서 말 걸기 기다리는 거라니까.”

나는 계속 정구를 흔들고 때리는 동철의 손을 잡아당겼다.

“그만둬.”

목소리가 잠겨 말이 나오는데 한참이 걸렸다. 동철은 비틀거리며 내 옆에 섰다. 동철의 어깨가 가늘게 떨리고 있었다. 나는 동철의 손을 꼭 쥐며 다른 손으로 침대 기둥을 잡고 버텼다. 어지러웠다. 뭐가 뭔지 혼란스럽기만 했다. 이 모든 일이 장난처럼, 혹은 꿈결처럼 느껴졌다. 이렇게 쉽게 사람이 죽을 리 없어. 방금 전까지 같이 놀던 친구가 이렇게 죽을 리 없어. 하지만 다시 정구의 숨결을 확인할 용기는 나지 않았다. 나와 동철은 망연자실해 정구를 쳐다보고만 있었다. 녀석이 눈을 뜨고 씽긋 웃으며 놀랐지? 하고 말하길 기다렸다. 그러나 그런 일은 일어나지 않았다. 시간이 지날수록 점점 확실해졌다. 정구는 죽었다.

"병신 새끼……."

동철이 갑자기 거칠게 욕설을 내뱉었다. 깜짝 놀라 쳐다보니 녀석의 성난 얼굴 위로 눈물이 흘러내리고 있었다. 동철은 입술을 깨물더니 갑자기 돌아서 문을 박차고 나갔다. 방에는 나와 정구 둘만 남았다. 충격은 쉽게 사라지지 않았다. 여전히 정구가 죽었다는 사실을 인정하기 힘들었다. 동철도 믿어지지 않을 것이나. 이러다 어느 날 밤, 슬픔은 밤도둑처럼 갑자기 찾아와 이 모든 것을 현실로 일깨우고 마음이 찢어질 때까지 사람을 고통스럽게 만들 것이다. 엄마가 죽었을 때도 그랬다.

문득 정구가 안마 아가씨에게 문을 열어주기 전에 지어 보였던 해맑은 미소가 떠올랐다. 녀석은 정말로 기대에 부풀어 있었고 정말로 기뻐하고 있었다. 평생 꿈꿔온 첫 경험이 이런 식으로 끝날 줄은 녀석도 몰랐을 것이다. 멍청하고 바보 같고 한심한 녀석이었다. 공부 빼곤 뭐 하나 잘하는 게 없었다. 하루에 최소한 세 번씩 자위를 할 만큼 중독자였다. 하지만 정말로 착한 녀석이었다. 떨리는 손으로 정구의 얼굴에 이불을 덮어주고 밖으로 나왔다.

동철은 문 앞에 서서 웅얼거렸다.

"정구, 어떡하냐. 불쌍해서."

담배 생각이 간절했다. 양주가 든 장식장을 열고 정구 아버지의 말보로를 꺼냈다. 아직 반 갑 정두 남아 있었다. 주방으로 가서 가스레인지로 불을 붙였다. 담배가 썼다. 기침을 하면서도 계속 담배를 피우며 정신을 집중하려 애썼다. 정구가 죽었고 집은 엉망이 되었다. 이제 어떻게 해야 할지 생각을 해야 했다. 하지만 머릿속이 뿌연 것이 아무 생각도 떠오르지 않았다.

동철이 날 따라오며 물었다.

"경찰에 신고해야겠지? 엄마한테 오늘 독서실 간다고 했는데…… 이제 공부 열심히 한다고 약속했는데…… 나 엄마한테 뭐라고 해?"

그게 그렇게 중요해? 화를 내려다 동철의 어깨 너머로 액자를 보고 입을 다물었다. 지금 보니 액자 속 그림이 빠져 있었다. 사람들이 여럿 모여 있는 색깔이 화려한 그림이었는데. 정구네 집에 올 때마다 봐서 기억하고 있다. 도둑놈들이 가져간 걸까. 저걸 왜 가져갔을까. 비싼 그림이었나. 멍하니 생각에 잠겨 있는데 동철이 갑자기 혼자서 뭐라고 중얼중얼하다가 핸드폰을 꺼내 들고 어딘가로 전화하려고 했다.

나는 녀석을 막았다.

"경찰서에 전화하게? 잠깐만 기다려. 나 생각 좀 하고."

"아니. 출장안마 새끼들한테 할 거야."

"정신 차려. 걔들이 아직 있겠냐?"

"근데 전단지, 전단지가 어디 갔지? 성민아, 네가 가지고 있냐?"

"전화하지 말라니까."

그때 띠리릭, 현관문의 잠금장치 풀리는 소리가 들렸다. 동철의 낯빛이 시커멓게 죽었다. 내 낯짝도 그와 비슷한 빛깔로 변했을 것이 분명했다. 누구지? 정구 부모님인가? 벌써 온 거야? 문이 열리는 것과 동시에 동철이 갑자기 베란다로 뛰어나갔다. 저놈이 무얼 하려고 저러나, 쳐다보다가 녀석이 창문을 여는 순간 정신을 차렸다. 녀석이 뛰어내리기 직전에 간신히 팔을 잡았다.

"돌았냐? 떨어지면 죽어!"

"누가 떨어진대? 창문에 매달려 있을 거야!"

창문에 매달리긴 늦었다. 이미 현관문이 활짝 열리고 정구 아버지와 어머니가 어리둥절한 표정으로 우릴 바라보고 계셨다.

"아버님…… 어머님…… 안녕하셨어요?"

잠시 이색한 침묵이 지나고 정구 아버지가 입을 열었다.

"성민이랑 동철이 왔구나……."

정구 어머니가 우릴 노려보며 거실 위로 올라왔다. 아줌마는 황당한 얼굴로 바닥에 찍힌 신발 자국을 바라보다 큼큼 냄새를 맡더니 주방으로 가 쓰레기통을 열었다.

"담배가 있네. 누가 피운 거니? 성민이 너니?"

"죄송합니다."

아줌마는 날 죽일 듯이 노려보다 거실을 가로질러 정구 방문을 열었다. 안은 텅 비어 있었다. 그녀는 우릴 돌아보며 물었다.

"정구는 어디 있니?"

정구가 어디 있는지 생각났는지 동철이 몸을 부르르 떨었다. 무슨 말이든 해야 하는데 어떻게 말문을 열어야 할지 모르겠다. 뭐라고 말해야 어머니께서 충격을 덜 받으실까.

"저기 어머니……."

간신히 입을 열었다. 하지만 정구 어머니는 내 말을 기다리지 않고 안방으로 향했다. 질겁해서 그녀를 가로막았다.

"잠시만요."

"왜?"

"제 말 좀 들어보세요."

"말해."

"일이 이렇게 될 줄 저도 몰랐습니다."

더듬더듬 변명하려니 저절로 눈물이 나왔다. 불쌍한 정구 새끼. 정구 어머니는 뭐라고 말하려다 한숨을 쉬며 이마를 짚었다.

"변명하지 말고 정구나 불러줄래? 주말에 집에서 부족한 과목 정리한다더니 도대체…… 니들 여기서 신발 신고 놀았니?"

"일단 옷부터 갈아입지."

정구 아버지가 스윽 내 옆을 지나쳐 안방 문을 열고 들어갔다. 워낙 재빨라 말릴 틈도 없었다. 나는 고개를 숙였다. 최악이다. 정구 어머니는 심각하게 망가진 방 안 모습에 부들부들 떨다가 날 돌아보며 버럭 소리쳤다.

"정구 어디 있어!"

그나마 평정을 유지하고 있던 정구 아버지가 내가 대답하기도 전에 침대로 다가가 이불을 들췄다.

정구 어머니가 비명을 질렀다.

.4. *심문*

경찰서 심문실은 춥고 음습했다. 천장 가운데 형광등이 있던 자리는 전선 몇 가닥만 남아 있었고 조명은 테이블 위의 조그만 스탠드가 전부였다. 아마 용의자들 겁주려고 일부러 이렇게 해놓은 거겠지. 하지만 우리에게까지 그럴 필요는 없었다. 우린 경찰차를 탄 순간부터 충분히 겁에 질려 있었으니까. 테이블 맞은편에는 전과자라고 해도 믿을 정도로 험상궂게 생긴 형사가 앉아 있었다. 그는 생김새에 어울리지 않는 미니 노트북을 두들기며 심드렁하게 말했다.

"자, 정리해보자. 주말에 피해자, 그러니까 강정구의 집이 빈다는 얘길 듣고 거기서 생일잔치를 하기로 한 거야. 술 먹고 놀나가 정구가 생일선물로 여자랑 자게 해달라고 징징거렸고. 때마침 너희들은 아주 우연하게도 출장안마 전단지를 가지고 있어서 그리 전화해 집으로 와줄 수 있는지 물어봤고. 여자가 왔어. 정구와 여자가 안마를 위해 안방으로 들어갔고 너희들은 다른 방에서 일이 끝나길 기다렸어. 그런데 여자가 도둑놈들을 끌고 왔던 거야. 스타킹을 머리에 뒤집어쓴 남자 셋. 그놈들한테 얻어맞고 기절했다가 일어나보니 집은 털렸고 정구는 죽어 있더라 이거지? 아, 좆나 기네."

"손등에 나방 문신을 한 놈이 우두머리예요. 살짝 턱수염을 길렀고 키는 175센티쯤 됐어요."

중요한 정보를 주었음에도 형사의 태도는 여전히 심드렁했다. 그는 더 들을 필요도 없다는 듯 노트북을 덮으며 말했다.

"그런데 문제는 말이야, 아파트 주차장, 단지 내부, 엘리베이터 CCTV를 전부 다 확인했는데 그런 놈들이 없더란 거야. 남자 셋이 머리에 스타킹을 뒤집어쓰고 돌아다녔으면 분명히 눈에 띄었을 텐데 말이야. 이상하지 않나?"

그는 어떻게 생각하냐는 듯 턱을 까딱였다. 동철이 조심스럽게 말했다.

"차를 타고 온 게 아닐까요?"

형사가 쌍심지를 켰다.

"넌 내가 말할 때 어디 외국에 가 있었냐? 주차장 CCTV도 확인했다고 했잖아!"

동철은 죄 지은 얼굴로 고개를 숙였다.

"최성민. 네 생각은 어때?"

형사가 턱을 까딱였다. 나는 고민 끝에 대답했다.

"제대로 확인해보신 거예요?"

당연히 할 수 있는 질문이라고 생각했는데 형사의 표정이 험악해졌다. 그 전에도 그리 좋은 얼굴은 아니었지만 이제는 얼굴 위에 시멘트를 한 겹 바른 느낌이다. 그는 심문실 한쪽 벽에 기대선 다른 형사에게 말했다.

"어이 신참, 보니까 좀 알겠지? 민주경찰도 사람 봐가면서 해야 되는 거야. 저 자식 말하는 것 좀 봐라. 엄청 건방지지?"

"그냥 물어본 건데요."

"지금도 눈빛이 건방지잖아."

가끔 듣는 소리다. 덕분에 중학교 때부터 신나게 맞고 다녔다. 그렇다고 시선을 피하면 뭔가 감추는 게 있다고 두들겨 팼다. 결국은 힘으로 극복하는 수밖에 없었다. 씨움꾼으로 이름이 나자 다들 눈빛이 살아 있다며 무서워했다. 심지어 선생들까지 그랬다. 그다음부터는 착한 척해봐야 소용없었다. 무슨 일이 생기든 다 내가 저지른 짓이라고 생각하게 됐으니까. 한번 문제아로 소문이 나면 그 낙인이 계속 따라다닌다. 나 역시 별로 아쉽지 않았다. 인상을 쓰거나 주먹을 휘두르면 원하는 걸 얻을 수 있다는 사실에 익숙해졌기 때문이다. 하지만 이런 일에서조차 형사에게 의심받는 건 참기 힘들었다. 하지만 형사에게 말대꾸해봐야 좋을 일이 없을 거라는 사실을 알 정도의 분별력은 있다. 문제아로 살다보면 오히려 힘에 예민해진다. 쟤는 나보다 위. 쟤는 나보다 아래.

나는 눈에서 힘을 빼고 형사에게 꾸벅 인사했다.

"죄송합니다. 근데요, 걔들이 아파트에 들어왔으니까 말씀 드리는 거잖아요. 혹시 빼놓은 데가 없는지 다시 확인해보시면 안 돼요?"

"제대로 확인했고 그런 놈들 못 찾았어. 너희가 거짓말을 치고 있다는 게 내 결론이야."

"진짜예요! 저희 거짓말하는 거 아니에요!"

동철이 흥분해서 소리쳤다. 형사는 눈을 치뜨며 벌떡 일어섰다. 그의 손에는 노트북이 흉기처럼 들려 있었다.

"이 자식들이…… 거짓말도 좀 앞뒤가 맞게 해야지. 처음부터 끝까지 말도 안 되는 소리만 하면 어쩌라는 거야? 그럼 그 전단지 어디 있어? 출장안마 전단지."

나는 놀라서 물었다.

"잠깐만요. 전단지가 집에 없어요?"

"샅샅이 뒤졌는데 아무것도 안 나왔어."

"그 여자…… 그 여자가 가져간 거예요! 원래는 있었어요!"

동철이 외쳤다. 형사는 비웃었다.

"그런 여자가 있었다면. 근데 말이야, 현장에 다른 사람이 왔다간 흔적이 없어. 강도가 전부 넷이었다며?"

"신발 자국이요! 엄청 찍혀 있었는데 무슨 소리예요."

"그건 증거가 안 돼. 막말로 니들이 어디서 신발 주워다가 신고 막 뛰어다니다 내버렸을지도 모르잖니."

"저희가 왜 그래요?"

"그거야 나도 모르지. 왜 그랬냐?"

나는 입술을 깨물었다.

"지문은 찾아봤어요?"

"야! 너 가정집에 지문이 얼마나 많은 줄 알아? 그걸 다 찾아서 대조하라고? 니들 지문이나 잔뜩 나올 게 뻔한데 뭐하러 그 귀찮은 짓을 하냐?”

“저희 지문이야 나오는 게 당연하죠. 그 집에서 밤새 놀았는데.”

“남의 부모님 방에는 뭐하러 들어갔어?”

“정구가 멀쩡한지 알아보려고 들어갔다니까요.”

“멀쩡한지 알아보려고 했다…… 공구함에서 망치랑 커터 칼 꺼내 들고서?”

“강도들이 아직 있을지 모르니까 그랬죠!”

의자를 박차고 일어서며 외쳤다. 형사는 코웃음을 쳤다.

“잘하면 치겠다?”

눈을 감고 마음을 진정시켰다. 형사와 싸워서 좋을 것 없다. 중요한 건 살인범을 잡는 일이다. 나는 도로 의자에 앉아 논리적으로 형사를 설득하려 애썼다.

“진짜 그런 놈들이 있었어요. 다시 확인해보세요. 제발.”

형사는 팔짱을 낀 채 날 노려보다 불쑥 입을 열었다.

“그런 놈들이 있었다고 맹세할 수 있어?”

“그렇다니까요.”

“근데 왜 커터 칼이랑 망치를 가지고 있었냐?”

“말했잖아요! 그놈들이…….”

그는 주먹으로 테이블을 내리쳤다.

“거짓말하지 마! 정구 부모님은 아무도 못 봤다고 했어!”

이렇게 말귀를 못 알아듣는 인간은 처음이다. 교칙밖에 모른다는 학생주임도 이 정도는 아니다. 형사가 노트북을 들추며 물었다.

"그리고 너 최성민. 작년에 양아치들이랑 한판 붙었었다며? 고등학생이 대단해. 하긴 이제 곧 학교도 졸업할 나이니까 뭐든 돈 벌 일을 찾아야겠지."

"조사해보시면 알겠지만요, 그거 제가 억울하게 당한 거예요. 제가 시작한 일도 아니고요."

"내가 들은 거랑 다르네. 니가 애들 괴롭히다 일이 커진 거 아니었냐?"

참는 데도 한도가 있다. 나는 팔짱을 끼며 물었다.

"하고 싶은 말 있으면 솔직하게 해보세요. 나랑 동철이가 정구 죽였다고 생각하는 거예요?"

"아니. 그 말은 네가 했지. 난 아무 말도 안 했다."

"여태 한 말이 다 그거잖아요!"

"네가 아직 어려서 모르는 모양인데 경찰은 모든 방향을 면밀히 검토해서 사건을 추적해. 어디서 어떤 게 나올지 모르거든. 그래서 너희 두 사람에 대해 조사를 해봤는데 꽤 재미있네?"

나는 빨리 말해보라고 고개를 까딱였다. 이제부터 내가 때리고 다닌 녀석들이며 합의금 이야기를 신나게 늘어놓을 게 분명했다. 얼마나 깊숙이 조사했을지 기대가 될 정도다. 내 별명이 파괴의 음유시인이었다는 사실까지 들춰낼까? 그런데 형사가 고른 타깃은 내가 아니라 동철이었다.

"별명이 제이슨이라며? 살인마 제이슨. 니가 평소에 그렇게 사람을 죽이겠다고 협박하고 다녔다고?"

"예? 그, 그런 거 아닌데요. 그, 그냥 입버릇인데요."

"입버릇이라."

형사는 동철이 한 말을 음미하듯 중얼거리다 내쏘듯 말했다.

"거기다 작년에는 온라인게임으로 떼돈 벌려다가 실패한 일이 있고. 나중에는 깡패들까지 끼었다며?"

"돈 벌려고 한 일 아닌데요. 어쩌다 보니까……."

"알았어."

형사는 동철의 말을 자르고는 내게로 화살을 돌렸다.

"최성민, 넌 말이야 중학교 때부터 지금까지 꾸준하게 사고 쳤더라. 학교에서도 문제 많은 놈이라고 소문이 자자하고. 너희 담임한테 물어보니까 제발 학교 좀 그만둬줬으면 좋겠다고 하더라. 네가 애들 물 흐린다고. 네가 괴롭혀서 성적 떨어진 애가 그렇게 많다며?"

"담탱이가 그런 말을 했어요?"

"왜? 보복하려고?"

나는 대답하지 않았다. 작년 담임은 괜찮은 편이었다. 속이 좁고 돈을 밝히긴 했어도 그 외의 문제에는 대범한 데가 있어, 나와 태식이 입원했을 때도 화는 엄청 냈지만 결국 병원에서 시험을 볼 수 있도록 배려해주었다. 그 인간이 지금 담임이면 좋았을 텐데. 고3 올라오면서 바뀐 담임은 교직 생활에 찌든 전형적인 오십대로, 처음 선생님이 되었을 때의 꿈과 희망 따윈 까맣게 잊어버린 채 아무것도 하고 싶지 않지만 아이들 성적은 올랐으면 좋겠다는 공상에 빠져 있는 영감이었다. 학기 초에 따로 불러내 서로 간섭하지 말자고 했던 작자가 일이 터지니까 사람 뒤통수를 쳐?

형사가 언성을 높였다.

"보복할 거냐고 묻고 있잖아."

내 목소리도 높아졌다.

"보복 안 하거든요. 그리고요, 정구랑은 중학교 때부터 친군데요, 저 때문에 성적 안 떨어졌거든요. 고등학교 내내 전교 1등이거든요."

동철이 끼어들었다.

"저도 안 떨어졌는데요."

형사는 동철을 무시하고 내게 다시 물었다.

"전교 1등이랑 애들 때리고 다니는 껄렁한 놈이 친구라니 그거 참 이상하다? 그치?"

나는 우리가 어떤 사이였는지 설명하려다 그만두었다. 알아듣게 설명할 자신도 없을뿐더러, 그런다고 눈앞의 형사가 알아먹을 것 같지도 않다.

"가정환경도 차이 나고. 공통점이 없어. 보통은 이럴 때 서로 원하는 게 있기 마련인데……."

그때 누군가 문을 두들겼다. 신참이 밖에 나갔다가 돌아와 형사에게 뭔가를 건넸다. 내 가방이었다. 그리곤 형사의 귓가에 뭐라고 속삭였는데 형사는 감 잡았다는 얼굴로 날 쳐다보며 씽긋 웃었다.

"이 가방 누구 거지?"

"제 건데요."

"뭐가 들었나 한번 안을 볼까?"

그는 거드름을 피우며 라텍스 장갑을 끼고 가방을 열었다.

안에는 책이 달랑 한 권 들어 있었다.

"이게 뭐야? 리플레이?"

형사는 책을 빠르게 넘겨 보았다. 책 어딘가에 청소년 유해 도서 마크라도 찍혀 있길 기대하는 모양이지만 그런 책이 아니다. 형사는 책 모서리로 코끝을 긁으며 물었다.

"소설책이네? 이거 무슨 얘기냐?"

"과거로 돌아가서 다시 사는 얘기예요. 계속해서. 여러 번."

"왜? 너도 되돌리고 싶은 과거가 있어?"

"다들 그렇지 않나요. 형사님은 안 그러세요? 그리고요, 그 거 그냥 소설책이거든요. 사람 죽이는 거 알려주는 책도 아니 고요."

형사는 책을 밀어내고 가방을 잡았다.

"그럼 다른 델 볼까?"

그는 안주머니를 열고 잭나이프를 꺼냈다. 스위치를 누르자 7센티 정도 되는 길이에 끝이 날카로운 칼날이 튀어나왔다. 형 사는 이제야 찾던 게 나온 듯 기쁜 목소리로 말했다.

"아휴, 무서워라. 이거 네 칼 맞지?"

"예."

"어디서 났어?"

적당히 둘러댈까 하다가 그만두었다. 형사의 태도로 보아 내 답변에 만족할 때까지 캐물을 게 틀림없었다. 날 이에 범인으 로 찍고 몰아붙이는 형사에게 오기 비슷한 감정도 생겼다.

"아는 형이 줬어요."

"아는 형이라. 무슨 일을 하는데? 아냐, 내가 맞춰볼까? 최사원은 아닐 거고, 혹시 깡패?"

저 밉살맞은 면상에 대고 삼성이나 엘지에 다닌다고 말할 수 있다면 좋겠지만 유감스럽게도 형사의 짐작이 옳았다. 정확히 깡패는 아니지만, 그 비슷한 것이긴 했다.

"직장인이에요."

"오호. 어떤 직장에 다니는데?"

"빠삐용 안마요."

당당하게 말하려고 했지만 목소리가 기어들어가는 건 어쩔 수 없었다. 내가 생각하기에도 창피한 이름이긴 하니까.

"빠삐용 안마라. 아주 의미심장한 이름인데? 누군가의 미래를 알려주는 것 같아. 과거로 가는 책에 미래를 알려주는 형이라. 참, 정구를 죽였다고 네가 주장하는 여자도 안마하러 왔다고 하지 않았나? 우연치고는 좀 공교롭다?"

"전혀 공교롭지 않은데요."

"그 실장 이름 좀 대봐. 우리가 조사해보게."

철우 형이 화낼 모습이 눈에 선했지만 알려주지 않을 수도 없었다. 나는 가게 위치와 이름을 말했다.

"이런 선배가 뒤에 있으면 든든하겠어. 장물 처리도 문제없겠고."

나는 대꾸하지 않았다. 형사는 씩 웃더니 말했다.

"좋아. 지금까지 나온 이야기를 정리해보자. 너희들이 말하는 떼강도가 현장에 왔었다는 증거는 없어. 하지만 너희가 거기 있었다는 증거는 많지. 정구와 친했다니 그 집에 뭐가 있는지도 잘 알고 있었겠지? 이런저런 유흥비로 돈이 필요했을 거고. 다시 말해 알리바이는 없고 동기는 있는 거지.”

한심하군. 수사 의지 자체가 없는 인간이다. 범인이 누구냐는 이들에게 중요하지 않다. 그저 사건을 빨리 해결하고 집에 갈 수 있길 바랄 뿐이다. 대부분의 어른이 이런 식이다. 사람이 죽은 일은 다르게 처리할 거라고 생각한 내가 바보다.

나는 형사의 말을 잘랐다.

“정구 핸드폰 확인해보세요. 거기에 그 출장안마 전화번호 찍혀 있으니까요. 그냥 저희 증언부터 확인하면 안 돼요?”

“정구 핸드폰? 그것도 문제지. 없더라고.”

“예?”

“현장에 없디라고. 아마 너희들이 가져다 버렸겠지만. 나름 머리 쓴다고 쓴 거겠지. 근데 통신사에 확인하면 어디다 전화했는지 다 나오거든?”

“그러니까 통신사에 확인하세요. 정구가 어디다 전화했는지 알아보시라고요.”

“뭐, 그럴 필요 있나. 너희가 자백하면 간단할 일 가지고. 지금이라도 솔직히 털어놓으면 내가 선처해줄게. 약속.”

“정말 아니라니까요! 왜 사람 말을 안 믿어요?”

동철이 답답한지 가슴을 두들기며 외쳤다. 형사는 잘 걸렸다는 얼굴로 동철을 노려보며 목소리를 높였다.

“정구란 애기 공부 잘하고 집 진사네끼 형 네 음에 신 날 있을 거야. 그러다 그 녀서 집에 갔디기 민기를 봤겠지. 금고 속의 보석이라든가 현금이라든가. 생일파티 하자고 정구를 꾀어 술을 잔뜩 먹이고 재운 다음 금고를 여는데 정구가 깬 거야.”

"아니에요!"

"정구가 소리를 질러대서 입을 막았겠지. 죽일 생각까지는 아니었을 거야. 너희들도 당황했으니까. 그렇게 될 줄 몰랐던 거겠지."

"그런 거 아니라니까요……."

동철이 울먹였다. 형사가 말했다.

"우발적인 범행인 거 나도 다 알아. 너 얼굴에 착한 놈이라고 써 있구만. 저기 저놈, 아직도 눈 부릅뜨고 있는 저놈이 벌인 일이겠지. 보석을 훔친 것도 저놈이고. 넌 그냥 옆에서 지켜본 게 전부인 거야. 그렇지?"

한두 번 해본 솜씨가 아니네. 나는 무기력하게 의자에 앉아 형사가 지껄이는 말을 그냥 듣고만 있었다. 너무 어이가 없어서 더 따지기도 싫다.

형사가 부드럽게 말했다.

"동철아. 잘못한 일 있으면 몽땅 털어놔. 지금이 네 인생 최고의 기회야. 다 털어놓으면 단순가담으로 줄여서 보고해줄게. 너 감옥이 어떤 곳인지 알아? 너처럼 야들야들한 애송이가 들어오면 엉덩이 만져주고 싶어 환장한 놈들이 잔뜩 있거든. 여자랑 하고 싶어서 안마 부르자고 했다며? 거기서는 네가 여자 역할을 해야 할걸?"

동철의 눈에 눈물이 그렁그렁 맺혔다. 동철이 숨을 크게 들이마셨다.

"솔직히 말하면 용서해주는 거예요?"

"그래그래. 무슨 말이든 해봐."

심문실이 조용해졌다. 뒤편에 선 형사까지 모두 동철의 입을 주시하고 있었다. 더 보고 싶지 않았다. 나는 형사에게 말했다.

"그냥 저한테 물어보시죠. 정구 죽였냐고."

"넌 그냥 아가리 닥치고 있어 이 살인범 새끼야. 애비한테 그런 거나 배웠냐? 쌍놈의 새끼. 동철아? 말해."

뜨거운 무언가가 목구멍으로 치솟았다. 나는 의자를 들고 일어나 형사에게 던졌다.

"그냥 나한테 물어보라니까!"

형사는 손을 들어 의자를 걷어내고는 테이블을 밀치고 내 멱살을 잡았다. 놈의 눈이 차갑게 빛났다.

"그래. 말해봐. 내가 죽였나?"

"너부터 솔직히 말해봐. 넌 수사란 걸 해본 적이나 있냐?"

"운 좋은 줄 알아. 오 년 전에 만났으면 너 같은 새끼는 내 얼굴 쳐다도 못 봤어. 벌써 죽도록 맞고 시멘트에 얼굴 박고 있을 거다."

"그거 재미있겠다. 한번 해볼까?"

신참이 우리 사일 가로막았다.

"선배 이러시면 안 돼요. 나중에 강압수사 소리 듣는다고요."

"무슨 소리야. 이 새끼가 먼저 힘쓰는 거 못 봤냐? 정당방위야, 정당방위."

말은 그렇게 했지만 형사도 찔리는 구석이 있는지 손을 놓고 물러섰다. 천장에 매달린 갓등이 삐거덕 소리를 내며 좌우로 움직일 때마다 나와 동철이의 그림자가 부들부들 떠는 것처럼 흔들렸다.

그때 누군가 문을 두들겼다. 신참이 밖으로 나갔다. 나와 형사는 서로를 노려보며 서 있었다. 어두운 전등 조명 너머로 눈을 번뜩이고 있는 형사의 얼굴이 보였다. 동철이 겁에 질려 우릴 번갈아 보았다. 신참이 다시 들어오더니 형사에게 뭐라고 속삭였다. 험상궂은 형사의 얼굴에 놀란 기색이 떠올랐다.

"진짜?"

신참이 형사에게 또 귓속말을 했다. 두 사람은 한참 동안 뭔가 수군거리더니 신참이 도로 밖으로 튀어나갔다. 심문실에는 우리와 형사만 남았다. 형사는 인상을 쓰다가 바닥에 쓰러진 의자를 똑바로 세웠다.

"앉아."

형사는 담배를 꺼내 물고 내게도 한 개비 내밀었다. 나는 팔짱을 끼며 대답했다.

"이제는 미성년자 흡연까지 뒤집어씌우려고?"

"그런 거 아니야, 인마. 이거 피우고 진정하라는 거지."

고개를 돌리며 코웃음을 흘렸다. 형사가 화를 낼 거라 생각했는데 그는 담배를 흔들며 웃는 낯으로 말했다.

"받아. 팔 떨어지겠다."

형사를 한참 노려보다 담배를 받아 들었다. 동철은 "전 담배 안 피우는데요"라고 대답하고 우리 눈치를 보았다. 나는 폐 깊숙이 연기를 삼켰다가 형사를 향해 내뱉었다. 형사는 부글부글 끓는 눈빛으로 날 쳐다봤지만 화를 내진 않았다.

"너희들이 우리 일을 이해 좀 해줬으면 좋겠다. 살인 사건을 수사하다보면 온갖 이상한 일을 다 겪게 되거든. 범인이 아니라고 생각하더라도 끝까지 밀어붙여볼 필요가 있어. 그러다가 우연히 진범을 잡을 때가 있으니까."

"갑자기 무슨 말씀을 하시는지 모르겠네요."

"그게 말이지…… 아파트 CCTV에 너희들이 말한 녀석들이 찍혔어. 남자 셋. 여자는 없었지만."

"아깐 그런 거 없다고 하셨던 걸로 기억하는데요."

"그랬지. 거짓말한 거 아니니까 흥분하지 마. 아파트와 엘리베이터 CCTV를 조사했을 땐 아무것도 안 나왔어. 이 동네가 말이지, 워낙 촘촘하게 카메라가 설치되어 있어서 유령이 아닌 이상 그냥 못 지나가거든. 그래서 너희가 거짓말한다고 의심했던 건데, 구청 생활안전과에서 관리하는 감시카메라에 뭔가 찍혔대. 어제아침에 CCTV 위치를 옮겨서 인터넷에 수정 공고를 못 낸 곳이라더라."

"공고라뇨?"

형사는 얼굴을 찡그렸다. 뭐 이런 것까지 다 설명해야 되나 싶은 얼굴이다. 하지만 지금까지 내게 한 행동이 걸렸는지, 아니면 일을 빨리 끝내고 싶었는지 빠른 어조로 설명했다

"공공기관에서 설치하는 CCTV는 각 지역별로 구청과 경찰서 홈페이지에 위치를 공개하게 되어 있어. 인권 좋아하는 새끼들 때문인데 덕분에 도둑놈들만 살판났지. 어디든 털기 전에 경찰서 홈페이지 들어와서 CCTV 위치 확인하면 되니까."

형사가 한 말을 곱씹어보고 있을 때 그가 말을 이었다.

"정구 핸드폰 통화 내역도 확인했다. 네 말대로 전화했더라."

"그럼 범인 추적 됐어요?"

"지금 하는 중이야. 크게 기대는 마라. 이런 애들 회선 여러 개 두고 일 터졌다 싶으면 그냥 버리니까. 휴대폰 꺼놓은 걸로 봐서 벌써 버렸을 거다."

동철이가 물었다.

"그럼 저희 혐의는 풀린 거예요?"

"마음 상한 일 있으면 미안하다. 살인 사건은 초동수사 때 팀을 여러 개 나눠서 각자 맡은 용의자를 조사하게 되어 있어. 아까는 너희에게 불리한 증거밖에 없을 때라서 좀 몰아붙였다."

"그럼 저흰 이만 가볼 테니 진짜 범인 잡으세요."

나는 담배를 비벼 끄고 일어섰다. 그때 형사가 내 팔을 꽉 잡았다. 뿌리치려 했지만 형사의 손아귀 힘이 보통이 아니었다. 형사는 웃는 얼굴로 말했다.

"앉아봐. 세상일이란 건 말이지, 말투 하나로 달라지는 거야. 그렇게 화를 내니까 사람들이 널 안 좋게 보는 거고."

"그래서요?"

형사는 아무렇지 않게 말했다.

"범인들 얼굴 봤다고 했지? 수사나 좀 돕고 가라."

나는 망설였다. 형사는 밥맛이지만 범인은 잡고 싶다. 형사가 내 기분을 눈치챘는지 핵심을 치고 들어왔다.

"정구 죽인 놈들 잡고 싶지?"

나는 도로 의자에 앉으며 물었다.

"뭘 도와드리면 되죠?"

"CCTV부터 볼까? 범인이 맞는지 확인해야지. 참, 인사가 늦었다. 나 백종두다."

▶▶

모니터에 보도와 차도 일부가 잡혔다. 스타렉스 한 대가 보도에 바짝 붙어 세워져 있었다. 백 형사가 CCTV 화면을 가리키며 말했다.

"아파트 근처에 있는 빌라야. 봉고 오른편에 화단이 좀 들어간 데 있지? 거기에 쓰레기를 무단으로 버리는 작자들이 있었다는군. 민원도 심하고 해서 어제 아침에 위치를 옮긴 거야. 원래는 5미터 정도 아래에 설치되어 있었대."

"범인들이 카메라를 못 봤나보죠?"

"쓰레기 투척꾼들을 잡을 생각이었으니까 나무에 가려서 안 보이게 신경 써서 설치했다더라."

길을 오가는 사람들의 모습이 찍혀 있었다. 하지만 해상도가 낮은 데다 화면이 지글거려 누가 누군지 알아보기 힘들었다. 지금 보는 게 흑백인지 컬러인지조차 알 수 없으니 말 다했다.

"화면 더 깨끗하게 못해요?"

"미안하지만 이게 최선이야."

"이런 걸 보고 용케 범인을 찾아내네요."

"사람은 환경에 적응하게 되어 있거든. 내가 아는 선배 하나는 화면 끝에 손톱만 하게 뭔가 지나가는 걸 보고도 그게 누군지 알아본다."

동철이 눈을 반짝이며 말했다.

"그 사람을 불러서 물어보면 되지 않을까요?"

백 형사가 딱딱거렸다.

"그 사람을 왜 불러. 범인을 본 건 너흰데."

"아, 맞다."

그때 가방을 들고 안경 낀 남자가 카메라에 잡혔다. 남자는 길을 따라 천천히 걸어오다 봉고 앞에 서서 주위를 두리번거렸다. 동철이 의자를 끌어당겨 화면 가까이 얼굴을 붙였다. 그러더니 잔뜩 흥분해서 손가락으로 남자를 가리켰다.

"저 남자예요! 저 남자!"

그때 안경 낀 남자가 가방을 뒤집어 쓰레기를 화단에 쏟아붓더니 어둠 속으로 사라졌다. 잠시 침묵이 흘렀다.

백 형사가 물었다.

"저 남자가 어쨌다고?"

"진짜 비슷하게 생겼는데……."

동철은 고개를 숙이며 중얼거렸다. 백 형사의 얼굴이 익힌 순무처럼 붉어졌다. 하지만 화를 내는 대신 거칠게 심호흡을 하다 체념하듯 길게 숨을 토했다.

"좀 똑바로 해라. 너 데려오느라 내가 얼마나 고생했는데."

동철이 엄마를 설득하는 데 이십 분이 걸렸다. 그녀는 경찰서에 도착하자마자 아들이 다친 곳이 없는지 확인해야겠다며 난리를 피웠다. 동철의 얼굴을 보더니 애가 초주검이 돼서 얼굴이 해쓱하다고 집으로 데려가려는 걸 형사 팀장이 아이 잃은 부모 마음을 헤아려달라고 사정해 수사에 협조하게 된 것이다. 대신 CCTV 확인과 몽타주 작성 시간을 한 시간 반으로 제한해줄 것을 요구했다. 변호사와 동석하겠다는 말도 했는데 그건 형사 팀장이 결사적으로 반대해서 철회시켰다.

동철이 백 형사 눈치를 보다가 조심스럽게 물었다.

"좀더 선명하게 안 되나요? 영화나 게임에서 보면 이럴 때 화면 위로 뭔가 쓰윽 지나가면 색깔이 더 선명해지고 한 번 더 쓰윽 지나가면 확실하게 보이고 한 번 더 지나가면 확대되고 하던데."

백 형사가 짜증을 냈다.

"안 된다고 내가 말했지! 그런 장비가 있으면 내가 왜 니들이랑 이러고 있겠냐?"

백 형사의 말투는 여전히 마음에 들지 않았다. 나는 턱으로 화면을 가리키며 물었다.

"여기선 안 되는 거 아는데 국립과학수사연구소라고 있잖아요, 그런데서 안 해줘요?"

"너희들은 화질 개선이 무슨 포토샵에 파일 넣고 오 분만 기다리면 되는 거라고 생각하냐? 슈퍼컴퓨터에 전문가 여럿이 달라붙어도 일주일은 걸려. 국과수에 보내면 사건 해결된 다음에나 답이 올걸? 그 정도로 중요한 사건이라면 말이지만."

화면에 추리닝 입은 남자가 나타났다. 우리는 입을 다물고 화면에 정신을 집중했다. 그는 봉고로 똑바로 걸어가더니 뒷문을 열고 백팩을 내려놓았다. 그리고 잠시 동안 거기서 뭔가를 했는데 문에 가려 잘 보이지 않았다. 남자가 문을 닫고 앞으로 가서 운전석에 올랐다.

“저 남자는?”

동철은 명예회복을 노리는 얼굴로 열심히 들여다봤지만 대답하진 못했다. 나 역시 마찬가지였다. 날이 어두운 데다 화질이 좋지 않아 저놈이 정구네 집에 있던 그놈이 맞는지 알 수 없었다. 그때 두 번째 남자가 나타났다. 모자를 눌러쓴 녀석으로 오른쪽 허리에 크로스백을 메고 있었는데 그대로 뒷문을 열고 안에 올라탔다. 차량이 출렁, 흔들거렸다.

“잠깐만요. 멈춰봐요.”

백 형사가 화면을 정지시켰다.

“누군지 알아보겠어?”

“저 가방 알아요.”

드라이버며 절단기가 들어 있던 가방이다.

“왜 한 명씩 다니는 거죠?”

“그래야 덜 위험하니까. 성인 남자 셋이 한꺼번에 다니면 당연히 사람들 시선을 끌 거 아니냐. CCTV가 없는 곳에 차를 주차시키고 한 명씩 행동하는 거지.”

그때 화면에 마지막 한 명이 나타났다. 고개를 숙이고 있어 얼굴은 잘 보이지 않았다. 가만히 화면을 노려보는데 남자가 슬쩍 고개를 들더니 손으로 코를 문질렀다.

“정지요! 정지!”

백 형사가 화면을 멈췄다. 나는 뚫어져라 화면을 노려보았다. 백 형사가 물었다.

“맞아? 틀려?”

나는 숨을 크게 들이마셨다. 뭐라고 대답해야 할까. 여기서 혹시 틀리기라도 하면 살인범을 잡지 못하는 게 아닐까. 화면상으로는 손등에 나방 문신이 있는지 알 수 없었다. 다만 거기뭔가 새겨져 있다는 느낌은 들었다. 결국 고개를 끄떡이며 말했다.

"맞아요."

나는 빈 의자에 털썩 주저앉았다. 기진맥진했다. 남자가 조수석에 오르자 봉고가 출발했다. 차량이 사라졌다. 잠시 기다려봤지만 아무 일도 일어나지 않았다. 촬영 시각을 나타내는 화면 하단의 숫자는 03:21이었다.

내가 물었다.

"여자는요? 왜 안 기다리죠?"

"글쎄. 그건 나도 모르지."

백 형사는 전화기를 들어 누군가와 통화했다.

"지금 목격자 증언 받았습니다. 범인 확인했고요. 몽타주 작성해서 전국에 수배하겠습니다."

▶▶

단 한 번 본 얼굴을 설명하는 일은 쉽지 않았다. 눈은 스타킹에 눌려서 잘 모르겠고요, 코도 절반만 봤는데 들창코였고, 얼굴은 좀더 갸름했던 것 같은데요. 그래도 스타킹을 뒤집어쓴 놈들을 설명하는 건 어렵지 않았다. 얼굴 윤곽에 키와 몸무게 그리고 옷차림 정도만 설명하면 됐으니까. 다른 두 명은 잘 기억나지 않아서 대충 넘겼지만 턱수염이 났던 자는 기억나는 데로 최대한 자세히 설명했다. 지저분한 수염, 누런 이빨, 그리고 태어나서 처음 본 나방 문신의 생김새까지. 과학수사계의 담당 경찰은 CCTV에 찍힌 사진에 내 설명을 참조하는 식으로 작업했다. 그렇게 하니 그럭저럭 나쁘지 않은 몽타주가 나왔다.

문제는 여자였다. 정구가 죽은 것도 집이 털린 것도 그 여자 때문이었다. 그 여자가 정구의 첫 경험을 미끼로 집에 와 문을 따고 강도를 안으로 들였다. 씹어 먹어도 시원치 않을 년. 상도덕이라곤 없는 년. 그년은 심지어 정구와 자주지도 않았다.

여자는 CCTV에 찍히지 않았다. 인상착의를 설명하는 건 온전히 내 몫이었다. 그런데 여자의 얼굴을 설명하기가 쉽지 않았다. 치렁치렁했던 머리모양은 기억난다. 하얀 피부와 얇은 입술도 알겠다. 하지만 그 외에는 하나도 모르겠다. 예쁜 얼굴이었던 것 같지만 그것도 절반쯤은 내 추측이고 확실한 건 몸매가 끝내줬다는 것, 하나밖에 없었다. 그래서인지 완성된 몽타주는 내 머릿속의 이미지와 많이 달랐다. 이리 들여다보고 저리 들여다보며 어디가 잘못됐는지 집어내려 했지만 쉽지 않았다. 과학수사계의 담당경찰이 내가 말하는 대로 얼굴을 조정했지만 마음에 안 들기는 매한가지였다. 간신히 몽타주를 완성하고 시험 삼아 몇 장을 출력했다. 그때 백 형사가 다가왔다. 그는 내 몽타주를 집어 들더니 피식 웃었다.

"범인이 임수정이냐?"

듣고 보니 마음에 걸렸던 게 뭔지 알겠다. 몽타주의 얼굴은 범인보다 영화배우 임수정을 닮아 있었다. 나는 우물쭈물 대답했다.

“아닌데요.”

“다행이다. 내가 임수정 팬이거든. 다음 작품 보고 싶은데 살인죄로 잡혀가면 곤란하지.”

백 형사는 담배를 꺼내 입에 물었다.

“보통들 말이야. 몽타주 작성하라고 하면 연예인 얼굴이랑 비슷하게 묘사하는 경우가 많아. 대개 사람 얼굴을 제대로 기억 못하고 누구누구랑 닮았다 정도로 기억하니까.”

그때 동철의 몽타주도 완성되었다. 녀석이 묘사한 여자는 엄지원을 닮았다. 백 형사는 어이없다는 듯 웃다가 담당경찰에게 몽타주를 건네며 말했다.

“몽타주 전단 작성해서 진곡에 배포해.”

“잠깐만요. 안 비슷하다면서요? 근데 배포해요?”

“몽타주라는 건 말이지 사진처럼 정교할 수가 없어. 직접 얼굴을 봐도 사람마다 보는 부분과 느낌이 다른데 남이 말한 얼굴을 그림으로 그린 게 어떻게 비슷할 수가 있나. 특성이 잘 나타나면 되지. 니들 몽타주의 공통점이 있잖아. 예쁘다. 어려 보인다. 그 정도면 돼. 솔직히 몽타주를 꼭 범인 검거를 위해 만드는 것도 아니고. 그보다는 범인을 긴장시키는 용도가 크지. 모르는 사람들이 보면 하나도 안 비슷하다고 생각해도 범인들 본인은 닮았다고 생각하거든. 죄지은 놈이 제 발 저리는 거지. 그러다보면 겁을 먹고 돌발행동을 할 때가 있으니까.”

백 형사는 시계를 보더니 말을 이었다.

“생각보다 빨리 끝났네. 시간 좀 남았는데 점심이나 먹고 가라.”

　그는 주머니에 손을 넣고 어슬렁어슬렁 앞장서서 사무실을 나섰다. 형사를 따라가다 문득 몽타주에 시선을 주었다. 나는 충동적으로 우리가 만든 몽타주를 집어 허리띠 사이에 끼워 넣었다.

▶▶

　"경치 좋지? 하늘정원이라고, 도심녹화사업의 일환으로 공공기관 건물마다 설치하고 있지. 구내식당은 좀 우중충해서."
　백 형사의 말대로 옥상을 빙 둘러 나무가 심겨 있었다. 널찍널찍하게 배치된 벤치에 순경이며 민원인들이 앉아 잡담을 나누고 있었다. 아침에 경찰들에게 끌려왔을 때는 그저 삭막한 곳처럼 느껴졌는데 지금은 우리 학교보다 좋아 보였다. 나는 손을 들어 머리 위로 쏟아지는 햇빛을 가렸다. 말은 하지 않았지만 계속 머리가 아팠다. 맑은 공기를 마시면 좀 나을 줄 알았는데 숨을 들이마실 때마다 후끈한 공기가 폐를 찌르고, 뜨거운 햇볕이 눈과 이마를 쿡쿡 쑤시는 느낌에 정신이 없었다. 머릿속까지 울리던 이명도 많이 작아지긴 했지만 여전히 들렸다.
　백 형사가 핸드폰을 꺼내며 물었다.
　"한식 일식 중식 중에 뭐 먹을래?"
　그는 우리의 대답을 기다리지 않고 말을 이었다.
　"중식이 좋겠다 그치?"
　지가 정할 거면 아예 묻지를 말든지. 역시 마음에 안 드는 놈이다. 백 형사는 중국집에 전화를 걸어 짜장면 세 그릇을 시키고 서비스로 군만두를 보내달라고 했다. 백 형사는 담배를 꺼내 입에 물다가 내게도 한 가치 건넸다. 기가 찼다. 이제는 내가 학생인 걸 완전히 잊어버린 모양이군. 제대로 용의자 취급이야. 개새끼. 나는 밉살맞은 백 형사의 손을 밀치며 말했다.

"저 학생이거든요."

"왜 성질을 내고 그래. 나도 왕년엔 학생이었다."

백 형사는 하늘을 쳐다보며 뻐끔뻐끔 담배를 피웠다. 동철이 조심스럽게 물었다.

"이제 수사는 어떻게 되는 거죠?"

"그 새끼들 전국에 수배 때리고 차량 추적해야지. 차량 번호가 안 보이는 게 아깝지만 차종이랑 색깔은 확인했으니까. 몇 명이 타고 있는지도 알고. 서기서부터 차도에 설치된 CCTV를 몽땅 확인해서 어느 쪽으로 가는지 추적하는 거지. 그러다 톨게이트 하나라도 지나면 게임셋이야. 거긴 CCTV가 제대로 달려 있으니까."

"빡세겠네요."

"편한 일은 아니지. 눈이 빠지도록 모니터를 봐야 하니까."

백 형사는 우울한 얼굴로 고개를 흔들었다 차라리 범인과 치고받고 싸우는 게 낫다는 표정이다. 백 형사의 수사 취향이 어느 쪽이든 나와는 상관없다. 내가 궁금한 건 따로 있었다.

"그런데 정말 현장에서 전단지 못 찾았나요? 핸드폰두?"

"그렇다니까. 우리가 증거 조작하겠냐? 너한테 이런 말하기 미안하긴 한데 사실 전교 1등하는 모범생이 안마 불렀을 거란 생각을 하기가 쉽냐? 그래서 너희들이 일을 벌이고 엉뚱한 수리를 하는 거라고 생각했던 거지."

"정구 사인이 뭐죠?"

"질식사."

정구의 입을 막고 있던 테이프가 떠올랐다. 테이프가 뜯어졌을 때 흘러내리던 토사물. 녀석의 몸에 손을 댔을 때 느꼈던 차가움. 목덜미에 소름이 돋았다. 나는 고개를 흔들어 머릿속에서 생각을 지웠다.

"사망 시각은요?"

백 형사가 얼굴을 찡그렸다.

"그런 건 왜 궁금한데?"

"친구니까요."

형사의 표정이 누그러졌다. 스스로를 사나이라 생각하는 형사에게 친구라는 단어만큼 효과적인 대답은 없다. 그는 수사 진행상황을 알려주었다.

"새벽 세시에서 네시 사이야. 여자가 집에 들어온 게 한시 조금 넘어서라고 했으니까 두세 시간 정도 살아 있었던 거지."

"아파트 입구 CCTV도 확인했어요?"

"다 확인했지."

"그러면 이상한데요. 아파트에 들어오려면 꼭 거쳐야 하는 곳인데. 정구가 인터폰으로 문을 열어주기까지 했는데."

백 형사는 헛기침을 했다.

"사실은 그게 고장 났었어."

"언제요?"

"정확히 말하면 고장이라고 할 건 아니고. 내가 직접 본 건 아니다만 일이 분 화면이 흐릿해져서 잘 보이지 않은 순간이 있었대."

어이가 없다.

"그런데 전혀 안 찍혔다고 했단 말이에요?"

"겨우 일이 분이고, 경비실에서도 가끔 그럴 때가 있다고 했으니까. 그리고 그때는……."

백 형사는 언성을 높이다 숨을 크게 들이마시더니 사정하듯 말했다.

"사람이 실수할 때도 있는 거 아니냐. 안 그래?"

백 형사의 말이 옳다. 사람이 실수할 때는 있다. 문제는 실수를 만회하려는 노력을 하느냐 하지 않느냐다.

그때 옥상 문을 열고 철가방이 나타났다. 배가 고프지 않다고 생각했는데 막상 음식을 앞에 두니 허기가 밀려왔다. 비닐을 벗기고 면을 비볐다. 면은 퉁퉁 불어 있었지만 맛은 나쁘지 않았다. 그릇에 고개를 처박고 열심히 먹었다. 밥을 먹는 동안 우리 셋 다 한마디도 하지 않았다. 어느 정도 배를 채우고 나서야 고개를 들어 숨을 내뱉는데, 파란 하늘이 보였다. 문득 정구가 떠올랐다. 녀석의 웃는 모습, 성난 모습, 그리고 죽은 모습이 파노라마처럼 머릿속을 스쳐지났다. 갑자기 복부를 한 방 얻어맞은 것처럼 속이 메슥거렸다. 나는 젓가락을 내려놓았다. 정구를 살리기 위해 아무 일도 하지 못한 것이 부끄럽고 화났다.

동철은 열심히 짜장면과 군만두를 먹고 있었다. 저 자식은 저게 넘어가나. 나는 녀석을 쳐다보다 다시 남은 짜장면에 시선을 주었다. 하긴 산 사람은 살아야 되는 거니까. 나쁜 놈들이 잡혀서 죗값을 치르는 걸 봐야 하니까. 나는 속이 울렁대는 걸 꾹 참고 남은 음식을 꼭꼭 씹어 삼켰다.

백 형사는 꽁초를 짜장면 그릇에 비벼 끄더니 길게 트림을 했다.

"아무튼 장물아비들 족치고 있으니까 금방 답이 나올 거야. 니들은 집에 가서 아무 생각 말고 푹 쉬어라."

"금고 안에는 뭐가 들어 있었는데요?"

백 형사는 망설였다. 그러다 아무렴 어떻겠냐는 생각이 들었는지 입을 열었다.

"주로 귀금속이지. 시계며 보석 반지 귀고리. 아, 그림도 한 점 있더라."

그림? 벽에 걸려 있던 빈 액자가 떠올랐다. 진짜로 비싼 그림이었나보다. 그게 전부 얼마어치인지 궁금했다. 일억? 이억? 오억? 그것 때문에 사람을 죽여도 되는 걸까? 나는 나무젓가락을 내려놓고 백 형사를 똑바로 쳐다보며 물었다.

"하나만 더 물어볼게요."

"뭔데?"

"우릴 용의선상에서 제외한 이유가 뭐죠?"

"말했잖아. CCTV에⋯⋯."

"그 얘긴 들었는데요, 그거 말고 진짜 이유요. 처음에는 우리 증언을 안 믿었잖아요. 그런데 CCTV에 수상한 사람 몇 명 찍혔다는 이유로 저흴 용의자에서 제외한 건 이상하지 않아요?"

백 형사는 손을 내저었다.

"이상할 거 없어. 그때는 아직 용의자가 안 나왔을 때잖아. 너희가 사건과 밀접하게 관련이 있으니까 빡세게 조사해본 거야. 그러다 다른 증거가 나와서 그만둔 거고. 간단하게 생각해."

목소리가 영 어색한 것이 누가 들어도 거짓임을 알 수 있었다. 범죄자 심문은 많이 해봤어도 심문당해본 적은 없었기 때문이겠지. 나는 턱을 까딱이며 물었다.

"다른 이유가 있는 것 같은데요."

백 형사가 갑자기 말을 돌렸다.

"너 좆나 불량한 놈인 건 맞는데, 말하는 거 보면 머리는 그럭저럭 돌아가는 거 같다? 나중에 아주 크게 되겠어. 공부는 잘하냐?"

"못해요."

내 대답을 가로채며 동철이 끼어들었다.

"성민이가요, 교과서도 안 가지고 학교 다니는데요, 반에서 중간은 해요. 요즘은 애들도 안 때리고."

저 새끼 쓸데없는 소릴 왜 하고 지랄이야.

백 형사는 짐짓 감탄하듯 말했다.

"싸움도 잘하고. 너 못하는 게 없구나."

나는 백 형사를 쳐다보며 저 얼굴을 한 방 먹여주면 어떨까 생각했다. 그때도 못하는 게 없다고 칭찬해줄까?

▶▶

"학교 문제는 걱정하지 마라. 우리가 잘 설명할 테니까. 순간의 실수였고 반성하고 있고 너희들도 알고 보면 피해자고 수사

협조 잘했고 어쩌고저쩌고 그런 거 있지? 뭐 정학은 못 면하겠지만 정상참작은 될 거야."

동철이 꾸벅 인사했다.

"고맙습니다."

나는 동철을 곁눈질하며 생각했다. 이 자식은 뭐가 고맙다는 거야. 어차피 정학인데.

"그러니까 앞으론 똑바로 살아라. 미성년자 주제에 안마 같은 거 부를 생각 말고. 특히 너 최성민, 괜히 애들 꼬드기고 그러지 마라. 서로 인생이 피폐해지잖니."

내가 부른 거 아니라고 하려다 그만두었다. 벌써 그렇게 믿고 있는데 뭘. 동철이 알겠다고 고개를 끄떡이고는 화장실로 들어갔다. 뒤따라가려는데 백 형사가 막았다.

"참, 너희 아버지 오셨더라."

"아버지요?"

어느 아버지 이야길까. 하긴 뻔하다. 진짜는 감옥에 있어서 못 올 테니까. 나랑 외모도 성격도 판이한 가짜 아버지 얘기겠지. 에이씨, 그 인간은 창피하게 여길 왜 와.

백 형사는 뭔가 하고 싶은 말이 있는 듯 날 쳐다보았다. 녀석이 무슨 말을 하려는지 뻔히 보인다. 주변 시선 신경 쓰지 말고 열심히 살라고 하겠지. 아버지와 넌 다르다고. 하지만 그렇게 되지 않도록 노력해야 한다고. 널 보살펴주는 새아버지는 진짜 훌륭한 사람이니까 얌전히 지내라고. 너무 많이 들어서 지겹다. 내 마음이 어떨진 생각해본 적도 없는 사람들의 헛소리. 아무 짝에도 쓸모없는 말을 하는 대신 자기 일이나 열심히 해주면 더 바랄 게 없겠다. 그런데 형사의 입에서 나온 말은 내가 생각했던 것과 달랐다.

"이번이 처음이 아니야."

"뭐가요?"

"아까 물었잖아. 너희를 용의선상에서 제외한 이유. 출장안마를 가장한 전문털이범들 짓이야. 서울경기 합쳐서 이번이 다섯 번째다. 솜씨가 좋은 놈들이야. 가격대가 나가는 고급 아파트만 털고 한 번 일을 벌이면 두세 달은 쉬어. 흔적을 거의 남기지 않고 CCTV도 귀신처럼 피해다닌다. 우리가 알기로 이번이 처음으로 카메라에 잡힌 거야."

좋은 정보다. 나는 미미하게 고개를 끄떡였다.

"아까 합수본에서 연락이 왔다. 그쪽에서 확보하고 있는 범인들 단서와 너희들 증언이 일치했거든. 일단 몽타주부터 공개하기로 한 건 피해가 너무 커서 그런 거고. 너 이 이야기 아무한테도 하면 안 된다."

"알았어요."

"그래. 그리고 아까는 미안했다."

"뭐가요?"

"거 있잖아. 살인범 뭐라고 한 거. 본심은 아니고. 살인범 잡으려다 보니까 조금 오버했는데 미안하다. 사는 게 다 그래, 인마."

어렵게 말을 뱉고선 백 형사는 한결 편안한 표정이 되었다. 뭐든 솔직하지 않고는 직성이 풀리지 않는 남자다. 하지만 뒷말까지는 차마 못하는군. 애비한테 그런 거나 배웠냐고 하더니.

나는 고개를 숙이고 형사의 신발을 쳐다보았다. 때가 탄 낡은 운동화. 백 형사는 이제 내게 한 말을 잊을 것이다. 사과했으니까 괜찮다고 생각하겠지. 하지만 나는 절대 잊지 못한다. 백 형사가 내뱉은 말에 들어 있던 독은 앞으로도 오랫동안 마음속에 스며들어 날 괴롭힐 것이다. 꼭 나쁜 인간만 사람을 괴롭게 만드는 것은 아니다. 꾸밈없이 정직한 인간도 그럴 수 있다. 하지만 나는 화를 내서는 안 된다. 고개를 끄떡이고 별일 아닌 듯이 넘겨야 아버지와 비슷한 인간이라는 꼬리표를 뗄 수 있다. 난 아무 일도 저지르지 않았음에도 사람들은 날 의심하고 내게 충고하려 한다. 백 형사도 다르지 않았다.

"근데 너도 깡패나 안마시술소 실장 같은 애들 만나고 다니지 마라. 그런 놈들 따라다녀봐야 인생만 조져. 졸업하면 경찰이나 지원해. 보니까 딱 적성이구만. 머리 좋고 몸 빠르고. 합격하고 연락하면 원하는 부서에 가게 도와줄 테니까……."

나는 고개를 들어 백 형사의 얼굴을 쳐다보았다. 그는 쑥스러운 듯 헛기침을 하더니 고개를 돌렸다. 그래도 백 형사 정도면 괜찮은 어른이다. 입이 걸고 성질이 삐뚤어지긴 했어도 속이 검진 않으니까. 세상에는 내가 무슨 말을 하든 거짓말로 단정 짓고 시작하는 사람도 많다. 담탱이처럼.

그래서 더 화가 치밀었다. 날 정말로 살인범으로 생각하고 있었다는 뜻이니까. 그래서인지 처음 그 말을 들었을 때보다 더 얼굴이 화끈거렸다. 정구가 죽은 걸 알았을 때 뻥 뚫린 가슴속 구멍에 조금씩 분노가 차올랐다.

"한 가지만 더 알려주세요."

“말해봐.”

“그 자식들요, 전에도 사람을 죽였나요?”

“아니. 살인은 처음이야.”

놈들은 대체 왜 정구를 죽인 걸까. 공부를 잘해서? 집이 부자라서? 말대꾸가 많아서?

“범인은 반드시 잡으니까 걱정하지 마라. 내 경험상 한 번 흔적을 남기기 시작하면 끝이 없어. 뭔가가 어긋난 거니까. 팀원들끼리 문제가 생겼거나 누군가 부주의해졌거나. 단서를 남긴 게 이번이 처음이라고 했지? 앞으로도 계속 단서를 남길 거다. 점점 많아지겠지. 그러다 큰 실수 한 번 하고 체포되는 거지. 늦어도 두세 달이면 사건 끝날 테니까. 그리고…….”

백 형사는 말끝을 길게 늘이다가 어렵게 말을 이었다.

“정구 일은 유감이다.”

내 표정이 이상했던 모양이다. 백 형사가 날 위로하려는 듯 어깨를 두드리려다 멈칫하더니 슬그머니 손을 내렸다. 내 표정이 이상했던 이유는 그때 막 결심을 굳혔기 때문이었다.

내 손으로 살인범을 잡겠다는 결심.

▶▶

동철이 계단을 내려가며 쫑알거렸다.

“백 형사 말이야, 부기보다 나쁜 사람은 아닌 것 같아. 그렇지 않니?”

“저런 놈이 더 나빠.”

차라리 대놓고 나쁜 놈이 낫다. 저렇게 어중간하게 착한 주제에 스스로를 정직하다고 생각하는 인간, 딱 질색이다. 지가 그렇게 잘났어? 지 맘대로 남을 용서하고 평가할 만큼? 그런 태도가 너무 싫어서 난 마음에 안 드는 놈이 있으면 싫은 티를 내고 죽도록 괴롭히는 길을 택했다. 덕분에 지금까지도 악명을 감수해야 하지만 후회는 없다. 싫은 건 그냥 싫은 거다. 이유를 붙일 필요는 없다.

나는 동철을 돌아보며 물었다.

"그런데 아까 너 무슨 말을 하려고 했던 거냐?"

내 말투가 너무 날카로웠던 모양이다. 동철이 겁먹은 소리로 반문했다.

"뭐가?"

"아까 심문실에서. 솔직히 말하면 용서해주냐고 했잖아."

동철은 죄지은 사람처럼 망설이다가 주머니에서 꼬깃꼬깃한 만 원짜리 지폐들을 꺼냈다.

"생각해보니까 돈을 내가 가지고 있더라고……."

"그래서?"

"정구 죽은 거, 나 때문인 것 같아서."

왠지 허탈해졌다.

"그게 무슨 소리야. 설마 그놈들이 그 돈 없어서 정구를 죽였겠냐."

"그건 아니겠지? 근데 자꾸 생각이 나잖아. 경찰 아저씨가 뭐라고 하는데 전부 내 탓인가 싶고."

"아니야."

나는 딱 잘라 말했다. 동철은 정구 생각이 나는지 고개를 숙이고 걷다가 입을 열었다.

"많이 아팠을까?"

앞뒤를 자르고 불쑥 꺼낸 말이지만 무슨 뜻으로 하는 얘긴지 알 수 있었다. 나는 퉁명스럽게 말했다.

"내가 죽어봤냐. 그런 걸 알게."

동철의 얼굴이 더욱 어두워졌다. 왠지 마음이 편치 않아 급히 말을 보탰다.

"기절한 채로 죽었을 테니까 안 아팠을 거야. 자다가 깨보니까 천국이고 뭐 그랬겠지."

"천국?"

"그래. 못 하고 갔잖아."

▶▶

강력반으로 내려왔을 때 사무실 한쪽에 동철이 엄마가 보였다. 그녀는 특유의 카랑카랑한 목소리로 형사들을 몰아붙이고 있었다.

"시간 다 됐는데 왜 안 와요!"

동철이 엄마는 텔레비전에도 나올 만큼 유명한 보험설계사다. 재작년까지 오 년 연속 보험왕을 차지했을 정도의 실력자로 일 년에 이삼 억을 기본으로 번다고 들었다. 그러다보니 워낙 바빠서 동철에게는 신경을 별로 쓰지 못하다 작년 여름 온라인 게임 사건 이후로 일을 줄이고 동철이를 금이야 옥이야 챙기기 시작했다. 동철이 엄마는 변호사까지 대동한 상태였다. 변호사는 동철이 엄마가 고함을 지르는 사이사이마다 뭐라고 한마디씩 했다. 그러다가 동철이 엄마가 우리를 봤다.

"동철아!"

아줌마는 한달음에 달려와 동철을 꼭 끌어안았다.

"우리 동철이 얼굴 상한 거 봐. 많이 힘들었지? 세상에, 흉악한 놈들. 사람을 어떻게 이렇게 만들어."

동철이 엄마 뒤쪽에 그 남자가 있었다. 내 동거인. 그는 늘 그렇듯 아무 존재감 없이 소파에 앉아 있다가 날 보고는 한 손에 신문을 말아 쥔 채 일어나 손을 흔들었다. 조그만 키에 짧은 머리, 뽀얗고 통통한 피부. 허옇게 센 머리만 아니라면 군대 다녀와 이제 막 복학했다고 해도 믿어질 만큼 어려 보이는 남자다. 물론 가까이서 보면 완전 늙었다. 주름도 자글자글하고.

이런 곳에서 남자를 만나니 야동 보다 엄마에게 걸렸을 때처럼 얼굴이 화끈거린다. 할 일이 그렇게 없나. 여기에는 왜 온 거야? 회사는 어쩌고. 내 속마음을 모르는 듯 남자는 날 향해 반갑게 손을 흔들었다. 저 인간, 눈치도 없이 왜 저래. 진짜. 개선장군 만나러 왔어?

"내가 너한테 공부를 하라고 했니 어디 가서 돈을 벌어오라고 했니. 그냥 아프지 말고 건강하기만 하면 된다고 그랬는데 대체 왜 이러는 거야. 엄마 맘 아파 죽는 꼴 보고 싶어서 그래! 아이구, 내 팔자야. 남편 잘못 만난 걸로 모자라 이제 자식까지 속을 뒤집어놓네."

아줌마는 동철이 무사함을 확인하고 안심이 됐는지 신세한

탄을 시작했다. 저러다 동철이 아빠 반반한 얼굴에 속아 결혼했다는 레퍼토리까지 나오면 한도 끝도 없이 이야기가 길어진다. 나는 동철에게 눈인사를 건네며 텔레파시를 날렸다. 고생해라. 나중에 보자. 하지만 내 텔레파시는 동철이가 아니라 동철이 엄마에게 닿은 모양이었다. 그녀는 홱 돌아서서 내 손을 잡았다.

"성민이도 고생 많았다. 힘들었지? 세상에. 어떻게 그런 나쁜 놈들이 다 있니. 죽은 애만 불쌍하지. 정구 부모님은 괜찮으실지 몰라."

아마 안 괜찮으시겠죠.

동철이 엄마가 말했나.

"참, 네 아버지도 오셨어."

우리 아버지 아닌데요. 나는 아줌마에게 두 번째 텔레파시를 날렸지만 내 마음을 이해한 것 같지 않았다. 동철이 엄마는 내 어깨 너머를 처다보며 손을 흔들었다.

"아버님! 거기서 뭐하세요. 빨리 오세요."

그것으로 도망칠 기회는 사라졌다. 남자는 기다렸다는 듯 달려와 어색하게 나를 끌어안았다.

"고생 많았다. 힘들었지?"

남자는 찐빵 같이 하얗고 통통한 손으로 내 등을 토닥였다. 그의 몸에서 미스캐낳 향수 냄새가 났다. 아…… 아저씨 냄새. 싸구려 향수 좀 쓰지 말지. 하지만 사람들 뻔히 보는 앞에서 포옹을 뿌리칠 순 없는 일이다. 나는 남자의 팔을 슬그머니 밀어내며 건성으로 대꾸했다.

"뭐, 그냥 그랬어요."

이 남자가 날 끌어안은 건 아마도 화장장에서의 경험 때문일 것이다. 그때 우리는 진한 포옹을 나눴다.

엄마가 시한부 판정을 받은 뒤 나는 일부러 남자와 거리를 뒀다. 법적으로는 동거인으로 되어 있지만 사실은 잘 알지도 못하는 중년 남자에게 앞으로 잘 부탁드린다고 굽실대는 것도 싫었고 주변 사람들로부터 괜한 동정을 사는 건 더더욱 싫었다. 하지만 엄마가 죽었다는 전화를 받았을 때, 제일 먼저 떠오른 생각은 이제 어디서 살아야 하나였다. 부끄럽지만 슬픔은 그다음이었다. 비굴하게 남자에게 얹혀살 생각은 없었다. 남자가 조금이라도 싫은 기색을 보이면 더 따지지 않고 떠날 작정이었다. 물론 나가기 전에 몇 대 때려줄 생각이긴 했다. 평생 공부만 한 책상물림이라 한 손으로 싸워도 이길 자신이 있었다. 그날 밤 나는 만일을 대비해 짐을 쌌다. 꼭 필요한 것만 챙기니 가방 하나면 됐다.

세상에 내 편은 없다. 오직 나만 믿고 살아야 한다. 독한 마음을 먹고 화장장에 왔지만 막상 엄마가 한 줌 재로 변해 작은 납골함에 들어가는 걸 보니 눈물이 나왔다. 그 남자도 울었다. 누가 먼저 울었는지는 솔직히 잘 모르겠다. 왜 우리 둘이 나란히 붙어 서 있었는지도 모르겠다. 단지 자신도 모르는 새 서로를 부둥켜안고 그 많은 사람들 속에서 부끄러움도 없이 꺼이꺼이 울었다는 사실만 기억날 뿐이다. 그런 다음 서로를 부축한 채 주차장까지 걸었다. 그게 우리가 처음이자 마지막으로 나눈 친밀감이었다. 그와 나는 차를 함께 타고 집으로 왔고, 그 뒤로 줄곧 같이 살게 됐다. 그래도 괜찮겠냐고 물어본 사람도 대답한 사람도 없었다. 처음부터 그렇게 살았던 것처럼 그냥 그렇게 둘이서 살고 있다. 화장실에서 마주치거나 단둘이 밥을 먹을 때마다 어색하지만 그럭저럭 버틸 만했다. 지금까지는 그랬다는 뜻이다.

하지만 경찰서에서 사람들 뻔히 보는 앞에서 끌어안고 힘들었냐고 물어보는 남자를 보고 있으려니 부끄럽고 당혹스럽다. 나는 지나가는 경찰들을 곁눈질로 살피며 속으로 외쳤다. 여러분, 이 사람 우리 아버지 아니거든요.

남자는 내 손을 쥐고 말했다.

"얼른 집에 기자. 가시 좀 쉬어야지."

우리는 동철이 엄마와 짧은 인사를 나누고 경찰서를 나섰다. 도대체 속셈이 뭘까? 나는 앞장서 걸어가는 남자의 뒤통수를 쳐다보며 생각했다. 이 남자가 우리 엄마를 좋아한 이유는 이해한다. 엄마는 꽤 미인이었고 그 나이 아줌마 치곤 몸매도 괜찮은 데다 성격이 사근사근해서 사람들과 잘 친해졌다. 하지만 남자는 내 가슴 정도 오는 작은 키에 몸무게는 나와 비슷할 만큼 뚱뚱하고 잘생기지도 않았고 말을 잘하는 것도 아니며 그 모든 약점을 극복할 만큼 돈이 많은 것도 아니었다. 그냥 쓸데없이 조금 어려 보일 뿐이다. 그러니 엄마 같은 여자를 만날 기회가 생겼을 때 얼마나 좋았을지 짐작이 간다. 물론 나 같은 혹이 달려 있어서 신경 쓰였겠지만, 그거야 고등학교 졸업하면 떨어져나가겠지, 생각했을 것이다. 그런데 이제는 그 혹만 남았다. 그런데도 나한테 잘해주는 이유가 뭘까? 엄마가 내 이름으로 보험을 들어놨나?

"차는 길 건너에 세워놨다. 경찰서 주차장이 붐벼서 말이야."

남자의 차는 건너편 유료주차장에 있었다. 남들 다 길가에 불법주차하는데, 이 답답한 인간아…… 경찰서 앞이라 신경 쓰여서 그랬나? 하여간에 소심하긴. 경찰서에 볼일 있어서 왔는데 아무 데나 주차하면 어떻다고. 나는 마음속으로 투덜댔다. 남자는 법 없이도 살 사람이라는 말의 현신現身 같은 존재였다. 어찌나 법을 잘 지키는지 보는 내가 다 속 터질 지경이었다. 도대체 엄마는 이 남자를 왜 택했는지 모르겠다. 뭔가 매력이 있긴 있을 텐데. 쓸데없이 어려 보이는 거 빼고.

그 남자가 시동을 걸며 말했다.

"전화 받고 깜짝 놀랐지 뭐냐. 다짜고짜 네가 사람을 죽였다고 하는데 그럴 리 없다고 아무리 말해도 믿어주질 않잖아. 월차 내고 얼른 달려왔지."

아쉬웠겠네. 보기 싫은 놈 합법적으로 치울 기회를 놓쳐서.

"어디 다친 데는 없니? 병원에 가봐야 하는 거 아냐?"

"저 안 다쳤어요."

"세상이 점점 흉흉해지니…… 정구 부모님은 어떡하니."

남자는 한숨을 쉬고는 더 이상 아무 말도 하지 않았다. 왜 안마를 불렀는지는 안 물어보는군. 하긴 이야기를 꺼내봐야 피차 얼굴 붉힐 소리만 나올 테니까. 진짜 아버지라면 경찰서 로비에서 날 잡아 죽이려고 했을 것이다. 입을 굳게 다문 채 경찰들이 뜯어말릴 때까지 죽도록 두들겨 팼겠지.

나는 참지 못하고 물었다.

"왜 안마 불렀는지 안 물어봐요?"

"어? 니가 부른 것도 아니고……."

남자는 당황한 어조로 반문했다.

"제가 불렀는데요."

"그랬어? 아…… 뭐, 혈기왕성할 때니까 그럴 수도 있지. 질 풍노도의 시기라는 말도 있고. 근데 앞으로는 그러지 마라. 위험하잖아. 강도 위험 때문만이 아니라 병에 걸릴 수도 있고……."

"아저씨, 안마 가봤어요?"

"스포츠마사지? 거긴 가봤는데."

나는 잘 아는 안마시술소가 있는데 거긴 괜찮다고 하려나가 그만두었다. 안마 가봤냐고 물어보는 순간 차가 반대편 차선으로 들어갈 뻔했기 때문이다. 더 민감한 걸 물었다간 둘 다 죽겠다. 나는 욱신거리는 이마를 눌렀다. 차에 타니 두통이 더욱 심해진 기분이다. 차가 덜컹거릴 때마다 머리가 울린다. 남자가 말했다.

"병원에 안 가봐도 되겠어?"

"예?"

"경찰한테 듣기로는 너 범인들한테 맞고 기절했다던데. 진짜 아픈 데 없는 거야?"

머리가 죽을 것처럼 아프고 귓속에서 계속 삐 소리가 들린다. 하지만 남자에게 약한 모습을 보이고 싶진 않았다.

"아프면 아프다고 하죠."

백 형사에게 받은 담배가 떠올랐다. 니코틴이 흡수되면 두통이 줄어들지도 모르겠다. 주머니를 뒤져보니 담배는 중간이 똑 부러진 채 구겨진 몽타주 사이에 끼어 있었다. 재수도 어지간히 없지. 나는 창문을 열고 담배를 튕겨버린 후 몽타주를 펼쳤다. 흉악한 나방 문신의 얼굴이 구겨져 있었다.

"범인 몽타주니?"

남자가 힐끔 돌아보곤 알은체를 했다. 나는 남자가 보지 못하게 몽타주를 다시 구겨 주머니에 넣고 창밖에 시선을 주었다. 마치 잠든 것처럼 죽어 있던 정구의 얼굴이 자꾸 떠올랐다. 입을 막고 있던 청테이프. 발가벗은 몸. 정구가 그런 식으로 죽을 줄 몰랐다. 우리 중 누가 먼저 죽는다면 나일 거라 생각했다. 멍청한 짓을 하다가 멍청하게. 아무 의미도 없이. 정구는 그런 죽음과 맞닥뜨릴 인간이 아니었다. 그렇게 죽는 건 차라리 나였어야 했다. 예정되어 있던 하찮은 결말에 정구가 끼어들어 모든 걸 망쳐버렸고, 덕분에 난 죽지도 못하게 되었다.

남자가 말했다.

"정구를 위해서라도 빨리 범인을 잡아야 할 텐데. 참, 학교에서 전화 왔었다. 같이 학교에 한번 와달래. 무슨 일인지 들어야 된다고. 너 좀 안정되면 간다고 했다. 뭐 큰일이야 있겠니. 너나 동철이나 피해잔데. 징계야 있겠지만 별건 아닐 거야. 근데 내가 이번 달 월차를 썼으니 어떡하나. 휴가를 당겨 써야 하나."

역시 완전 소심한 남자다. 정구가 죽었는데 학교가, 월차가, 휴가가 그렇게 중요한가? 하긴 이 남자, 엄마가 아플 때도 출근은 꼬박꼬박 했다.

"정구 장례식은 아마 내일부터 시작할 거 같다. 아직 시신을 못 넘겨받았대. 그래서 말인데, 언제쯤 가는 게 좋을까?"

"뭘 언제쯤 가요?"

"우리도 가봐야 되지 않겠니? 내가 옆에 있을 테니까 걱정 말고."

"거길 뭐하러 가요. 가봐야 욕이나 실컷 얻어먹을 텐데."

나는 벌컥 화를 냈다. 이미 들은 욕만으로도 지긋지긋하다. 그런데 장례식장까지 가서 범인 취급을 받고 싶지 않았다. 남자의 얼굴이 어두워졌다. 이번에는 화를 낼 줄 알았는데 그러지 않았다. 대신 조심스럽게 말했다.

"물론 네 마음인데, 그래도 그게 예의니까. 옛말에 결혼식은 안 가도 장례식은 꼭 가랬기든."

"아저씨가 저 대신 가세요."

남자는 자기도 가기 싫다는 듯 푹 한숨을 쉬었다.

"정 안 되면 그래야지. 싫은 일도 해야 어른이니까. 지금은 피곤할 테니까 나중에 잘 생각해봐라. 뭐가 좋을지."

누군 가기 싫어서 안 가? 가봐야 서로 좋을 일이 없으니까 그러지. 근데 이 인간은 별로 어른스럽지도 않으면서 왜 이런 때만 어른인 척해. 나는 짜증이 나는 걸 꾹 참았다. 내가 거길 가면 정구 엄마가 퍽이나 좋아하겠다. 장례식장 분위기만 살벌해지지. 그리고 이런 얘길 꼭 집에 가면서 해야 돼? 나는 남자를 곁눈질로 살피며 생각했다. 내가 정구 죽이는 데 한팔 거들었다고 생각하는 거 아냐? 나는 입을 굳게 다문 채 창밖을 보았다. 속이 부글부글 끓었지만 화가 나는 이유가 뭔지 스스로도 설명하기 힘들었다. 그래, 내가 죽일 놈이다. 정구 죽은 것도

다 내 책임이고. 그때 창밖으로 지하철역이 보였다. 나는 창문을 두들기며 말했다.

"잠깐 차 좀 세워주세요."

"왜 그래? 토할 거 같니?"

남자가 길가에 차를 세웠다.

"잠깐 누구 좀 만나고 들어갈게요."

남자가 대답하기 전에 차에서 내려 지하철역으로 뛰었다.

"성민아! 잠깐만! 지금 어딜 가려고……."

역 입구에서 뒤를 돌아보았다. 남자가 안전벨트를 풀고 차에서 내리려 하고 있었다. 하여간에 굼뜬 남자다. 뭐 하나 잘하는 게 없다. 한달음에 계단을 뛰어내려 지하도로 들어갔다.

나는 정구를 죽인 놈들을 잡을 생각이었다.

.5.
빠삐용

아직 해도 떨어지지 않은 초저녁인데 역 주위 번화가는 사람
들로 북적였다. 북창동 단란주점, 성인 마사지, 술 파는 노래방
등의 이름을 달고 있는 풍선인형이 인도를 점령한 채 팔다리를
꺾고 허리를 뒤틀며 춤을 추고 있었다. 고깃집이며 곱창집 같은
일반 식당들도 질 수 없다는 듯 아줌마들이 직접 거리로 나와
싸게 해주겠다고 손을 흔들었다. 조금 더 밤이 깊어지면 단란
주점, 노래방, 룸살롱 삐끼들까지 가세해 한바탕 전쟁이 벌어질
것이다.

빠삐용 안마는 유흥가 안쪽, 주택가에 맞닿은 상가 건물 삼
층에 있었다. 실장인 철우 형의 말로는 역 바로 옆에 있으면 단
속이 뜰 때마다 걸리기 때문에 안쪽에 있는 편이 낫다고 했다.
서너 가게 털다 보면 힘들어서 단속반도 안쪽까지는 안 들어

오고 퇴근한다는 것이다. 우습게도 건물 일층에는 문구 체인점이 있어 교복 차림의 학생들이 여럿 보였다. 계단을 따라 삼층으로 올라가자 나지막한 피아노 음악과 함께 붉은 카펫이 깔린 복도가 날 반겼다. 복도 안쪽 보라색으로 짙게 코팅된 유리문 위에 핑크색으로 'Papillon Massage'라고 적혀 있었다. 나는 복도에 서서 철우 형한테 먼저 전화를 할지 그냥 들어갈지 고민했다. 벌써 몇 번 와본 가게임에도 입구에 서면 왠지 주눅이 든다.

마음을 정하기도 전에 자동문이 열리고 카운터 앞에 선 아가씨가 생긋 웃으며 "어서 오십시오" 하고 인사했다. 그녀는 서로 부끄러울 이야기는 과감히 생략하고 본론으로 들어갔다.

"현금으로 하실래요 카드로 하실래요?"

나는 주춤주춤 가게 안으로 들어서며 물었다.

"실장님 만나 뵈러 왔는데요."

슬쩍 복도 안을 들여다보았다. 마사지 크림에 샴푸 냄새가 섞인 묘한 향이 코를 찔렀다. 복도 양쪽으로 방들이 있었고 문에는 룸 번호가 적혀 있었다. 몸에 딱 붙는 물방울무늬 원피스를 입은 아가씨가 목욕탕에 갈 때나 쓸 법한 비닐가방을 들고 5번 방에서 나왔다. 아직 시간이 일러서 그런지 손님은 많지 않은 듯 보였다.

"아직 출근 안 하셨는데. 금방 오실 텐데 휴게실에서 잠깐 기다릴래요?"

휴게실은 손님들이 아가씨를 기다리며 시간을 때우는 곳이다. 보통 에이스라 불리는 인기 있는 아가씨들은 예약이 서너 건은 기본으로 차 있어 안마를 받으려면 한두 시간 기다려야

했다. 텔레비전에 안마의자, 인터넷이 가능한 컴퓨터까지 있으
니 철우 형을 기다리는 게 지루하진 않겠지만 잠깐 떡치러 온
아저씨들과 함께 있어야 한다는 게 마음에 걸렸다. 내가 있을
곳이 아니란 느낌이랄까.

"아뇨. 집 어딘지 아니까요."

나는 도망치듯 가게를 나왔다. 철우 형은 빠삐용 안마에서
걸어서 십 분 정도 거리의 원룸에 혼자 살았다.

안마시술소를 빠져나와 차도 하나를 건너자 어린이도서관이
보였다. 병아리 모자를 쓴 여자애가 엄마와 함께 도서관에서
나오고 있었다. 처음 이곳에 왔을 때 유흥가 바로 옆에 주택가
가 붙어 있는 걸 보고 많이 놀랐다. 안으로 조금만 더 들어가
면 초등학교에 대권도장이며 피아노학원 등이 진뜩 몰려 있다.
신기한 건 양쪽이 완전히 다른 공간처럼 확실히 분리되어 있어
서로 침범하지 않는다는 점이다. 유흥가에선 '미시 30명 대기'
니 '북창동식 서비스' 등의 낯 뜨거운 전단지가 바닥을 굴러다
니고 화려한 네온사인이며 풍선인형이 몇 미터 간격으로 반짝
반짝 빛나는데, 차도 하나만 건너면 과속방지턱이 설치된 어린
이보호구역이 시작되고 가로등마다 학원 전단지가 붙어 있다.
주택가에서는 땅값을 지키고, 유흥가에서는 단속을 피하기 위
해 눈치껏 합의한 결과가 아닌가 싶다. 철우 형은 이 주변 땅을
다 사서 한쪽에는 룸살롱 빌딩을 짓고 반대쪽에는 학원 빌딩을
지어 세 받아먹고 사는 게 꿈이라고 했다.

오후의 주택가는 한가로웠다. 햇볕은 뜨겁고 골목에는 자잘
한 먼지가 부유하는 가운데 사람이라곤 유모차를 밀고 가는

할머니와 젊은 엄마밖에 보이지 않았다. 두통은 여전했지만 혼자 있으니 그럭저럭 버틸 만했다. 철우 형을 만나 도움을 청할 생각이다. 뒷골목에서 벌어지는 일에 빠삭한 사람이니 뭔가 들은 게 있을지도 모른다.

그때 길 저쪽에서 철우 형이 나타났다. 그는 호랑이 갈기 같은 장발을 등 뒤로 질끈 묶고, 알이 큼직한 라이방 선글라스를 끼고 몸에 딱 붙는 반팔 티에 추리닝 바지를 입고 어슬렁어슬렁 걸어오고 있었다. 그는 누군가와 통화중이었다. 늘 그러듯 통화 예절은 쓰레기통에 던져버리고 고래고래 소리를 질렀다. 100킬로에 육박하는 거구에 얼굴마저 우락부락한 인간이 고함을 지르니 아줌마들이 수군거리며 멀찍이 피해갔다.

"아이참, 그런 새끼 모른다니까요. 제가 칼을 줬대요? 세상에, 그 새끼가 미쳤나. 절대 아니거든요. 저 칼 쓰는 일 그만둔 거 김 형사님도 아시잖아요."

칼이라니. 혹시 내 얘기 아냐? 나는 왠지 찔려서 철우 형을 부르지 않고 옷가게에 붙어 쇼윈도를 구경하는 척했다. 유리문을 통해 철우 형이 지나가는 걸 확인하고 뒤쫓아갔다. 철우 형은 계속 전화기에 대고 떠들어댔다.

"아, 맞다. 아는 후배가 중국 갔다가 칼 몇 자루 사다준 게 있긴 하네요. 혹시 메이드 인 차이나 아니에요? 맞네. 그게 그건가보네. 서랍에 넣어놨었거든요. 그걸 그 새끼가 와서 가져갔나본데요. 아뇨. 아예 모르는 건 아니고 한두 번 보긴 했죠. 같은 고등학교 나왔잖아요. 동창회 갔다가 소개 받아서 그냥 얼굴만 봤거든요. 그럼요. 진짜죠. 예? 경찰서요? 내일이요? 형사님이 가게로 오시면 안 될까요? 개기는 게 아니라요, 저도 생업이 있잖습니까…… 혜진이가 김 형사님 자주 안 온다고 섭섭해 하던데요. 그럼요. 저한테 매일 물어본다니까요. 다른 형사님도 같이 오신다고요? 아, 그럼요. 당연히 두 분 다 차비 드려야죠. 제 성격 아시잖아요. 예예, 그럼 내일 뵙겠습니다."

철우 형은 전화를 끊더니 핸드폰을 노려보며 욕을 퍼부었다.

"이런 개새끼, 아주 돈독이 올랐구만. 혜진이가 널 왜 기다리니, 이 씨발 새끼야. 너 때문에 가게 그만둔다고 난린데. 근데 최성민 이 개새끼는 대가리가 있는 새끼야 없는 새끼야. 어디서 무슨 지랄을 하고 다니는 거야. 내가 아주 죽여버릴 거야."

휴게실에서 기다렸으면 큰일 날 뻔했다. 나는 조심조심 철우 형 뒤를 따라가며 뭐라고 변명할지 궁리했다. 철우 형이 쉬지 않고 욕을 하며 어디론가 전화를 걸었다. 이번에는 누구와 통화하려는 걸까, 궁금해할 사이도 없이 주머니 속에 든 핸드폰이 부르르 떨렸다. 나는 건물 사이의 좁은 골목으로 총알처럼 뛰어들었다. 심호흡을 한번 하고 전화를 받았다.

"여보세요."

"야! 이 미친년아! 경찰한테 내 이름을 팔아? 너 죽고 싶냐?"

"아, 형. 그런 게 아니라요."

"아니긴 뭐가 아니야 이 개 같은 년아. 너 그 칼로 뭐했는데? 사람 찔렀어?"

"아뇨. 제가 피해자예요."

"개소리 하지 말고. 너 지금 어디야?"

어디라고 말하는 게 좋을까? 형 뒤에 있는 골목인데요, 하면 당장 끌려나가 개처럼 맞겠지? 철우 형은 한번 때리기 시작하면 인정사정없었다. 그러잖아도 두통이 심한데, 여기서 더 맞으면 죽을지도 모르겠다. 일단 전화로 철우 형의 화를 누그러뜨린 다음 만나는 게 좋겠다.

"밖인데요. 형은 어디세요?"

"밥벌이하러 가지, 개새끼야. 너 때문에 내가 방금 얼마를 날렸는지 알아?"

"형, 진정하시고요, 무슨 일이 있었는지 말씀 드릴게요."

"그래, 어디 한번 해봐 새끼야."

그런데 왠지 철우 형의 목소리가 점점 크고 또렷해진다. 설마 하는 생각에 고개를 돌리니, 골목 앞에 철우 형이 서 있었다.

"이 쥐새끼, 이런 데 숨어서 전화질이냐?"

"형, 진정하고 제 말 좀 들어보세요. 사정이 있었어요."

골목 안쪽은 벽으로 막혀 있었다. 독 안에 든 쥐다. 나는 필사적으로 변명을 쏟아냈지만 철우 형은 듣는 둥 마는 둥 하다 갑자기 주먹을 날렸다. 순식간에 주먹세례가 얼굴과 몸통 위로 쏟아졌다. 두 팔로 머리를 감싸 쥔 채 그 자리에 주저앉았다. 이번에는 등허리와 옆구리에 발길질이 날아왔다. 급소를 피해 맞는 것임에도 정신이 하나도 없었다.

"이 자식이 귀여워해줬더니 선배 뒤통수를 쳐?"

나는 형의 다리를 부여잡으며 사정했다.

"형, 형, 잠깐만요. 내가 다 설명할 테니까……."

철우 형이 주먹을 멈췄다.

“뭔데?”

“그러니까……”

안도하며 손을 내렸을 때 무릎차기가 날아왔다. 턱에 한 방을 맞고 바닥으로 나뒹굴었다. 순간적으로 정신이 멍해지면서 당했구나, 하는 생각이 뇌리를 스쳤다. 그는 발끝으로 내 사타구니를 툭툭 걷어차며 말했다.

“이 새끼야, 방금 전화한 새끼가 어떤 새낀지 알아? 대한민국 경찰 역사상 제일로 돈을 밝히는 놈이야. 너 때문에 나 적금 깨게 생겼어.”

“형, 미안해요. 미안.”

나는 입안에 고인 피를 삼키며 말했다. 미안하다는 말은 진심이지만 불알이 깨지는 걸 감수할 만큼은 아니었다. 나는 엉덩이와 팔꿈치를 움직여 필사적으로 뒤로 물러섰다.

“미안하면 돈을 내 새끼야.”

철우 형은 내 멱살을 잡아 일으켰다. 이대로 있다간 설득하기 전에 내가 죽겠다. 나는 배를 한 방 맞는 순간 눈을 까뒤집고 금방이라도 숨이 넘어갈 것처럼 컥컥거렸다. 재작년에 졸업하고 나이트 삐끼로 일하는 선배가 가르쳐준 기술인데 순간적으로 숨을 멈추며 적절할 정도로 몸을 떠는 게 포인트였다. 철우 형도 찔끔했는지 내 멱살을 놓고 조심스럽게 바닥에 앉혔다.

“야, 너 괜찮냐? 숨 쉬어, 숨.”

“예…… 예……”

“많이 아프냐? 119 부를까?”

나는 기회를 놓치지 않고 말했다.

"형, 미안해요. 친구가 죽어서 어쩔 수 없었어요."

▸▸

사정을 들은 철우 형의 표정이 밝아졌다. 정구가 죽은 건 그에게는 아무 일도 아니었다. 차라리 날 때리다 핸드폰 액정에 살짝 금이 간 게 더 충격적인 일인 모양이었다. 그는 인터넷 검색으로 핸드폰 AS센터를 찾으며 말했다.

"김 형사 새끼 별것도 아닌 것 가지고 생쑈를 했구만. 난 사람이 죽었다고 해서 식겁했지 뭐냐. 하긴 그 칼 맞고 누가 죽겠어. 칼날 길이가 십 센티도 안 되는데."

"칼은 뺏겼어요. 죄송해요."

"됐어. 난 니가 칼로 어디 편의점이라도 턴 줄 알았다. 아니면 껄렁한 애들이랑 시비가 붙어서 엉겁결에 칼을 썼던가."

"설마요. 저 그럴 배짱 없어요."

"하긴."

철우 형은 내게 경멸 섞인 눈빛을 던졌다. 작년에 온라인게임 문제로 내가 불량배들에게 맞고 난 이후 형의 신임이 많이 줄었다. 나도 그 편이 나았다. 누군가가 날 믿어준다는 것이 내게는 오히려 부담스러웠으니까. 형은 AS가 무료라는 사실을 알고 흡족한 얼굴로 핸드폰을 주머니에 넣었다. 그는 그제야 내 기분이 신경 쓰이는지 갑자기 목소리를 깔며 말했다.

"마음이 안 좋겠구나. 하긴 친구가 죽었는데 기분이 좋으면 그게 이상하지. 나도 고등학교 때 친구가 죽어서 네 마음 잘 안다. 너무 자책하지 말고. 살아 있는 게 힘들다 그런 생각도 하지 말고. 시간 지나면 다 잊히니까. 내가 죽는 거 아니면 다 까먹어도 돼. 술 많이 마시고 잠 많이 자고. 알겠냐?"

"예."

철우 형은 슬쩍 시계를 보더니 내 어깨를 쳤다.

"일단 가게로 가서 얘기하자. 늦었네."

빠삐용 안마의 카운터에는 중년의 회사원 둘이 직원의 설명을 듣고 있었다. 그들은 철우 형을 보고 반색했다.

"손 실장, 오랜만이야."

"아이구, 박 사장님. 요새 왜 이리 뜸하셨어요? 혜진이가 얼마나 사장님 찾았는데."

"그런데 손 실상, 스페셜 이벤트가 뭔데 이만 원이나 비싸?"

"아, 그거요. 저희 창립 삼 주년 기념으로 실시하는 투 플러스 원 서비슨데요."

"투 플러스 원? 그럼 셋이나?"

"예. 십오 분, 이십 분, 이십오 분, 차례로 들어옵니다. 그러니까 십구 곱하기 삼 해서 원래 오십칠만 원 받아야 되는 건데, 이벤트 할인가로 이십일만 원에 모시는 거죠. 여름 특별 한정인데……"

"좋아. 나 그거."

슬슬 손님들이 모이고 있었다. 열 개 중 여섯 개의 룸에 불이 켜졌고 무튜으로 시끄러운 노랫소리가 들렸다. 방은 설비를 제대로 갖추려면 돈이 들기 때문에 음악을 틀어 밖으로 신음 소리가 새어나가지 못하게 하는 것이다. 나는 주위를 두리번거리며 물었다.

"이제 저녁 먹을 시간인데 사람이 많네요."

"일찍 일어나는 새가 벌레를 잡는다는 말 들어봤지? 안마도 딱 그래. 저녁 시간에 유명한 식당 가봐라. 사람 바글바글하지 서비스 개판이지. 안마라고 다르겠냐? 담배 한 대 피울 시간 없이 계속 손님 받아야 하는 거 뻔히 아는데 고객 한 분 한 분께 최선을 다할 수 있겠냐? 한가할 때 와야 제대로 서비스를 받지. 지금 오는 애들이 머리 좋은 애들이야."

지하로 내려가니 휴게실에도 대기자들이 있었다. 철우 형은 그들에게 일일이 말을 걸었다.

"안녕하세요, 빠삐용 안마 실장 손철웁니다. 처음 뵙는 거 같은데…… 허허, 제가 부모님 얼굴은 잊어도 한 번 본 손님은 안 잊습니다. 저희 가게 어떻게 알고 오셨어요? 안마야닷컴이요? 저도 알죠. 고정닉은 없고요, 가끔 눈팅만 합니다. 저희 투 플러스 원 서비스 한번 받으시고 추천글 좀 써주세요."

"김 사장님, 안마의자 마음에 드세요? 역시 돈은 정직하다니까요. 이거 좀 비싸죠. 그래도 손님들 건강이 중요하지 돈 몇 푼이 중요하겠습니까. 요 옆에 칠성안마라고 아시죠? 거긴 휴게실에 의자 몇 개랑 20인치 텔레비전밖에 없어요. 그러고도 손님 받을 생각을 하니 진짜 나쁜 놈들이죠. 아, 하나 구입하고 싶으세요? 제 친구가 수입하는 건데 사다 드릴까요? 당연히 싸게 해드리죠. 저희 가게에서만 열 대를 샀는데요. 손님 중에도 벌써 여러 명이 사가셨거든요."

"오피스텔에서 몰래 영업하는 애들이요? 그런 데 가시면 안 되죠. 질 나쁜 애들이 하는 거예요. 오피스텔 들어가자마자 뒤통수 맞고 돈 뺏길지 누가 알아요? 거기다 여자애들도 거의 다 병 걸렸고요. 에이즈 걸린 애도 있대요. 저희는 일 년에 두 번씩 건강검진 실시하고 있습니다. 원하시면 서류도 보여드리고요. 가능하면 공신력 있는 곳에서 마음 편하게 유흥문화를 즐기셨으면 좋겠습니다."

실장실은 휴게실 바로 옆에 있었다. 철우 형은 신발을 벗고 슬리퍼로 갈아 신으며 어디론가 전화를 걸었다.

"난데, 의자 하나 빼놔라. 우리 단골이 산대. 커미션 30프로다. 이 새끼야! 하자품 팔아주면 고마운 줄 알아야지. AS 안 되는 건 얘기하지. 당연한 거 이냐. 수입품이 이렇게 AS가 되냐?"

그는 핸드폰을 책상 위에 던지고 빈 의자에 앉았다. 그리고 내게도 앉으라고 손을 흔들었다. 그는 머리를 쓸어 올리며 말했다.

"아무튼 친구 죽은 거 참 안됐다. 아까 내 친구 죽은 얘기 하다 말았지? 밤에 술 먹고 길거리에 누워 자다 차에 치었어. 뺑소니. 씨발. 애가 싸움도 잘하고 의리가 있어서 살아 있었으면 진짜 크게 됐을 텐데. 아쉬운 놈이 갔지."

진짜 크게 됐을 놈은 정구였다. 정구는 전교 1등은 맡아놓은 수재에 성격도 좋았다. 구김살 없이 누구에게나 편하게 대했고, 공부를 못한다거나 싸움질이나 하고 다닌다는 이유로 친구를 피하는 일도 없었다. 그래서 난 녀석이 고까웠다. 녀석을 보고 있으면 내가 가진 고민이며 열등감이 아무것도 아닌 것처럼 느껴졌으니까. 그래서인지 껄렁한 아이들 중에 정구를 손봐주고 싶어 하는 녀석들이 많았다. 그런데 본의 아니게 짝꿍이 되어 함께 지내면서 알게 된 정구는 강박적으로 자위행위를 하지 않으면 견디지 못할 만큼 우울했고 죽을 때까지 여자를 사귀지 못할까 늘 걱정할 만큼 자신감이 없는 아이였다. 단지 남들에게 표내지 않으려고 노력했을 뿐이다. 내가 힘들다고 남들까지 힘들 필요는 없으니까. 녀석이 입버릇처럼 하던 말이다. 하지만 가끔 내게 속에 있는 이야기를 할 때면 정구만큼 격렬하고 폭발적인 반응을 보이는 녀석이 없었다. 그래서 난 녀석을 미워하면서도 좋아했다.

철우 형은 주절주절 죽은 친구의 추억을 늘어놓고 있었다. 대충 듣기에도 나나 철우 형과 비슷한, 별 볼일 없는 인간이었다. 난 내색하지 않고 적당히 맞장구를 치다가 조심스럽게 말을 꺼냈다.

"그래서 말인데요."

"뭐?"

"정구, 저랑 진짜 친했거든요. 그런 친구가 죽었는데 가만히 있을 순 없잖아요. 솔직히 저한테 아주 책임이 없는 것도 아니고……."

철우 형은 이해가 안 간다는 얼굴이었다.

"네 마음은 알겠다만, 뭘 하려고?"

"범인 잡아야죠. 형이 좀 도와주셨으면 좋겠어요."

"미친 새끼. 무슨 개소리야. 수사는 경찰이 해야지 네깟 놈이 하긴 뭘 해. 양복 하나 빌려줄 테니까 장례식장 입고 가서 가족들한테 미안하다고 사과나 해라."

생각보다 철우 형의 반응이 별로다. 나는 급히 말했다.

"경찰은 범인 못 잡아요. 이번이 다섯 번째 범행이라는데 제대로 된 단서 하나 못 찾았대요."

"그래도 너보단 경찰이 낫지. 걔들은 전국적인 조직이잖아. 아무리 날랜 놈들도 계속 일 저지르고 다니면 언젠가는 잡혀. 근데 넌 아무것도 없잖아."

나는 억지 미소를 지으며 말했다.

"전 형이 있잖아요. 전국 경찰 다 합친 것보다 유능하시잖아요, 철우 형."

"웃기시네."

철우 형은 피식 웃었다.

"이건 형한테도 중요해요. 범인들이 출장안마로 위장해서 가정집에 침입한다잖아요."

"그래서?"

"이런 식으로 범행이 계속되면 어떻게 되겠어요? 안마 업계에 대한 사회 인식까지 나빠질걸요? 안마? 그게 뭐하는 곳인데 사람이 죽어. 이러면서 다들 관심을 가질 테니까요. 제가 잘은 몰라도 이쪽이 뭔가 하나 이슈가 되면 한동안 박살이 나던데…… 그렇지 않아요?"

"별 걱정을 다 하네."

말은 그렇게 했지만 은근히 걱정은 되는지 철우 형이 의자에 고쳐 앉으며 물었다.

"그래서 뭘 어쩌자고? 나더러 범인 잡아달라고? 나 바쁜데?"

그거 한다고 경찰에서 나한테 표창해줄 것도 아니고. 지들 일에 끼었다고 괴롭히지나 않으면 다행이지."

"아뇨, 제가 잡을 건데 형이 조금만 도와주세요."

나는 품속에서 몽타주를 꺼냈다.

"이것 좀 봐주실래요?"

철우 형은 CCTV에 찍힌 남자들의 사진과 나와 동철이 작성한 몽타주를 차례로 넘겨 보았다.

"이놈들이야? 새끼들 생긴 것부터 나쁜 짓 잘하게 생겼네. 이건 뭐야? 문신? 내가 보기에 이거 나방이 아니라 나비다. 이런 놈들이 저렴한 애들한테 문신 맡기거든. 배추 문신은 장미 그리다 실패한 거고 나방 문신은 나비지."

그는 다음 장을 넘겨 정구를 죽인 여자를 보곤 휘파람을 불었다.

"이거……"

나는 숨을 죽였다. 여자가 누군지 알아본 걸까?

"임수정이잖아. 어라? 이건 엄지원이네."

"둘 다 같은 여자를 그린 거거든요. 그림마다 생긴 건 달라도 뭔가 비슷한 점이 느껴지지 않나요?"

"둘 다 예쁘네."

철우 형은 담배를 꺼내 불을 붙이고 다시 사진을 들여다보았다.

"어떻게 생각하세요?"

그는 입을 오므려 담배 연기를 뿜어내며 말했다.

"이 정도면 우리 가게에 와도 에이스 자리 넘볼 거 같은데?

왜 위험하게 강도짓을 하나. 남자 새끼들 꼈으면 돈도 얼마 못 벌 텐데. 가게에 마이킹 몇 억 해먹고 튄 년인가."

"마이킹이요?"

"가게에서 선불 땡기고 일하는 거. 이 바닥 애들 씀씀이가 커서 항상 돈에 허덕이거든. 가게 입장에서는 에이스 싸게 잡아둘 수 있으니까 좋고. 스폰서 물어서 단번에 털지 않으면 절대 못 갚거든."

그때 전화가 왔다. 액정에 '동거인'이라는 이름이 떴다. 망설이다 전화를 받았다.

"성민아, 대체 어디니?"

"사람 좀 만나요."

"누굴 만나는데? 꼭 지금 만나야 될 만큼 중요한 일이니?"

"예."

수화기를 타고 남자의 숨소리가 들렸다. 무슨 말을 할지 고민스러운 모양이다. 그는 간신히 입을 열었다.

"너무 늦지 마라. 너한테 무슨 일 생기면 네 엄마 볼 낯이 없다."

전화를 끊자 철우 형이 턱으로 해드폰을 가리켰다.

"누구냐?"

"엄마 남편이요."

"아, 맞다, 엄마가 재혼하신 다음 돌아가셨다고 했지? 거 괜찮은 사람이네. 마누라두 없는데 아들 챙겨주고. 친하게 지내. 우리 아버지는 나 교도소 있을 때 면회는커녕 전화 한 통 안 했는데. 지금도 연락이 안 된다. 친부가 맞나 의심스러워, 우리 엄마는 맞다는데 내가 보기에는 전혀 비슷한 데가 없거든."

나와 그 남자 사이에도 공통점이 없다. 우리를 이어주는 끈은 엄마뿐이었다. 엄마가 살아 있을 때는 별 문제 없이 그냥저냥 지낼 만했다. 서로 대화를 나눌 이유도 그럴 필요도 없었으니까. 하지만 이젠 우리 둘만 남았다. 아직까지야 엄마에 대한 애정이 남아 함께 살고 있지만 언제까지 이런 위태한 관계가 계속될 수 있을까. 잘될 리가 없다. 솔직히 나라도 나 같은 놈이랑 안 산다. 사고도 어지간히 쳐야지. 출장안마가 뭐냐. 그래서 난 내 동거인에게 내 마음을 가급적 내보이지 않는다. 나중에 상처받지 않으려면 그래야 한다.

▶▶

저녁도 중국 요리였다. 철우 형은 밥이나 먹고 가라며 탕수육과 오향장육을 시켰다. 뭘 먹을지 물어보지도 않고 주문하는 건 백 형사와 같았다. 단지 금액대가 다를 뿐이다. 그러고보면 두 사람, 성격이나 태도가 비슷하다. 만나게 해주면 쉽게 친해질지도 모르겠다. 식욕이 없어 탕수육 몇 점만 먹고 젓가락을 내려놓았다. 그 꼴을 보고 철우 형은 쯧쯧 혀를 찼다.

"얌마. 계집애처럼 그게 뭐냐. 힘들수록 많이 먹어야지 체력 떨어지면 아무것도 못해."

"그러니까 형이 좀 도와주세요. 저 몸이 약해서 혼자서는 못 해요."

"내가 뭘 해주면 되는데?"

"가게에서 일하는 아가씨들한테 몽타주 보여주고 싶은데요. 형이 아까 그랬잖아요. 가게에 빚지고 튄 년인 것 같다고. 그럼 누구든 알아보는 사람이 있을지도 모르잖아요."

사람은 누구나 자신이 아는 것을 기준 삼아 행동하기 마련이다. 업계에 대해 전혀 모르는 작자가 어느 날 갑자기 출장안마를 빌미로 강도질을 해볼까, 라는 생각을 할 수 있을까? 분명히 이 바닥에서 일해본 여자다.

"뭐 그랬을 수도 있겠지. 근데 그런 걸로 찾을 수 있겠냐? 이 바닥 은근히 넓다. 이 근처에만 해도 안마시술소가 다섯 곳이야. 그것도 최근에 대딸방이니 키스방이니 이상한 거 엄청 생기면서 많이 줄어든 건데 그래. 너희 동네에도 여러 군데지?"

고개를 끄덕일 수밖에 없었다. 애들이 자주 가는 학교 근처 번화가만 해도 상가 건물 꼭대기는 안마시술소 아니면 모텔이 대부분이었다. 지하는 룸살롱 아니면 노래방. 그리고 그 사이에는 학원이 있다. 국어학원 영어학원 수학학원. 가끔은 다들 공부 아니면 섹스만 하며 사는 걸까 궁금하다.

"근데 여자 하나를 찾을 수 있겠냐? 국세청 통계에 따르면 유흥업소에서 일하는 여자가 전부 십사만이야. 세금 내는 애들이 십사만이라는 거지 안 내는 애들까지 포함하면 얼마가 될지 몰라. 파트타임으로 일하고 돈 받아가는 애들 있거든. 대학생들, 유부녀들, 걔들 말로는 등록금에 애들 학원비 때문에 그런다는데, 아무리 그래두 세금은 내야지. 돈은 정직하게 벌어야 되는 건데. 나라가 어떻게 되려고 이러는지 몰라."

철우 형은 독립만세를 부르짖는 애국지사처럼 열변을 토했지만 설득력은 없었다. 나는 부드럽게 말했다.

"그래도 서울만 치면 최소한 반은 줄 거 아니에요. 거기다 얼굴이 예쁜 편이니까 눈에 띄었을 거고요."

"뭐, 그럴 수도 있지."

"그리고요, 작년부터 강도짓을 했으니 유흥업소 경력은 그보다 전부터였다는 거잖아요. 아무리 짧아도 이쪽 일을 몇 년은 했을 테니까 이 근처 가게만 쭉 훑어도 알아보는 사람이 있지 않을까요?"

"알았어. 한번 물어보지. 가자."

철우 형은 서비스로 온 짬뽕 국물까지 후루룩 마시고 자리에서 일어섰다.

휴게실은 사람들로 북적였다. 철우 형은 손님들을 지나치며 몇 마디씩 인사를 건넸다. 휴게실 안쪽에는 남자 화장실과 '직원외출입금지' 팻말이 붙은 작은 창고가 있었다. 창고 안은 각종 청소도구며 수건 비누 일회용 칫솔과 샴푸 등의 세면도구들로 가득했다. 철우 형은 익숙한 동작으로 물건들을 뛰어넘어 반대쪽 문을 열고 나갔다.

문을 열자 끈끈하고 후텁지근한 공기가 훅 끼쳤다. 창고는 비상계단과 이어져 있었다. 그곳은 안마시술소와 같은 공간에 있다는 게 믿어지지 않을 만큼 낡고 지저분했다. 외벽은 때가 타서 원래 색깔이 뭐였는지 알아보기 힘들었고 콘크리트 계단은 모서리 부분이 깨져 시멘트 조각들이 굴러다녔다. 녹슨 계단 난간에 위태롭게 노란색 깡통이 놓여 있었다. 모래가 든 깡통 안에는 꽁초가 몇 개 꽂혀 있었다. 필터에 빨간 립스틱 자국이 보였다. 철우 형은 깡통에 가래침을 뱉으며 말했다.

"쌍년들이 담배 피우지 말라고 그렇게 얘길 해도 말을 안 들어."

계단을 따라 올라가자 아무것도 적혀 있지 않은 철문이 보였다. 철우 형은 노크도 없이 벌컥 문을 열었다.

그곳은 안마에서 일하는 아가씨들의 휴게실이었다. 젊은 여자의 살 냄새에 화장품 냄새와 담배 냄새가 뒤섞여 기묘한 향을 뿜어냈다. 탱글탱글하고 몸매 좋은 아가씨들이 속옷에 가까운 가벼운 옷차림으로 방 안 가득 누워 있는 광경에 나는 기가 질렸다. 그녀들은 모두 스마트폰을 손에 든 채 DMB로 드라마를 보거나 누군가와 채팅을 하고 있었다. 철우 형은 버럭 소리를 질렀다.

"뭐하냐! 시간 있으면 좀 씻고 화장이나 해."

누군가 투정을 부렸다.

"하루에 몇 번을 씻어요."

"씻고 씻고 또 씻어야 손님에 대한 예의지. 그리고 너희가 지금 놀 때냐? 할 일 없으면 단골 오빠한테 전화해서 좀 오라고 해. 돈 벌 생각은 안 하고 일 끝내고 집에 갈 생각이나 하고 말이야. 우리 손님들 다 마음이 외로운 분들인 거 몰라? 지금 같은 때 전화해서 보고 싶다고 하면 오겠어 안 오겠어?"

방 안의 유일한 의자에 앉아 있던 여자가 퉁명스럽게 말했다.

"외롭긴 무슨, 그냥 꼴려서 오는 거지."

철우 형은 여자를 노려보았지만 여자는 시선을 피하지 않았다. 이제 스물두엇 정도 되었을까, 예쁜 여자였다. 핑크색 추리

닝을 입고 있었는데, 머리에 후드를 쓰고 주머니에 손을 넣은
채 매끈한 두 다리를 화장대 위에 올리고 있었다. 건방진 자세
가 외모와 꽤 어울렸다. 그녀는 날 힐끔 쳐다보더니 인사하듯
발끝을 까딱였다. 철우 형은 "내가 너랑 무슨 얘길 하겠냐" 하
고는 다른 여자들에게 몽타주를 나눠주었다.

"이 그림들 쫙 돌려봐."

"이게 누군데?"

"뭐긴 뭐야. 나쁜 연놈들이지. 남자나 여자나 이쪽 업계에서
일하던 애일 가능성이 높아. 혹시 아는 얼굴 나오면 바로 손 들
어라."

"저 알 거 같아요!"

한게임 맞고를 치던 아가씨가 호들갑을 떨며 손을 들었다.
나는 그녀가 뭐라고 말할지 알고 있었다.

"임수정 맞죠?"

"아냐."

여자는 실망한 표정으로 입을 다물며 다른 사람들에게 그림
을 내밀었다. 여자들은 그림을 차례로 넘겨 보기 시작했다.

"근데 이게 누구야? 오빠 돈 떼먹은 여자야?"

"내 돈 떼먹은 건 너밖에 없어, 이 미친년아."

철우 형은 갑자기 내 팔을 잡아 자기 앞에 세웠다.

"얘가 찾는 여자다. 거기 그림에 나온 여자가 안마해주겠다
고 애 친구 꼬셔가지고 집 털고 죽여버렸대."

"진짜?"

"어머, 세상에."

"너무 무섭다."

"그러니까 잘 봐. 애가 친구 복수하겠다고 범인 잡으려고 하는 거니까. 요즘 같은 세상에 이런 진국이 어디 있냐?"

마지막으로 핑크색 추리닝이 사진을 확인했다. 그녀는 무성의한 태도로 사진을 넘겨보다 불쑥 물었다.

"여자 그림이 둘인데. 두 사람을 부른 거야?"

그녀가 입을 열자 다른 여자들이 조용해졌다. 철우 형은 나더러 설명하라는 듯 눈짓을 보냈다.

"한 명인데요, 저랑 다른 애랑 따로 만든 거라 인상착의가 좀 다른 거예요."

핑크색 추리닝이 의자를 빈 바퀴 돌려 날 정면으로 바라보았다.

"근데 너 몇 살이니?"

추리닝 지퍼를 끝까지 올린 채 주머니에 손을 넣고 웅크리고 있는 모습이 왠지 귀여웠다. 머뭇머뭇 말을 꺼내려는데 철우 형이 끼어들었다.

"몇 살처럼 보이는데?"

"스물하나? 둘?"

미성년자로 봐주지 않으니 왠지 기분이 좋았다. 철우 형이 내 어깨에 손을 얹으며 말했다.

"그래, 아직 어린놈이야. 그러니까 애가 얼마나 마음고생이 심했겠냐. 잘 보고 생각나는 거 있으면 말해. 그런 나쁜 년은 빨리 잡아넣어야지."

"알았어."

그녀는 한참 동안 사진을 쳐다보다 "잘 모르겠네" 하고 어깨를 으쓱이더니 내게 사진을 돌려주었다.

"너 이름이 뭐니?"

"최성민인데요."

"본관이 어딘데?"

"경주요. 근데 왜요?"

"한자는 뭐 쓰니?"

"이룰 성에 옥돌 민이요."

철우 형이 투덜거렸다.

"여기가 철학관이냐? 무슨 소리를 하는 거야?"

여자는 별거 아니라는 듯 손을 내저었다.

"알았어. 내가 한번 알아봐줄게."

나는 여자에게 고맙다고 꾸벅 인사를 했다. 묘한 여자였다. 보면 볼수록 인상이 강렬해진다. 철우 형조차 함부로 대하지 못하는 걸 보면 나름 파워 있는 여자가 틀림없다.

방을 나오며 철우 형은 히쭉 웃었다.

"잘됐어. 저년이 나서는 게 내가 나서는 것보다 훨씬 나아. 워낙 발이 넓은 년이니까."

"누군데요?"

"마녀. 이름은 안나. 몇 살 같아 보이냐?"

"스물여섯? 스물일곱?"

"서른하나."

깜짝 놀랐다. 철우 형의 낌새가 이상해서 몇 살 더 보태 말했는데 그조차도 실제 나이에 못 미쳤던 것이다.

"산전수전 다 겪은 년이야. 안마계의 산증인이랄까. 원년 멤버지. 그 전에는 어디 룸살롱에서 마담으로 있었다는데. 한창때는 텐프로에서 이름을 떨쳤다고도 하고."

"그런데 왜……?"

"이런 데서 일하냐고? 돈 벌려고. 벌기야 많이 벌었겠지. 근데 이 바닥에 돈 모은 사람 없다. 쉽게 모은 돈 쉽게 나간다고, 돈 벌면 외제차 사고 명품 사고 양아치 애인 만들어서 돈 쏟아붓고. 저런 애들이 애인한테는 또 굉장히 잘하거든. 아무리 돈을 많이 벌어도 이건희 손녀가 아닌 이상 돈이 모이겠냐? 나이는 먹는데 빚은 늘고, 결국 인생 조지는 거지."

철우 형은 한심한 인생들, 이라고 중얼거렸다. 왠지 내 이야기인 것 같아 마음이 좋지 않았다.

"이제 가볼게요."

"벌써? 안나가 너 마음에 든 모양인데 좀 있다 보고 가지 그러냐?"

"설마요."

"아냐. 저년 영계 밝히는 거 소문났어. 어때? 이번 기회에 찐하게 연애 한번 해보는 건?"

"됐어요."

"좋은 기횐데 왜? 섹스는 저런 능구렁이한테 배워야 제맛이야. 너 그동안 만난 애들, 다 솜털도 안 가신 애송이들이었을 거 아냐? 그런 애들이랑 백날 해도 소용없다. 한 번을 배워도 전문가한테 배워야지."

철우 형이 입술을 핥는 걸 보고 있으니 절로 소름이 돋았다.

나는 단호하게 말했다.

"진짜 괜찮거든요."

"왜? 나이가 많아서 싫어? 그럼 다른 애로 소개시켜줄까? 아까 본 애들 중에 마음에 드는 애 없었어?"

"신경 안 쓰고 봐서 잘 모르겠네요. 그냥 일 이야기나 해요."

"역시 우리 성민이가 좀 거만하다니까. 하긴, 전에 아이돌도 사귄 적 있으니 어련하겠어? 걔 이름이 뭐였더라. 얼마 전에 신곡 발표했던데."

지은이 이야기는 듣고 싶지 않다. 철우 형 입을 통해서라면 더욱더. 나는 고개를 저었다.

"사귄 적 없어요. 그냥 친구였어요. 요새 걔가 바빠져서 못 만나고 있는 거고."

철우 형은 심술궂게 말했다.

"너 차였다는 애긴 들었지. 뜨고 나서 안면 바꾸는 건 당연한 거야. 사람이란 게 다 그래. 전혀 마음 상할 거 없다. 돈 좀 벌고 나면 예전에 사귀던 애 계속 보는 게 손해인 것 같고, 급이 맞는 애를 만나야 하는 거 아닌가 싶어지고."

"그런 거 아니라니까요."

철우 형이 내 말을 가로챘다.

"너도 출세하면 돼."

나는 입을 다물었다. 철우 형은 날 자기 쪽으로 끌어당겨 어깨동무를 한 채 걸음을 옮겼다.

"너 여기까지 와서 범인 찾겠다고 생떼 쓰는 거 보고 나 사실 감동받았다. 나라면 집에 틀어박혀서 조용해질 때까지 안

나올 텐데. 이 새끼, 의리 있는 놈이구나. 이 바닥에서 제일 중요한 건 의리야. 한탕 해서 튈 생각하는 새끼들은 절대 오래 못 간다. 다들 그런 새끼들밖에 없어서 문제긴 한데, 너라면 믿을 수 있겠다. 이번 일 내가 도와줄 테니까 너도 나 좀 도와줘라. 내가 곧 가게 차릴 생각이니까."

"독립하실 거예요?"

"지금 투자자들 만나고 있다. 룸살롱이랑 안마, 모텔까지 한 건물에 넣어서 토털로 가려고. 투자한 돈만큼 지분 주고 연말에 수익금 나눠주고. 투자자한테는 삼십 프로 할인 가격으로 이용할 수 있게 해주고. 주주 겸 회원 시스템으로 가는 거지."

철우 형은 꽤 오래 생각한 아이템인지 한 번 망설이지도 않고 일사천리로 읊었다.

"너도 내년이면 졸업이잖아? 대학 갈 생각은 아니지? 너 집안문제도 있는 것 같은데…… 일찍 돈 벌면 좋잖아? 학교야 적당히 나가도 졸업장은 줄 거고. 슬슬 여기 나와서 일 배우는 거 어떠냐? 휴게실 안쪽에 너 잠잘 방 하나 정도는 있으니까."

"제가 안마에 와서 할 일이 있겠어요?"

"일이야 많지. 섹스는 말이야, 인간이 없어지지 않는 한 계속될 비즈니스야. 아무리 힘들어도 섹스는 해야 되는 게 인간이거든. 칠십 먹은 할아버지도 팔다리 없는 장애인도, 심지어 고3도 섹스는 하고 싶잖니. 이 시점에서 가장 비전 있고 현대적인 섹스 산업은 바로 안마야."

"예?"

"안마가 뭐냐? 마사지잖아. 직장인들이 하루의 피로를 풀겠다는데 뭐가 문제냐? 뭉친 근육 풀고 막힌 혈관 뚫어주는 건데. 우리 가게 시각장애인 안마사만 셋이다. 원하면 진짜 마사지부터 해줘."

"진짜요?"

"그럼. 단란주점이고 룸살롱 가는 사람들, 거기 왜 가냐? 섹스하러 가는 거잖아. 근데 한번 하려면 술 먹어야지, 2차 비용에 모텔비까지 내야지. 요즘처럼 경제 어려운 때 그럴 돈이 어디 있냐? 개인주의가 팽배해서 술집 가서 으쌰으쌰 하는 분위기도 아니고. 이제는 접대비도 쥐꼬리야. 공무원 접대만 빼고. 진짜 상류층 다니는 텐프로 아니면 다 굶어죽는 거지. 유흥업소도 양극화라니까. 이럴 때 진솔하고 정직한 안마가 등장한 거지."

진솔? 정직? 안마를 묘사하기에 적절한 어휘인지 의심스러웠지만 그냥 넘어갔다.

"그렇군요."

"인테리어 깔끔하지 애들 싹싹하지 특별 이벤트까지 해주는데. 소주 한잔 먹고 바로 안마 가는 게 돈 아끼는 길이야. 요새는 큰 회사 직원들도 2차는 안마에서 한다니까. 여직원들은 집으로 보내고 남자들끼리만. 휴게실에서 맥주 한 캔씩 따고 아가씨들 골라서 룸으로 들어가면 하루의 피로가 쫙악 풀리지 않겠냐?"

그때 멀리서 순찰차의 사이렌 소리가 들렸다.

"최근에 단속이 많이 심해졌다고 그러던데요."

철우 형은 얼굴을 찡그렸다.

"그래서 문제긴 한데, 그것도 한때지. 선거 끝나면 잠잠해질 거야."

철우 형과 함께 일층까지 내려왔다. 건물 뒤편의 주차장으로 벤틀리가 들어오고 있었다. 나는 외제차를 쳐다보며 생각했다. 저런 차를 타는 인간도 안마를 받으러 오는구나.

철우 형이 내 생각을 알았는지 회심의 미소를 지었다.

"저 양반도 단골손님이야."

"생각해볼게요."

"그래. 잘 생각해라. 너랑 기혁이랑 둘이 내 옆에 있으면 좌청룡 우백호, 세상에 무서울 게 없지."

벌써 기혁이는 포섭했나보네. 알겠다고 대답하고 밖으로 나섰다.

어느새 가느다란 비가 내리고 있었다. 어쩐지 후덥지근하더라. 비라기보다는 마치 안개 같다. 지하철역 입구까지 걸어가다 나는 안마시술소가 있는 유흥가 쪽을 돌아보았다. 모든 것이 어둡고 뿌옇게 보였다. 끝없이 선명하게 펼쳐진 네온사인 사이를 오가는 사람들의 모습이 흡사 영혼 없는 그림자 같았다. 나이트클럽 광고를 붙인 트럭 한 대가 '부킹 100프로'라고 적힌 전단지를 뿌리며 지나갔다. 바라보는 것만으로도 어지럽다. 발밑의 보도블록이 물렁하게 느껴졌다. 고개를 돌리자 지하철 입구에서 새어나오는 하얀 빛이 어둠을 밝혔다. 바닥은 비에 젖어 검게 빛났다. 지하철 층계로 발을 내디딘 순간 누군가 바닥을 들어올려 기울인 것처럼 몸이 기우뚱했다. 현기증이 일었고 기진맥진했다. 역 근처 벤치에 앉아 잠시 쉬었다. 하루 사이에 너무 많은 일이 있었다.

간신히 기운을 내 전철을 타고 집으로 돌아와 아파트 단지를 들어서는데 방송국 차량이 스쳐 지나갔다. 방송국에서 여긴 웬일일까? 현관문을 열고 집 안으로 들어서자 심각한 얼굴로 TV를 보고 있던 동거인이 나를 쳐다보며 놀란 듯이 물었다.

"방송국 사람들 못 만났니?"

"오다 보니까 가고 있던데요. 왜요?"

그는 대답 대신 TV로 시선을 돌렸다. TV에서는 출장안마를 집으로 불렀다가 살해당한 고등학생에 관한 뉴스가 나오고 있었다. 지금껏 한 번도 만난 일이 없는 정구네 아파트 경비가 인터뷰를 하고, 그 뒤로 당황한 표정으로 수사중이라 말씀 드릴게 없네요, 라고 말하는 백 형사의 얼굴이 이어졌다. 마지막으로 우리 학교 전경이 보였고 나와 정구, 동철의 사진이 화면에 떴다. 그나마 다행인 건 세 사람 얼굴 모두 모자이크 처리됐다는 것 정도였다.

밤새 뒤척이다 새벽에야 선잠이 들었다. 꿈에 나비 문신이 나왔다. 이상하게도 그를 만난 곳은 정구의 집이 아니라 어릴 적 살던 단독주택이었다. 안방에서 쪽문을 열면 타일이 깔린 주방 겸 욕실이 나오고 석유곤로 옆의 계단을 따라 지하로 내려가면 보일러실이 나오는 것까지, 기억 속의 우리 집과 완전히 일치했다.

보일러실에는 전등이 달려 있지 않아 캄캄했다. 나는 더듬더듬 계단을 내려가 보일러 뒤에 숨었다. 시멘트 벽은 차갑고 축축했다. 나는 거기 쪼그려 앉아 눈이 이리로 내려오지 않기를, 굳이 내려온다면 계단에서 미끄러져 다리가 부러지길 기원했다. 씨발, 분명히 전에도 이런 적이 있었는데. 그때 누군가 내 손을 잡았다. 손등에 나비 문신이 보였다. 깜짝 놀라 손을 뿌리치려 할 때 그가 날 잡아당겨 밖으로 끌어냈다. 손전등 불빛이 얼굴에 와 닿았다. 아버지가 얼음장처럼 차가운 얼굴로 내 앞에 서 있었다. 잘못을 했으면 벌을 받아야지.

퍼뜩 잠에서 깼다. 온몸이 땀으로 흥건했다. 이불을 걷어차고 숨을 몰아쉬었다. 악몽을 꿔도 그딴 걸…… 물이라도 한잔 마실까 싶어 일어나려는데 어둠 속에서 안광이 번쩍 빛났다.

"으아아악!"

너무 놀라 발버둥 치다 침대에서 굴러떨어졌다.

"괜찮니?"

그 남자가 내 팔을 잡았다. 나는 귀신이 아니라는 사실에 안심하다가 곧 분노했다. 이 인간, 오밤중에 남의 방에서 뭐하고 있는 거야.

"놀랐잖아요!"

"아니, 난 너 잘 자나 해서 와봤는데……."

나는 침대로 기어올라가 이불을 덮고 돌아누웠다.

"안 좋은 꿈이라도 꿨니?"

안 좋은 꿈? 꿨지. 그것도 밤새 꿨지. 하지만 아버지와 나 사이에 있었던 일을 미주알고주알 늘어놓긴 싫었다. 몸과 마음이 아무리 약해졌어도 그건 싫다. 나는 더 말하기 싫다는 뜻으로 끙, 소리를 냈다.

"오늘은 집에서 좀 쉬고 있어라."

"그럴 거예요."

남자는 더 자라고 말하고 방을 나갔다. 벌떡 일어나 시계를 보니 6시 10분이었다. 출근 시간치고는 많이 이르다. 저 인간은

새벽 댓바람부터 왜 설쳐? 그러고 보니 밖에서 사람들 목소리
며 고함 소리가 들렸다.

“선생님, 한 말씀만 해주시죠.”

“YTN에서 나왔습니다.”

무슨 일인가 싶어 복도 쪽 창문을 살짝 열고 내다보니 집 앞
에 기자들이 여럿 죽치고 있었다. 그 남자가 기자들을 밀치고
엘리베이터로 향했다.

“애가 지금 쉬고 있으니까 그냥 가세요. 나도 출근해야 하니
까.”

남자가 기자들을 끌고 사라졌다. 나는 창문을 닫고 침대에
잠깐 앉아 있다가 거실로 나왔다. 머리가 시끈거리고 몸이 나른
했다. 마치 공기에 무게가 있어 움직일 때마다 몸을 들었다 놨
다 하는 느낌이다. 이마를 짚어보니 미열이 있었다. 냉장고에서
물을 꺼내 마시면서 목이 부었다는 사실을 깨달았다. 뭔가를
삼킬 때마다 찢어질 것처럼 아팠다. 땀이 마르기 시작하며 한
기가 느껴졌다. 어제만 해도 괜찮을 줄 알았는데, 충격이 아예
없지는 않은 모양이다. 나는 눈을 감고 핏줄이 곤두서는 게 느
껴지는 관지놀이를 손가락으로 눌렀다. 손가락이 물렁해진 두
개골을 뚫고 들어가 뇌를 후벼 파는 느낌에 몸을 부르르 떨었
다. 악몽을 꿀 것이라고는 생각했다. 하지만 정구가 아니라 나
비 문신이, 시시니 아버지까지 나올 줄은 몰랐다. 한동안 잊고
있었는데.

거실 테이블에 계란물을 씌워 부친 토스트와 우유, 그리고
동거인이 남긴 메모가 있었다. 메모지에는 ‘토스트 탄 부분으

떼고 먹어라. 점심은 사 먹어'라고 적혀 있었고 옆에 오천 원짜리 한 장이 놓여 있었다. 치사하게. 만 원은 놓고 가지.

문제는 빵이 아니라 계란이었다. 계란을 풀 때 소금을 많이 넣었는지 토스트는 꽤 짰다. 하지만 뭐든 먹어두는 편이 좋다. 토스트를 구겨서 입에 넣으며 생각했다. 참 이상한 사람이야. 이 사람은 왜 계속 내 아버지인 척하는 걸까. 죽은 엄마와의 의리 때문인 걸까. 날 동정하는 걸까. 아니면 단순히 원칙을 지키려는 성격 탓일까.

진짜 아버지라면 달랐을 것이다. 진작 날 쫓아냈겠지. 아니면 본인이 나가거나. 싫은 걸 절대 참지 않는 사람이었으니까. 나는 아버지를 생각했다. 언제나 자신만의 감옥에 갇혀 있었던 남자. 무섭고 싫지만 그럼에도 가까워지고 싶었던 아버지에 대해 생각했다.

▶▶

아버지는 과묵한 남자였다. 꼭 해야 할 말이 아니면 절대로 입을 여는 법이 없었다. 마음에 안 드는 일이 있을 때는 으흠, 하고 작게 소리를 내는 것이 고작이었다. 하지만 그때마다 나와 엄마는 공포에 떨어야 했다. 언제 주먹이며 발길질이 날아올지 모르기 때문이었다. 언젠가는 이리 오라고 손을 까딱이는 아빠를 피해 보일러실에 숨었다가 팔이 부러지도록 맞았다.

아버지에 대해 생각할 때 가장 먼저 떠오르는 장면은 특유의 구부정한 자세로 텔레비전을 보던 모습이다. 그는 특히 케이블의 낚시 채널을 좋아했다. 심각한 표정의 낚시꾼들이 찌를 바라보며 한 시간이고 두 시간이고 기다리는 그 지겨운 프로그램을, 일요일에는 소주를 옆에 끼고 하루 종일 시청할 때도 있었다. 그런데 정작 본인은 낚시를 할 줄 몰랐다. 그가 무슨 생각을 하는지 나는 알지 못했다. 그저 무표정하기만 한 평상시에도, 갑자기 분노를 터뜨릴 때도, 입을 반쯤 벌린 채 텔레비전을 볼 때조차 아버지의 머릿속은 짐작할 수 없었다.

처음부터 그랬던 건 아니다. 아버지는 이삿짐센터에서 팀장으로 일했다. 정식 직원은 아니고 건당 중개수수료를 회사에 주고 일을 받아 하는 계약직이었다. 아버지는 직원 셋에 개인 소유인 3톤 탑자 한 대와 1톤 탑차 한 내로 이삿짐을 닐랐다. 워낙 힘이 좋고 손이 날랜 사람이라 아버지 팀은 회사 내 명예의 전당이라는 '이사의 달인'에도 여러 번 뽑혔다. 엄마와 만난 것도 이사 일을 하다가였다. 아르바이트로 처음 이삿짐을 나르기 시작했을 때 공인중개사 사무실에서 나온 예쁜 아가씨를 봤는데 그게 엄마였다는 것이다. 아빠는 으스대며 말했다.

"바로 낚아챘지. 성민아, 너도 알아둬라. 맘에 드는 여자가 있으면 바로 들이대아 돼. 이것저것 재보고 눈치 보기 시작하면 될 일도 안 된다. 남녀 관계는 처음이 중요하거든."

내가 어렸을 때 아버지는 어려운 이사를 끝내면 직원들을 집에 데리외 밥을 미였다. 이사 일이라는 게 민지를 많이 머기 때문에 돼지고기로 중화시켜야 힌디는 게 아버지의 지론이었다. 직접 고기를 구워 밥그릇에 올려주면 직원들은 헤벌쭉 웃으며 아버지의 술잔을 채웠다. 덕분에 우리 집 냉장고는 항상 삼겹

살과 소주로 차 있었다. 그런데 언제부터 잘못된 걸까. 한국 사람들뿐이던 직원이 차츰 연변 사람으로, 다시 몽골 사람으로 바뀌던 즈음부터일까. 아버지는 몽골 애들이 조그매도 뼈가 굵고 튼튼해서 우리나라 애들보다 낫다고 입버릇처럼 말했지만 그들을 집에 데려오진 않았다.

아버지가 하는 일이 점점 어려워진다는 건 옆에서 봐도 알 수 있었다. 일감이 없어 집에서 쉬는 날이 잦아졌고 빚을 내서 샀던 3톤 탑차는 싸게 중고로 넘겼다. 아버지가 술을 마시고 주사를 부리기 시작한 것도 그때부터였다. 나와 엄마를 괴롭히는 것으로 상처 입은 자존심을 회복하려고 했던 걸까. 엄마는 공인중개사 사무실에 다시 나가기 시작했다.

그래도 우리 집이 잘못되리란 생각은 하지 않았다. 언제고 아버지는 예전의 모습으로 돌아올 것이고 그때는 모든 일이 잘되리라 믿었다. 집에 빚쟁이들이 찾아왔을 때에야 그렇지 않다는 사실을 알았다. 아버지는 누군가의 보증을 섰고 그 누군가가 도망치면서 우리는 십 원짜리 동전 한 푼 남기지 않고 모두 빼앗겼다. 그럼에도 빚이 남았던 모양이다. 빚쟁이들은 낮밤을 가리지 않고 찾아와 행패를 부렸고 집 안 물건을 마음대로 집어갔다. 결국 아버지가 남겨뒀던 1톤 탑차와 간신히 융자금을 다 갚았던 작은 아파트까지 경매로 넘어갔다.

상황이 그 지경에 이르렀음에도 아버지는 한마디 변명도 없었다. 빚쟁이가 오면 엄마에게 모든 일을 맡기고 베란다로 나가 창밖을 쳐다보았다. 아무리 상황이 급박해져도 그곳에서 나오지 않았다. 마치 누에고치에 들어간 애벌레 같았다. 아버지는 집에서 폭군이요 독재자였다. 턱으로 사람을 부리고 툭하면 주먹을 날렸다. 하지만 다른 사람에게는 한마디 항의조차 하지 못했다. 아버지는 빚쟁이가 떠나면 거실로 나와 텔레비전을 보았다. 텔레비전조차 없어질 때까지. 텔레비전이 없어지자 그다음엔 침대에 누워 움직이지 않았다. 엄마가 어떤 친구에게 보증을 섰는지, 앞으로 어떻게 할 건지 물어도 대답하지 않았다.

하지만 난 아버지에게 뭔가 있다고 생각했다. 언제고 껍질을 깨고 슈퍼맨처럼 각성해 진짜 멋진 모습을 보여줄 거라고 믿었다. 하지만 그렇지 않다는 사실을 아는 데 오랜 시간이 걸리진 않았다. 어느 날 아침 학교에 가려고 가방을 싸는데 아버지가 갑자기 내 앞에 섰다. 얼굴이 벌겋게 물들이 있었고 한 손에는 부엌칼이 들려 있었다. 아버지는 술에 취해 꼬인 혀로 말했다.

"일루 와. 같이 죽자."

혼비백산해 아빠를 밀치고 집을 빠져나왔다. 날 쫓아 나오는 아빠를 엄마가 막았다. 겁이 나서 집에 도로 돌아갈 수가 없었다. 나는 터덜터덜 학교로 갔고 멍하니 수업을 들었다. 그러다 앞자리에 앉아 있던 녀석이 아빠가 외국에서 사다준 필통을 자랑하는 소리를 들었다. 울컥 눈물이 나왔다. 우리 아빠는 아침부터 칼이나 휘두르고 다 같이 죽자고 하는데 너는 아빠 잘 만나서 좋아? 누군가를 때린 건 그때가 처음이었다. 생각보다 쉽고, 생각보다 기분이 좋아졌다. 나만 힘들 수는 없지. 다 같이 힘들어야지. 그날 이후로 나는 문제아라고 불리게 되었다.

어느 날 아버지가 사라졌다. 엄마는 잠시 머리를 식히러 갔을 기라며 조용히 기다리자고 했지만 며칠이 지나자 걱정이 되는지 경찰에 실종신고를 냈다. 나는 아빠가 없어져서 좋았다. 마음속 깊은 곳에서는 은근히 기대가 되기도 했다. 아버지는 그동안 어떤 결단을 내리기 위해 시간이 필요했던 것이고, 이제 뭔가 보여줄 때가 온 건지도 모른다고.

한 달쯤 지났을 무렵, 경찰에서 연락이 왔다. 아버지는 살인 혐의로 체포되었다. 아버지가 보증을 서준 건 친구가 아니라 단란주점에서 일하는 아가씨였다. 나보다 여섯 살 많은 여자라고 했다. 늘 무뚝뚝하고 누구에게도 관심 없던 아버지가 스물을 갓 넘긴 아가씨와 만나고 있을 줄은 몰랐다. 그 여자에게도 나와 엄마에게 한 것처럼 굴었을까? 아니면 사랑에 빠진 남자답게 애교도 부리고 살가운 농담도 하고 그랬을까?

어느 쪽도 상상이 가지 않았다.

일 억이 넘는 빚을 남기고 도망친 여자를 아버지는 잊지 못했다. 안산까지 따라가서 사랑한다고, 어디 시골에 내려가 함께 살자고 사정하다가 여자가 비웃자 칼로 찔렀다고 했다. 처음부터 말을 듣지 않으면 죽일 셈으로 칼을 가져갔던 것이다.

유치장으로 면회 갔을 때 아버지는 예전의 모습으로 돌아가 있었다. 무표정하고 말 없는. 그제야 난 깨달았다. 아버지는 오래전에 속이 모두 타버려 껍질만 남은 인간이라는 걸. 때를 기다리고 있었던 게 아니라 아무것도 할 줄 아는 게 없어 그냥 견디고 있었을 뿐이다. 아버지는 징역 십오 년을 받았다. 미리 흉기를 준비한 점으로 미루어 계획적 살인이라는 게 법원의 판단이었다. 나는 면회를 가지 않았다. 이듬해 나는 고등학교에 입학했다. 여전히 문제아로 분류되었고 해가 갈수록 악명은 더

해갔다.

　엄마는 악착같이 일했다. 아침부터 밤까지 공인중개사 사무실에서 살다시피 했고 집에 들어와서도 자격증을 따기 위해 시험공부를 했다. 나는 그런 엄마가 안쓰러우면서도 한심하게 느껴졌다. 죽도록 일하는데 벌이는 왜 저 모양이야. 졸업만 하면 내가 뭔가 보여주겠다고 생각했다. 그때 나는 예쁜 여자친구와 사귀고 있었고 아이들을 조금만 괴롭혀도 돈이 생기니 승리감에 취해 다녔다. 작년 봄, 엄마는 경매 법원에서 일하는 공무원과 결혼했다. 엄마가 법원 경매에 나갔다가 입찰가액을 잘못 적어 돈을 떼일 뻔한 걸 그 남자가 적극적으로 나서서 해결해주는 사이에 친해졌다고 늘었다.

　남자는 엄마보다 세 살 많은 총각이었다. 남자의 어머니는 차라리 베트남 처녀를 알아보자며 결혼을 결사반대했지만 아들의 뜻을 꺾진 못했다. 그런데 엄마는 결혼 일 년 만에 죽어버렸고 남자가 얻은 건 불량한 아들뿐이다. 이건 그가 바라던 바가 아니었을 거다. 내가 바라던 바도 아니다.

▶▶

　세수를 하다 보니 코피가 나고 있었다. 세면대에 묻은 핏물을 보고 순간적으로 겁에 질렸다. 설마 나도 죽는 걸까. 다행히 피는 금방 멎었다. 어제 일 때문에 피곤해서 그런 거겠지, 감기 기운도 있고. 애써 좋게 생각하며 세수를 마저 하고 머리를 감았다. 몸은 여전히 안 좋았지만 혼자 집에 틀어박혀 있다간 기분만 더 나빠질 것 같다. 그러느니 정구 죽인 놈들 잡으러 다니는 게 낫겠지. 핸드폰과 지갑을 챙겨 들고 나서려다 동철을 떠올렸다. 전화나 한번 해볼까? 혼자보다는 둘이 나을 텐데. 핸드폰을 꺼냈다가 도로 바지 주머니에 넣었다. 아마 어제 일을 잊으려고 애쓰고 있겠지. 그러잖아도 마음 약한 녀석인데 부담을 주고 싶지 않았다.

현관문 렌즈로 밖을 살펴보니 아직도 문 앞에 기자 두엇이 서성대고 있었다. 심호흡을 하고 마음의 준비를 했다. 그리고 다음 순간 문을 박차고 뛰어나갔다. 기자들의 시선이 내게로 향했다. 하지만 갑작스러운 기습이라 그런지 잽싸게 움직이지 못했다. 카메라맨이 바닥에 내려놨던 ENG카메라를 집어 들었을 때 나는 이미 비상구를 열고 계단을 뛰어 내려가고 있었다.

"이봐! 학생!"

기자들이 고함을 지르며 쫓아왔지만 얼마 안 가 발소리가 사라졌다. 뒤를 돌아보니 기자들이 아파트 복도에 서서 어이없다는 표정으로 날 내려다보고 있었다.

햇볕은 쨍쨍했지만 간밤에 비가 내려선지 제법 시원했다. 산보하기 좋은 날씨다. 천천히 단지 밖으로 나갔다. 지하철을 타고 시장에 갈 생각이었다. 거기에 날 도와줄 사람이 있다.

건널목을 건너려는데 승용차 한 대가 다가와 앞을 막았다. 창문이 열리고 운전석에 앉은 남자가 얼굴을 내밀었다. 스포츠머리에 가늘고 길쭉한 선글라스를 낀 이십대 후반의 남자였다. 길을 물어보려는 줄 알았는데 그게 아니었다.

"최성민, 맞지?"

“누구세요?”

“서에서 나왔다. 할 말 있으니까 차에 타라.”

나는 남자를 위아래로 훑어보며 물었다.

“백 형사님은요?”

“지금 수사하느라 바빠.”

내가 차에 오르자마자 남자는 능숙하게 핸들을 꺾어 큰길로 나갔다.

“아파트에 기자들 지키고 있지? 지금 다들 난리도 아니야. 그러잖아도 기사거리 없는데 애들이 안마 불렀다가 죽었으니 살판난 거지. 교육감 선거까지 코앞이라 교육부에서부터 각종 교원단체, 전교조까지 입 있는 놈들은 다들 한마디씩 하고 있는 모양이야. 그래서 말인데 네 증언을 다시 한번 체크해봐야 될 거 같다. 사건이 너무 커졌어. 가능한 한 빨리 해결해야 돼.”

머리가 복잡해지고 속이 울렁거렸다. 나도 유명해졌으면 좋겠다고 바라던 때가 있었다. 하지만 이런 식은 아니었는데. 작년에 동철이 일당이 온라인게임으로 사고 친 것보다 훨씬 쪽팔리게 유명해진 셈이다. 이제 어떡하나 생각하다 창밖을 보니 뭔가 이상했다.

“근데 이거 경찰서 방향이 아닌데요.”

“거기도 기자들 쫙 깔려서 좀 그래. 저쪽에 가면 조용한 커피숍이 하나 있으니까 거기서 얘기하자.”

나는 녀석을 가만히 살폈다. 몸에 쫙 달라붙는 검은색 스키니진에 젖꼭지가 보일 정도로 푹 파인 아이보리색 브이넥. 그 위에 걸친 초록색 바람막이 신발은 저런 걸 정말로 매장에서 팔고 있는지 궁금해지는 노란색 아디다스 운동화였다. 나는 얼굴을 찌푸렸다. 명동 한복판에 세워놔도 시선을 끌 것 같은 이런 놈이 형사라고? 영화에서야 장동건도 형사고 이정재도 형사지만 그들조차도 이보다는 얌전하게 옷을 입었다. 나는 녀석을 째려보다 글러브박스로 손을 뻗으며 말했다.

"휴지 좀 쓸게요."

남자가 당황해서 날 막으려 했지만 때는 이미 늦었다. 글러브박스에는 온갖 잡동사니가 다 처박혀 있었는데 그중 하나가 특히 눈에 띄었다. 회사 ID카드. 녀석의 이름은 이정훈. 스타 영채널이라는 곳의 기자였다. 나는 출입증을 흔들며 물었다.

"이게 뭐냐?"

녀석은 눈알을 굴리다 갑자기 웃음 띤 어조로 말했다.

"아, 그거. 내 동생이야. 쌍둥이 동생."

너무나 천연덕스러운 말투에 순간적으로 진짜 줄 알았다. 곧 말이 안 되는 소리란 사실을 깨닫고 출입증을 녀석의 무릎에 던지며 말했다.

"웃기지 말고 차 세워."

"금방 커피숍이야. 거기 커피 맛있거든. 그거 마시면서 자세히 설명할게."

더 말을 섞고 싶지 않았다. 나는 손을 뻗어 핸들을 확 꺾었다. 녀석이 기절초풍하며 브레이크를 밟았다. 자동차가 가로수를 들이받으며 급정거했다. 펑! 하는 소리와 함께 운전석의 에어백이 터졌다. 몸이 튀어나갈 듯이 앞으로 쏠리며 글러브박스에 어깨를 부딪쳤다. 안전벨트가 거세게 몸통을 파고들어 숨이 막혔다. 폭발하듯 기침이 터져나왔다. 머리부터 발끝까지 통증이 찌르르 흘렀다. 기침할 때마다 머리가 덜거덕거렸다. 그러지 않아도 두통 때문에 죽겠는데…….

"야! 잠깐만! 숨을 못 쉬겠어!"

옆을 보니 정훈은 머리통이 에어백 속으로 빨려들어간 채로 두 팔을 허우적대고 있었다. 이러다 애도 죽는 거 아냐? 하루에 한 명씩 해치우는 것도 아니고, 그런 일은 일어나선 안 된다. 나는 겁에 질려 녀석의 팔과 어깨를 잡아당겼다. 간신히 정훈의 눈과 코가 에어백 밖으로 나왔다. 녀석이 컥컥대며, 하지만 한결 안심한 목소리로 말했다.

"어휴, 죽을 뻔했네. 고맙다 성민아. 나 좀 여기서 나가게 해주라."

그 정도 갖고 사람이 죽진 않지. 녀석을 꺼내주고 싶은 마음은 전혀 안 들었다. 나는 의자에 등을 기댄 채 심장박동이 가라앉기를 기다렸다. 도대체 이게 다 무슨 일인지. 이마의 혹은 점점 커지고 있었다. 그러고 보니 이 자식, 조수석에는 에어백도 설치 안 했네? 화가 치밀어 녀석의 옆구리를 몇 대 후려치고 목덜미를 잡고선 에어백에 대고 지그시 눌렀다.

"나가긴 어딜 나가! 넌 그냥 거기 있어."

정훈은 구슬픈 비명을 질렀다.

"때리지 마. 말로 하자. 나 다쳤이."

주먹을 쳐들었다가 슬그머니 내렸다. 갑자기 의기소침해졌다. 화내지 말아야지 아무리 다짐을 해도 한번 화가 나면 보이는 게 없는 건 달라지지 않았다. 특히 상대가 저항하지 못할 거란 확신이 있을 때 더욱 난폭해진다. 여전히 난 폭력의 달콤함에 취해 있었다. 이래서야 정구를 죽인 자들과 다를 바가 없다.

차에서 내리는데 정훈이 소리쳤다.

"너 그냥 가면 경찰에 고소한다! 이거 폭행죄야!"

그러거나 말거나. 계속 가는데 정훈이 다시 소리쳤다.

"성민아! 나 기자야! 혹시 경찰한테 억울한 일 안 당했니? 내가 도와줄 수 있어!"

무시하고 전철역까지 계속 걸었다. 가는 내내 속이 메슥거렸다. 이를 악물고 가까스로 목구멍에서 진정시키다 역 안 화장실로 뛰어들어가 아침에 먹은 것을 모두 토했다. 변기를 가득 채운 토사물을 보고 있으려니 뭔가 잘못되었다는 생각밖에 들지 않았다. 어제 일의 후유증 때문일까? 아니면 방금 머리를 부딪혔을 때 뇌진탕이 왔나? 하지만 병원에 가고 싶진 않았다. 정말로 문제가 생긴 걸까봐 두려웠기 때문이다. 조금만 더 기다려보자. 조금 있으면 괜찮아질지도 모르니까.

.7. *장물*

모란시장에선 대형쇼핑몰의 편리함과 재래시장의 시끌벅적함을 동시에 느낄 수 있다. 멀티플렉스 극장이 들어선 초대형 빌딩 맞은편에 토치램프로 그슬린 개를 갈고리에 매달아 파는 보신탕집이 보일 정도니까.

가는 날이 장날이라고, 때마침 오일장이 섰다. 역에서 내리자마자 사람들로 붐볐고 수많은 노점이 차도까지 점령하고 있었다. 몇 년 전부터 경쟁하듯이 새 건물을 올리고 있긴 하지만 아직까지는 삼사층 높이에 엘리베이터는 없는 낡은 건물이 더 많았다. 공사중인 건물이 세밉 돼시 내가 찾는 가게가 아직 있을지 걱정됐다. 미리 전화라노 하고 올길 그랬니. 마지막으로 들렀을 때 경찰에서 가게를 예의 주시하고 있다기에 이러다 어느 날 갑자기 문을 닫을지도 모르겠다고 생각했었다 다행히 건물도 가게도 그대로였지만 오토바이 매장은 자전거 포로 바뀌어 있었다. 색깔만 다른, 같은 모델의 자전거 십여 대가 가게 앞에 세워져 있고 문 위에는 인치별로 타이어가 매달려 있었다. 이십대 초반의 여자가 베네통에서 나온 분홍색 자전거를 앞뒤로 움직여보며 알바로 보이는 청년의 설명을 듣고 있었다.

사람들을 지나쳐 가게 안쪽으로 들어가자 키 크고 깡마른 아저씨의 뒷모습이 보였다. 아저씨가 입고 있는 남색 작업복 등판에는 'Motorrad'라는 글자가 프린트되어 있었다. 주인도 그대로구나. 나는 안심하고 남자의 등에 대고 소리쳤다.

"아저씨!"

남자가 고개를 돌렸다. 햇볕에 그을린 얼굴에 주름이 가로세로로 굵게 새겨져 있었고 거친 백발은 뒤로 모아 꽁지머리로 묶었다. 아저씨는 내 얼굴을 확인하고는 일순 멈칫하더니 곧 어색하게 웃었다.

"성민이구나. 오랜만이다."

그는 내 손을 잡고 흔들며 말했다.

"반갑네. 가끔 들르지 그랬냐. 공부는 잘하고?"

"영 별로예요."

"근데 오늘이 월요일 아닌가?"

"맞아요."

그는 한 걸음 물러서서 의심쩍은 눈으로 날 쳐다보며 물었다.

"학교는 어쩌고? 그만뒀어?"

"방학인데요."

그는 이마를 치고는 한결 부드러워진 표정으로 미소를 지었다.

"아, 맞다. 그렇겠구나. 내가 요새 통 정신이 없어. 그래, 여긴 어쩐 일이냐?"

"긴히 드릴 말씀이 있어서요……."

아저씨는 주위를 슬쩍 둘러보더니 내 말을 끊고 가게 밖을 가리키며 말했다.

"여기 말고 나가서 얘기하지."

건물 맞은편에 맥도날드가 있었다. 우리는 아이스커피를 한 잔씩 사 들고 구석 자리에 앉았다. 아저씨가 물었다.

"다친 데는 어떠냐? 쑤시거나 그러진 않고?"

"예. 괜찮아요."

내가 오토바이를 타기 시작했을 때 아저씨는 '이지라이더'라는 닉네임으로 성남에서 제일 큰 오토바이 동호회를 이끌고 있었다. 터미네이터2에 나올 법한 할리데이비슨을 몰고 그가 등장하면 사람들은 환호성을 질렀다. 지금은 자전거포로 변한 가게도 그때는 오토바이 전문점이어서 회원들에게 오토바이나 부품을 싸게 공급해주었다. 나 역시 아저씨에게 중고 대림 오토바이를 사서 신나게 몰고 다녔다. 작년 여름에 온라인게임 문제로 양아치들에게 얻어맞기 전까지는.

"오토바이 가게, 그만두신 거예요?"

"응. 영 벌이가 시원치 않아서. 무릎이 아프니 오토바이도 못 타고. 넌 아직 타니?"

"아뇨."

"그래. 잘 생각했다. 오도바이리는 게 워낙 위험해서 혈기왕

성할 때 타면 꼭 사고가 나거든. 그리고 말이야 너한테 사과할게 있는데, 그때 네가 타던 오토바이, 난 정말 도난품인 줄 몰랐다. 네가 의리 지켜줘서 살았지 뭐냐. 고맙게 생각하고 있었다. 언제고 고맙다고 얘기하고 싶었는데 그 뒤로 여러 가지로 일이 많이 생겨가지고……."

"다 지난 일인데요 뭐."

아저씨가 장물을 파는 건 처음부터 알고 있었다. 정상적인 유통이라면 있을 수 없을 만큼 파격적인 가격이었으니까. 입원했을 때 일명 '인투더레인'이라는 양아치를 조사한다는 경찰들이 병원을 들락거렸는데, 그중 한 명이 내 오토바이에 관심을 가졌다. 그는 성남 전역에서 일어나던 오토바이 도난 사건의 담당자였는데, 조사 결과 내 것도 장물이었던 걸로 밝혀졌다. 경찰에서는 폭행 사건과는 별개로 도난 사건에 대한 수사에 들어갔고 내게 오토바이의 구입처를 밝히지 않으면 도둑놈으로 잡아넣겠다고 협박을 늘어놓았다. 하지만 난 끝까지 탄천에 버려진 걸 주웠다고 우겼다. 아저씨의 이름을 말하지 않은 별다른 이유가 있었던 건 아니다. 그때는 날 쓰레기 취급하는 경찰들이 행복해하는 모습을 보고 싶지 않았을 뿐이다. 경찰은 이미 아저씨를 의심하고 있었지만 내가 증언을 거부하는 바람에 사건은 유야무야 넘어갔다.

"그런데 나한테 할 말이 뭐니?"

친구들끼리 출장안마를 불렀다가 도난 사건이 있었다고 간단하게 사건을 설명했다. 정구가 죽은 이야기는 일부러 하지 않았다. 아저씨는 걱정이 많은 사람이었다. 살인이 있었다는 걸 알면 발을 빼려고 할지도 몰랐다. 아저씨는 지루한지 티슈를 접으며 내 말을 듣다가 이야기가 끝나자마자 입을 열었다.

"그런 일이 있었구나. 안됐다."

"그래서 아저씨가 좀 도와주셨으면 좋겠어요."

"내가? 내가 어떻게?"

"경찰이 아저씨 기사 보여줬어요. 전에 그쪽 일 해보셨다면서요?"

아저씨의 표정이 딱딱해졌다. 경찰에서는 내게 아저씨의 전직이 금고털이임을 알려주고, 대도大盜 체포란 제목의 낡은 신문 기사를 보여주었다. 그때 나는 이거 합성이죠? 하고 쿨하게 말했다. 아저씨는 대꾸 없이 커피를 홀짝였다. 나는 말을 이었다.

"금고 안에 보석이랑 시계랑 그림이 있었대요. 어디서 어떻게 팔릴지 알려주실 수 없나요?"

아저씨가 짜증스러운 듯 인상을 쓰며 버럭 언성을 높였다.

"갑자기 무슨 개소리야!"

웃고 있던 눈이 도끼날처럼 째져 섬뜩했다. 주변에 있던 사람들이 우릴 힐끔거렸다. 이게 이 남자의 본성이고 진짜 모습이다. 전직 강도이자 현직 장물아비. 나는 겁이 나는 걸 감추기 위해 고개를 숙이고 커피를 마셨다. 이럴 때 내가 별거 아니란 걸 느낀다. 학교에서는 최성민 하면 다들 조폭에 스카우트될 거라는 둥 파괴의 신이라는 둥 수군거린다. 진씨를 만나면 나도 무섭다. 그게 아직 나이가 어려선지, 내가 사실은 별거 아니라서 그런지는 잘 모르겠다. 하지만 무서울수록 표 내지 말아야 한다는 건 안다. 나도 만만해 보이는 애들 위주로 더 때리고 괴롭혔으니까. 아저씨는 언성을 낮추고 이해력이 부족한 어린애를 달래듯 부드럽게 말했다.

"소리 질러서 미안하다. 근데 불쑥 나타나서 엉뚱한 소릴 하는데 화가 안 날 수 있냐. 그런 걸 내가 어떻게 알겠니."

"저요, 경찰이 오토바이 어디서 샀는지 그렇게 물어봤어도 끝까지 아저씨 이름은 말 안 했어요."

"그래서?"

"한 번만 도와주세요. 아저씨라면 절 도와주실 수 있을 것 같아서 왔어요. 아저씨가 무슨 일을 하건 저는 전혀 관심 없어요."

아저씨는 다리를 꼬고 앉았다.

"찾으면 어떡하게?"

"경찰에 신고해야죠."

"장물을 어디서 찾았냐고 물으면?"

"걱정 마세요. 아저씨 이름은 절대 거론하지 않을 테니까."

"그게 나한테 무슨 의미가 있지?"

대답할 말이 떠오르지 않았다. 아저씨는 여전히 차가운 눈빛으로 날 바라보고 있었다. 간신히 입을 열었다.

"멋있잖아요."

아저씨는 피식 웃었다. 그래도 분위기가 조금 풀린 것 같아 다행이었다. 아저씨는 뭐라 더 말을 하려다 옆자리에 젊은 남녀가 앉는 걸 보고 입을 다물었다. 그는 빈 종이컵을 우그러뜨리며 말했다.

"다 먹었으면 나가서 잠시 걷자."

맥도날드를 나와 노점 사이를 걸었다. 아저씨는 찾는 물건이 있는 듯이 리어카의 너저분한 잡동사니를 들춰보았다.

"나야 손 뗀 지 오래됐지만 옛날 친구 중에 그런 일 하는 애들이 몇 명 있으니까 물어봐줄 순 있는데. 품목이 뭐라고?"

"귀금속이요. 보석 시계 같은 거요. 아, 그림도 한 점 있다고 했어요. 다 합치면 가격이 어마어마하대요."

아저씨의 탐욕에 기대볼 생각에 그렇게 말했지만 그는 코웃음을 쳤다.

"소비자가격은 의미가 없어. 프레임이랑 디자인을 바꿔 팔아야 하니까. 완전히 새로운 제품이 된다고 볼 수 있지. 거기에 얼마가 드느냐에 따라 가격이 다시 결정뇌니까."

"그래도 비싼 물건이어야 비싸게 팔 거 아니에요."

"그렇긴 하지. 근데 네가 말한 물건이 비싼지 안 비싼지 내가 어떻게 알겠냐? 어떤 보석인지 어느 회사에서 만들었는지. 시계라면 제조사가 어딘지 제품명은 뭔지. 그림은 화가 이름, 작품 제목, 사이즈를 알아야지."

"그런 걸 알면 추적이 가능해요?"

"반드시 그렇다고는 말힐 수 없어. 얼마나 희귀한 제품이냐에 따라 다르고 그놈들이 언제 어느 유통망을 이용해서 처분하느냐에 따라 다르니까. 가격이 있는 물건이라도 시장에 많이 풀려 있으면 찾기 어렵고 가격이 세도 흔하지 않으면 찾기 쉽지. 그런 면에서 그림이 좋아. 딱 하나밖에 없으니까. 어떤 그림인데?"

말문이 막혔나. 징구네 집에 갈 때마다 봤지만 한 번도 제대로 들여다본 적이 없었기 때문이다.

"사람들이 여럿 모여 있는 그림인데 색깔이 좀 화려해요."

"유화야?"

"그런 것 같긴 한데…… 자세히 보질 않아서요."

아저씨는 메모지에 전화번호를 적어 내게 건넸다.

"됐고, 자세히 알게 되면 이리로 연락해라."

"오늘 중으로 알아내서 전화 드릴게요."

"천천히 해. 서둘면 될 일도 안 되니까. 그리고 너무 기대하진 마라. 내가 손 씻은 지가 오래돼서 어떨지 몰라."

아저씨는 부드럽게 웃으며 손을 내밀었다. 나는 아저씨와 악수했다.

"그럼요. 도와주시는 것만으로도 감사하죠."

서로 웃는 낯으로 정중하게 대화하지만 머릿속으로는 주판알 굴리기 바쁜 것이 어른들의 대화다. 짧은 시간 동안 부쩍 어른이 된 기분이다. 나는 아저씨에게 꾸벅 인사하고 그와 나눈 이야기를 잊어버리려 애쓰며 역을 향해 걸어갔다.

▶▶

지하철역 만남의 광장에 앉아 백 형사에게 무슨 말을 해서 장물 품목을 알아낼지 궁리했다. 아무리 고민해도 좋은 생각이 떠오르지 않았다. 일단 백 형사의 반응을 본 다음에 할 말을 정하는 게 낫겠다. 전화를 걸자 시끄러운 소음 사이로 백 형사의 퉁명스러운 목소리가 들렸다.

“예, 강력반 백종두 경삽니다.”

“저 최성민인데요.”

“누구? 아, 최성민이. 몸은 괜찮냐? 나 지금 바빠 죽겠으니까 나중에 걸어. 사방에 적밖에 없어. 씨발놈들.”

“잠깐만요, 중요한 일이거든요.”

“무슨 일인데? 범인에 대해 뭐 생각난 거 있어?”

“예. 대충 비슷해요.”

백 형사의 목소리가 급해졌다.

“당장 만나자. 너 지금 어딘데?”

“그전에 몇 가지 알고 싶은 게 있는데요. 정구네 금고에 정확하게 어떤 물건이 들어 있었죠? 보석 이름이랑 시계 제조사랑 모델명, 그림 그린 작가 이름이랑 제목, 그런 것 좀 알려주시면 안 될까요?”

잠시 조용해졌다. 하지만 시끌벅적한 소음이 계속 들리는 것으로 보아 전화가 끊긴 건 아니었다.

“백 형사님?”

백 형사가 싸늘하게 말했다.

“너 지금 어디냐?”

“밖인데요.”

“내가 경고했지. 엉뚱한 짓 할 생각 말라고.”

“그런 말씀은 안 하셨는데요.”

“그럼 지금 얘기할게. 탐정놀이 하지 말고 죽은 듯이 집에 처박혀 있어라. 그러지 않아도 신문이랑 방송에서 난린데 사람 귀찮게 하지 말고. 엉뚱한 짓 하다 걸리면 죽여버릴 줄 알아.”

전화가 끊겼다. 백 형사가 도난품 목록을 찍어주길 기대한 건 아니지만, 저 할 말만 하고 끊는 매너는 뭐야. 이제 어떻게 해야 하나? 한 가지 아이디어가 떠올랐지만 별로 마음에는 들지 않았다. 생각하면 할수록 멍청한 짓이란 확신이 들었지만 다른 방법이 떠오르지 않았다. 좋아. 난 바보니까.

▸▸

아파트 유리문은 굳게 닫혀 있었다. 마음의 준비를 하고선 호수와 호출 버튼을 눌렀다. 짧은 시간이 흐르고 인터폰에서 귀에 익은 목소리가 들렸다.

"성민이…… 네가 여긴 어쩐 일이냐?"

정구 아버지의 목소리에 놀람과 당혹스러움이 묻어났다.

"긴히 드릴 말씀이 있는데 잠깐 만나주시면 안 될까요."

"글쎄, 너랑 나랑 무슨 할 말이 있는지 모르겠구나."

정구 아버지는 목소리를 낮추곤 말을 이었다.

"네가 온 걸 알면 집사람이 좋아하지 않을 거 같다. 그만 끊자."

"정구 죽인 놈들을 잡으려고 그럽니다. 도와주세요."

정구 아버지는 잠시 주저하다가 짧게 말했다.

"올라와라."

삐익 낮은 소리와 함께 유리문이 열렸다. 엘리베이터를 타고 올라가자 정구 아버지가 현관 앞에서 날 기다리고 있었다. 그는 단도직입적으로 물었다.

"범인을 잡겠다는 게 무슨 소리냐?"

어찌어찌 장물을 취급하는 사람을 알고 있어 범인들이 훔쳐 간 물건이 뭔지 알려주면 누가 파는지 알아봐주기로 했다고 이야기했다. 정구 아버지는 내 말을 듣고 골똘히 생각에 잠겼다. 침묵이 길어지자 걱정이 됐다. 장물아비를 어떻게 아냐고 물어보면 어쩌지? 날 범인과 한패로 의심하지는 않을까? 긴장 때문인지 두통이 심해졌다. 아파트에 도착했을 때부터 식은땀이 났는데 지금은 속옷이 축축해진 게 느껴질 정도였다. 정구 아버지가 말했다.

"잠깐만 기다려라."

그는 집 인으로 들어갔다. 경찰을 부르려는 게 아닐까, 들어가서 안 나오면 어쩌지, 별별 생각이 다 들었다. 오 분 정도 기다리자 정구 아버지가 문을 열고 나와 종이 몇 장을 건넸다.

"경찰에게 주려고 만들어놨던 거다."

"감사합니다."

"내가 고맙지. 사실은……."

그는 잠시 망설였지만 곧 하던 말을 계속했다.

"집사람 생각은 다른 모양이지만 난 네가 정구와 친하게 지내줘서 좋았다. 자책을 하고 있다면 그만둬라. 너 때문에 일어난 일이 아니니까. 위험한 일은 절대로 하지 마."

니 때문에 일어난 게 아니다. 그런데 자책하지 말라는 건 무슨 뜻일까? 정구 아버지도 다른 사람들처럼 내가 안마를 불렀을 거라고 믿는 걸까? 마음이 복잡했지만 좋은 쪽으로 생각하려 애썼다. 정구 아버지는 날 위로하려 한 거다. 내가 과민반응을 보이는 것뿐이다. 예민한 문제아로 산다는 건 예민한 모범생으로 살기보다 힘들다. 나는 정구 아버지에게 인사하며 말했다.

"자책하는 건 아닙니다. 단지 해야 할 일을 하는 거예요."

▶▶

아파트를 나오며 내용을 읽어보았다. 티파니, 까르띠에, 불가리, 에르메스, 바세론 콘스탄틴 등 어디선가 들어는 봤지만 정확히 뭔지는 모르겠는 이름들로 가득했다. 그나마 알 만한 건 롤렉스 서브마리너 시계밖에 없었다. 그림은 신순남이란 화가의 작품으로 정구 아버지가 카자흐스탄에서 파견근무할 때 구한 물건이라 했다. 뒷장에는 그림 사진을 출력해서 붙여놓았다. 대기업의 이사답게 빈틈없는 일처리다.

일단 자전거포 아저씨에게 이름을 알려줘야겠지? 하지만 전화로 더블C 모티브 사파이어 링이니 아틀라스 다이아몬드 8인치 팔찌 같은 이름을 말하다간 혀가 꼬여버릴지도 모르겠다. 특히 그림은 직접 봐야 조사하기 편할 것이고.

"성민아!"

고개를 돌려보니 경찰을 사칭했던 사기꾼이 자동차 유리문을 열고 손을 흔들고 있었다. 저 자식 대단하네. 자동차정비소에 갔을 줄 알았는데 날 찾아다닌 모양이다. 몸은 약해도 근성은 있는 놈이다. 그는 처음 만났을 때처럼 허세가 넘쳤다. 나는 녀석을 날카롭게 쏘아본 뒤 걸음을 옮겼다. 사기꾼은 내게 속도를 맞춰 차를 움직이며 계속 말했다.

"너 신고할까 하다가 그만뒀다. 생각해보면 나도 실수한 게 있으니까. 진솔하게 네 얘기를 듣고 싶어서 무리수를 뒀지 뭐냐. 좋은 인간이면서 동시에 좋은 기자가 된다는 게 참 쉽지 않아. 근데 어디 가냐? 타라. 날도 더운데 걸으면 힘들잖아. 밥은 먹었니?"

"됐으니까 가서 일 보세요."

그때 핸드폰이 부르르 떨렸다. 동철에게서 온 전화였다. 나는 핸드폰을 쳐다보며 동철에게 무슨 말을 할지 고민했다. 살인범을 추적하고 있다는 말은 하면 안 되겠지? 그러잖아도 친구 하나가 죽었는데 나머지 하나까지 위험하게 만들고 싶지 않았다. 마음을 정하고 전화를 받자 동철이 다짜고짜 말했다.

"지금 어디야?"

"밖이야. 왜?"

"나 애플 매장 있는 데 있거든? 그거 찾았어. 개새끼들, 이제 다 죽었어."

"뭘 찾았는데?"

"증거! 빨리 와!"

전화가 끊겼다. 자기 할 말만 하고 통화를 끝내는 게 동철의 특징이다.

"이 새끼 전화 예절이 밑바닥이야."

핸드폰을 주머니에 넣으며 중얼거렸지만 기분은 나쁘지 않았다. 정구가 죽은 충격 때문에 방구석에 처박혀 있을 거라 생각했는데, 동철이도 정신을 차리고 정구 죽인 놈을 찾아나섰던 모양이다. 근데 애플 매장이 어디 있더라? 백화점 애긴가 아니면 따로 어디 있나? 가면서 스마트폰으로 검색해봐야겠다. 그런데 날이 왜 이리 더워? 아침엔 좀 선선하더니 이제는 바람 한 점 없고 습기를 잔뜩 머금은 대기는 묵직했다. 하늘을 올려다보니 직사광선이 머리 위로 쏟아지고 있었다. 이런 뙤약볕 아래서 십 분만 더 걸으면 머리가 녹아버릴지도 모르겠다. 그때 차에 타고 있던 이정훈이 악마처럼 말했다.

"덥지? 차 에어컨 빵빵한데."

나는 더 뭐라 하지 않고 차에 올랐다. 바보 같은 녀석이 멍청한 소리를 쉬지 않고 늘어놓을 거란 사실을 알고 있지만 에어컨이 켜진 차 안이라면 감수할 용의가 있었다. 어차피 오래 있을 것도 아니고. 바닥에 구멍 난 에어백이 팽개쳐져 있었다.

"고치러 안 가요?"

"왜? 좀 보태주게?"

정훈은 자기가 무지 재미있는 농담이라도 한 것처럼 킬킬거리다가 불쑥 정색하며 말했다.

"그냥 해본 소리야. 날 믿어줘서 고맙다."

믿어서 탄 건 아닌데.

"나도 알고 보면 괜찮은 놈이야. 뭐 먹을래? 한식? 일식? 중식? 근처에 중국집 근사한 데 있는데 거기가 좋겠다. 진짜 화교가 하는 데야."

이놈도 지 맘대로 고르네. 어제오늘 만난 어른들이 다 이 모양이다. 나는 목적지를 알려주었다.

"애플 매장이요."

나는 그렇게만 말하고 에어컨을 최대로 틀고 의자에 등을 기댔다. 토할 것처럼 속이 메슥거렸다. 정훈은 내 눈치를 보다가 내비게이션을 켜고 애플 매장을 찍었다. 문득 궁금한 게 생겼다.

"근데 나 어떻게 찾아왔어요?"

"여기가 사건이 일어난 장소니까. 범인은 현장을 꼭 다시 와 본다고 하잖냐. 혹시나 해서 기다려봤지."

정훈은 명탐정처럼 으스대며 말했다. 이 새끼 뭔 소리야. 범인은 현장을 꼭 다시 찾는다니, 내가 범인이라는 거야 뭐야. 나는 녀석을 쳐다보며 이놈은 바보일까 아니면 미친놈일까 고민했다. 그는 짐짓 진지한 표정을 지으며 말했다.

"아무튼 아까 일은 사과하마. 일부러 그런 건 아니고 말을 하다 보니 그렇게 나오지 뭐냐. 정식으로 통성명이나 하자. 나 스타 영채널의 이정훈이다."

그는 손을 내밀었다. 나는 녀석의 손을 무시하고 말했다.

"스타 영채널? 처음 듣는 회산데?"

"몰라? 특집기사도 여러 번 낸 중견 언론산데. 너 연예란은 별로 안 보는구나? 집에 가서 포털 사이트 검색해봐."

"뭘 집까지 가. 여기서 보면 되지."

나는 핸드폰을 꺼내 스타 영채널을 검색했다. 그러자 스타 비키니 화보라는 제목으로 헐벗은 여자들 사진이 화면 가득 떴다. 스타라는 표현이 무색하게 처음 보는 얼굴뿐이었다. '부천 시 오대 얼짱 그녀의 화려한 귀환' 'D컵 그녀, 가슴이 너무 무거워요' '카메라 감독까지 반한 고혹 관능의 팜므파탈' 제목도 하나같이 촌빨 썰썰 날린다. 정훈은 내 핸드폰 화면을 곁눈질로 훔쳐보더니 음흉한 어조로 말했다.

"스타 화보가 돈이 좀 돼. 별로 안 유명한 애들 데리고 찍어도 일단 내놓기만 하면 오천 개는 나간다. 음탕한 노친네들이 핸드폰으로 받아보거든."

"중견 언론사라며."

"기사만 내서는 회사 운영이 어려우니까 틈틈이 화보도 찍고 그래. 이름은 스타 영채널이지만 연예 정보만 다루는 회사는 아니고, 인터넷종합언론사야. 정치 경제 사회 문화 두루두루 다루지."

"화보 말고 별거 없는데? 톱스타 A, 스폰서 거절한 사연. 출산 후 돌아온 그녀의 화려한 뒤태. 이런 게 다네?"

나는 설명을 요구하는 눈빛으로 정훈을 째려보았다. 그는 천연덕스럽게 말했다.

"아무래도 페이지뷰 순으로 기사가 나오니까. 뒤에 보면 괜찮은 기사도 좀 있을 거야."

이놈은 바보다. 나는 결론을 내렸다. 이제부터 녀석이 하는 말에 신경 쓰지 않겠다고 결심하고 의자에 머리를 대고 눈을 감았다. 잠깐이라도 쉴 생각이었는데 정훈이 날 그냥 놔두지 않았다.

"근데 나 스물일곱인데."

"그래서?"

눈을 살짝 치켜뜨자 정훈은 급히 말을 바꿨다.

"하긴, 나이 많은 게 무슨 자랑이겠어. 끝에 '형'자만 붙여줘."

"그러든가."

다시 눈을 감으려고 했는데 맞은편에 애플 매장이 보였다. 정훈이 능숙하게 매장 앞에 차를 세웠다. 정훈이 뭐라고 말을 꺼내려는 순간 나는 녀석의 입을 막으며 말했다.

"태워줘서 고마워."

차에서 내리는데 동철이 보이지 않았다. 설마 다른 애플 매장 앞에 있나? 그때 매장 유리 안으로 정신없이 아이패드를 만져보고 있는 동철이 눈에 띄었다. 매장으로 들어가 녀석의 어깨를 탁 쳤다.

"증거 찾았다며? 어디 있어?"

"아, 그거."

녀석이 아이패드를 내려놓고 쇼핑백에서 무언가를 꺼냈다. 구겨진 데다 물에 젖어 너덜너덜해진 송이쪼가리였다. 이게 뭔가 하고 펼쳐보니 예의 벌거벗은 여자가 카메라를 돌아보며 수줍은 미소를 짓고 있었다. 우릴 엿 먹인 그 출장안마 전단지였다.

동철은 기세등등하게 말했다.

"오전 내내 찾았다. 그 새끼들, 튀기 전에 전단지 전부 찾아간 거 같아. 진짜 하나도 없더라니까. 딱 한 장, 차 밑에 깔려 있는 거 간신히 꺼냈다. 이제 그 새끼들 다 죽었어. 내가 진짜 다 죽여버릴 거야."

"나도 그랬으면 좋겠다만, 이걸 왜 찾았는데?"

"범인들 물건이잖아."

그래서 어쩌라고? 어차피 사방에 뿌려댄 건데 전단지를 이리저리 살펴보았다. 물에 젖어 글씨 일부가 지워진 데다 전화번호가 적혔던 종이 하단은 아예 찢어지고 없다. 나는 녀석이 실망하지 않도록 신중하게 말을 골랐다.

"이게 증거가 될지 모르겠다."

"너 그때 형사가 한 말 기억 안 나냐? 정구 핸드폰이랑 집에 있는 전단지 가져갔다고 했잖아. 뭔가 이유가 있다니까."

"무슨 이유?"

"그건 나도 모르지만 분명 이유가 있을 거야."

뭐 그럴 수도 있겠지. 근데 이걸로 어떻게 범인을 잡지?

"그래서 이걸 어떻게 하자고?"

"경찰서에 갖다 줘야지."

함께 범인을 잡자고 할 줄 알았는데 경찰서에 신고하겠다는 말을 들으니 왠지 김이 샜다. 범인 잡자고 하면 넌 그만둬, 위험한 일은 나 혼자로 족해, 라고 말해줄 생각이었다. 나도 알고 보면 멋있는 놈이란 걸 보여주고 싶었는데.

"그럼 갖다 주면 되지, 왜 날 부른 거야?"

"혼자 가기 무서워서 그러지."

뭐야 이 자식은. 경찰서가 귀신 나오는 집도 아닌데 뭐가 무서워. 그때 정훈이 끼어들었다.

"나도 좀 봐도 될까?"

정훈은 어느새 우리 등 뒤에 서 있었다. 이 인간이 진짜……
나는 정훈을 어깨로 밀치며 인상을 썼다.

"그냥 갈 길 가지? 형."

"워워, 진정. 내가 아는 모델 같아서 그래."

그 말에 망설이지 않고 전단지를 건넸다. 정훈은 전단지를 자세히 들여다보았다. 이 새끼 이거 또 거짓말 아냐? 전단지를 도로 빼앗으려 할 때 정훈이 감 잡았다는 듯 손가락을 튕겼다.

"그래, 맞아, 그랑프리 모텔. 경부 타고 가다보면 나오는데 여기 시설 괜찮다. 창밖에 산 보이지? 아침에는 정상 주위로 안개가 끼는데 경치가 진짜 끝내줘. 사진에는 안 나왔는데 저쪽에 통유리가 있거든? 근데 그게 매직미러야. 샤워실에서는 거울인데 방에서 보면 유리라 여자 씻는 거 훔쳐볼 수 있지."

"확실해?"

"그럼 확실하지. 진짜 다 보여."

"그게 아니라 이 모텔이 확실하냐고! 언제 가봤는데?"

"작년? 재작년? 잘 모르겠다. 아무튼 여자친구랑 헤어지기 전이었지. 게다가 여기 보이는 침대가 원형침대야. 지폐 투입구가 있어서 오천 원 넣으면 십 분간 침대가 빙글빙글 돈다. 그럼 정신도 도는데 아주 죽여주지."

동철은 정훈의 화려한 언변에 매료되어 우와 하고 감탄사를 내뱉었다. 녀석이 내 귓가에 속삭였다.

"성민아 이분은 누구시냐?"

정훈은 기회를 놓치지 않고 동철에게 악수를 청했다.

"난 스타 영채널의 이정훈 기자라고 한다. 성민이 아는 형이야. 반갑다."

"아…… 안녕하세요."

"넌 유동철 맞지? 그저께 사건 현장에 성민이랑 함께 있었던."

"예, 그런데요."

"같이 늙어가는 처지니 편하게 말해. 끝에 '형'자만 붙이고. 그러니까 형이 몇 가지 물어보고 싶은 게 있는데 말이야."

정훈이 스마트폰을 꺼내 녹음기 어플을 켰다. 정말 견적이 안 나오는 녀석이다. 나는 정훈의 핸드폰을 낚아채며 말했다.

"이런 거 안 한다며? 진짜 한번 맞아볼래?"

정훈이 인상을 구겼다.

"야, 너 좀 너무하지 않냐. 그래도 내가 형인데. 실수한 것도 있고 해서 좋게 넘어가려고 했더니 사람이 아주 빙다리 핫바지로 보이냐?"

"형이면 형답게 굴어야지. 맞기 싫으면 좀 가만있어."

우리는 입김이 닿을 정도로 가까이 서서 서로를 노려보았다. 매장 점원들이 바짝 긴장한 얼굴로 우릴 주시했다. 여차하면 경찰을 부를 기세였다. 정훈은 슬쩍 점원들의 눈치를 보고는 갑자기 너털웃음을 지으며 내 팔을 잡았다.

"미안 미안. 내가 실수했다. 취재가 관성이 돼서 그런가봐. 이제 안 그럴게. 약속. 밥 먹으러 가서 앞으로의 일을 의논해볼까?"

"됐고. 형은 갈 길 가."

"그러지 말고 밥 먹자. 본토인이 하는 중국집이라 죽인다니까. 핸드폰은 돌려주고. 그거 할부도 안 끝났다."

"봐서. 전단지나 줘봐."

정훈은 전단지를 돌려줄 것처럼 손을 내밀다가 갑자기 핸드폰을 잡아채려 했다. 하지만 내가 더 빨랐다. 핸드폰을 다른 손에 옮겨 쥐고 팔꿈치로 정훈을 밀어냈다.

"이러면 믿음이 사라지는 거지."

"알았어 알았어."

정훈은 손을 쳐들고 물러섰다. 나는 전단지를 자세히 들여다보았다. 사진 속의 여자는 웃고 있었다. 하지만 전처럼 예쁘게 느껴지지 않았다. 생각해보면 이상하긴 이상하다. 장물 들고 튀기도 바쁜데 왜 이걸 챙겨갔을까? 그저 흔하디흔한 퇴폐 광고 전단지일 뿐인데. 퍼뜩 이 사진 속의 여자가 강도들과 관련이 있을지 모른다는 생각이 들었다. 그래, 가능성이 있지. 어디서도 못 본 사진이니까. 정구도 전단지를 돌리려고 일부러 찍은 사진이라고 장담했었다. 확인해볼 필요가 있다.

나는 정훈을 돌아보았다.

"여기서 멀어?"

"어디? 그링프리 모텔?"

나는 어이가 없어 물었다.

"아님 내가 형네 집 묻겠어?"

그랑프리 모텔

모텔로 가는 길은 온통 산과 논밭, 비닐하우스며 조립식 창고
만 보일 뿐, 아무것도 없었다. 그리고 간간이 러브호텔이 눈에
띄었다. 바깥은 모든 걸 태울 듯한 기세로 강렬한 햇볕이 내리
쬐고 있었고, 똥개 한 마리 지나가지 않았다. 차 안은 에어컨이
빵빵했지만 두통은 점점 심해져왔다. 나는 뒷좌석에 홀로 앉아
창문을 열었다. 후덥지근한 바람이 얼굴을 때렸다. 두통은 조
금 가셨지만 속은 여전히 좋지 않았다.

"저기야."

정훈이 가리킨 곳에 모텔이 있었다. 최상층에 그랑프리라는
간판이 보였다. 그랑프리 모텔은 지금까지 오면서 본 러브호텔
들 중 군계일학이라고 할 만큼 크고 화려한 외관을 자랑했다.
정훈이 주차장에 차를 댔다. 동철이 건물을 올려다보며 혼잣말

을 했다.

"근데 왜 이런 데서 자고 가지? 근처에 놀이공원이 있는 것도 아니고 그냥 목적지까지 가면 되잖아."

"탁 트여서 경치 좋고 공기가 맑잖냐. 무엇보다 불륜을 안 들키려면 가급적 외진 곳이 좋으니까."

정훈은 느끼한 표정으로 우릴 돌아보며 윙크했다. 하마터면 얼굴에 한 방 먹여줄 뻔했다. 주차장에 차를 세우고 건물 안으로 들어갔다. 규모나 외관 모두 동네에 있는 모텔과는 차원이 달랐다. 널찍한 지상 주차장에 건물 일층과 지하에는 각각 레스토랑과 커피숍 그리고 사우나가 입점해 있었다.

카운티에 시계 다섯 개가 걸려 있었는데 각각 뉴욕 도쿄 파리 런던 서울의 현재 시각을 나타내고 있었다. 이게 뭐하는 짓? 만에 하나라도 세계적인 비즈니스맨이 숙박할 경우를 대비해서 저러나? 하지만 뉴욕 시계는 고장이 났는지 초침이 움직이지 않았다. 카운터 뒤에 서 있던 젊은 남자 직원이 우릴 보고 일어나 인사를 건넸다.

"어서오십쇼."

이제부터가 중요하다. 뭐라고 물어봐야 할까? 여기서 누가 섹스 사진을 찍었는데 혹시 아시는 거 있어요? 라고 물어볼 순 없고. 그때 정훈이 척하고 전단지를 내밀며 말했다.

"이 방으로 주세요."

흐음. 이런 방법이 있었군. 무식하지만 확실하다. 나는 진심으로 감탄했다. 그래도 기자 생활을 똥구멍으로 하진 않은 모양이다. 직원은 이런 일이 일상사인 양 무표정한 얼굴로 전단지를 들여다보다 정훈에게 돌려주며 깍듯하게 말했다.

"저희 호텔이 아닌 것 같은데요."

"다시 한번 잘 보세요. 몇 가지만 확인하려고 그러니까. 그쪽에 해되는 일 전혀 없어요."

"뭘 확인하는데요?"

"사진 속의 여자가 저희 형이랑 결혼하려고 해서요. 학교 선생님이라는데 이 여자랑 얼굴이 똑같거든요. 돈을 노린 결혼 같아요. 확인만 하고 금방 갈 겁니다. 필요하면 숙박비도 지불할 테니까."

직원이 나와 동철을 쳐다보며 물었다.

"저분들은 누구죠?"

"조카들인데요. 같이 가고 싶다고 해서."

직원은 정훈이 하는 말을 하나도 믿지 않는다는 듯 코웃음을 흘렸다. 그러거나 말거나 정훈은 다시 잘 보라며 전단지를 카운터 위에 올려놓고 손가락으로 톡톡 두들겼다. 언제 끼워넣었는지 전단지 아래 만 원짜리 몇 장이 보였다. 직원은 전단지를 보는 척하며 돈을 소매 아래 감췄다.

"다시 보니 특실 같네요. 하룻밤 숙박비 지불하신다고요?"

정훈은 겸연쩍게 웃으며 말했다.

"세 시간 대실로 하죠."

두 사람은 곧 금액을 합의보고 신용카드로 계산을 끝냈다. 직원은 서랍에서 마스터키를 꺼내 들고 앞장서 걸어갔다.

"따라오시죠."

우리는 함께 엘리베이터를 탔다. 직원이 열쇠를 흔들며 말했다.

"원형침대는 특실에만 있어요. 정확히 말하면 있었죠. 우리가 구입한 게 아니고 업계한테 임대한 건데 실적이 영 별로였어요. 한 달에 이삼만 원 버는 게 고작이었거든요. 멀미난다고 항의하는 손님까지 생겨서 지난달 말에 철수시켰어요. 특실은 전부 여섯 갠데 하나씩 보여드릴 테니까 사진이랑 비교해보세요."

직원을 따라 움직이며 특실을 살폈다. 다른 건 사진과 모두 일치했지만 직원의 말처럼 원형침대 대신 평범한 더블사이즈 침대가 놓여 있었다. 그러다 801호에서 사진 속의 흔적을 찾았다.

"여기야."

나는 창밖을 내다보며 중얼거렸다. 산 정상의 모양과 각도가 사진 속의 풍경과 정확하게 일치했다. 녹음의 느낌까지 비슷한 것으로 보아 한여름에 찍은 사진이 분명하다. 나는 직원에게 물었다.

"원형침대 언제 설치했어요?"

"작년 가을."

그럼 올해 찍은 사진이다. 원형침대를 저번 달 말에 철수시켰다고 했으니 사진 촬영 시점은 아무리 오래됐어야 두 달을 넘지 않는다. 넉넉잡고 6월부터 숙박한 사람을 조사하면 용의자 수를 줄일 수 있겠다. 정훈도 비슷한 데까지 생각이 미쳤는지 불쑥 물었다.

"숙박인명부를 볼 수 있을까요?"

직원은 고개를 흔들며 딱딱하게 말했다.

"처음 하신 말씀이랑 다르네요. 방만 확인하면 된다고 해서 도와드린 건데요."

나는 발끈해서 화를 냈다.

"빈 방 봐서 뭐해요. 사람 확인하는 것까지 포함된 거지."

"진작 그렇게 말씀하셨으면 거절했죠. 안 됩니다."

정훈이 손을 들고 우리 사이에 끼어들었다.

"자, 잠깐만요. 저희끼리 이야기 좀 할 테니 나가 계실래요? 멀리 가진 마시고요. 근처에 계세요."

"댁들 방이니까 마음대로 하세요."

직원은 어깨를 으쓱거리더니 나가버렸다. 정훈은 문을 닫더니 잔뜩 흥분한 얼굴로 손바닥을 비볐다.

"자, 이제 합의를 볼 때가 된 거 같다."

"무슨 합의?"

"나 오늘 돈 많이 썼거든? 차 수리비, 모텔비, 뇌물, 기름값. 전부 다 해서 최소한 백은 깨질 거다. 저 자식 설득하려면 또 돈이 필요하겠지. 이만큼이나 도와줬으면 뭔가 보답이 있어야 하는 거 아니냐?"

동철이 물었다.

"어떤 보답이요?"

"나랑 인터뷰하는 거야. 내가 묻는 말에 솔직하고 진솔하게 대답해주는 거지. 난 그걸 기사화하는 거고."

동철은 선뜻 응낙했다.

"그 정도야 뭐, 뭐든 물어보세요."

"진짜지? 성민이 너도?"

나는 팔짱을 꼈다. 사이비 기자와 인터뷰라. 솔직히 내키지 않았다. 정구가 죽은 이야기는 물론이고 내 이야기도 하고 싶지 않다. 범인을 잡은 후라면 모르지만 지금으로선 욕만 잔뜩 먹을 인터뷰가 되리란 걸 알기 때문이다. 하지만 정훈은 거만한 얼굴로 날 쳐다보고 있었다. 자신의 유리함을 알고 있는 것이다. 나는 사진 속의 여자가 서 있던 자리를 쳐다보았다. 과거를 볼 수 있다면 좋겠지만 내겐 그런 능력이 없었다.

나는 마음을 정했다.

"알았어. 인터뷰해줄게."

▶▶

정훈은 직원을 불러 말했다.

"우리한테 뇌물 받은 거 지배인한테 얘기할 겁니다."

"예?"

"그뿐 아니죠. 특실을 이용해 출장안마 사진을 찍은 걸 묵인했다고 경찰에 신고할 거예요."

직원은 입을 딱 벌린 채 한동안 말을 잇지 못하다 갑자기 흉포해져 정훈의 멱살을 잡았다.

"너 뭐하는 놈이야? 왜 여기 와서 개지랄이야?"

"워워, 진정하세요. 우리가 협상에 실패하면 그럴 수도 있다고 미리 말씀드리는 거니까. 저 이런 사람입니다."

그는 기자 신분증을 내밀었다. 직원은 신분증을 힐끔 쳐다보곤 중얼거렸다.

"스타 영채널?"

"인터넷 언론사예요. 엊그제 애들 셋이 집으로 출장안마 불렸다가 한 명 죽고 집 털렸다는 뉴스 보셨죠? 저희가 지금 그 사건 취재하고 있거든요?"

직원은 의심쩍은 표정으로 정훈을 노려보다 신분증을 빼앗아 들고 자세히 살폈다.

"그런데?"

"아까 보여드린 전단지가요, 그때 걔들이 부른 안마 전단지거든요. 여기서 찍은 사진인 거 알면 경찰이 좋아서 덩실덩실 춤을 추겠죠? 당장 쳐들어와서 모텔 비품들을 증거물이라고 전부 압수하고 앞으로 최소한 이삼 일은 경찰차가 제 집처럼 여길 왔다 가겠지. 손님들이 정말 좋아할 거야."

그야말로 협박의 달인이다. 평소에 기자라고 돌아다니면서 무슨 짓을 하는지 알 것 같다. 직원은 긴장해서 입술을 핥았다. 정훈은 느긋한 어조로 말을 이었다.

"어떻게 할까? 경찰에 전화할까? 아니면 우리끼리 해결할까? 뭐 대단한 거 요구하려는 거 아니니까 걱정 말고."

직원은 결국 정훈의 협박에 굴복했다.

"내가 어떻게 하면 되는데요?"

직원은 카운터 안쪽에 있는 사무실에서 숙박인명부를 가지고 나왔다. 엄지손가락 두께의 두꺼운 공책으로 표지에 4~7월이라고 적혀 있었다. 정훈이 공책을 들춰보며 물었다.

"니들은 이걸 다 손으로 적니? 컴퓨터 시스템 구축 안 했어?"

"예."

"CCTV는 달았지? 그것도 좀 보자."

직원은 진작 얘기하지, 라고 구시렁대며 우릴 사무실로 안내했다.

"저기 컴퓨터 보이죠?"

철제 책상 위에 낡은 삼보 구형 모니터와 키보드 그리고 마우스가 놓여 있었다. 모니터 속의 화면은 여섯 개로 분할되어 각각 복도며 엘리베이터 등 호텔 곳곳의 영상을 비추고 있었다. 직원은 시계를 보고선 말했다.

"교대 시간 삼십 분 남았으니까 그때까지 확인하세요."

직원은 밖으로 나가려다 우릴 가리키며 물었다.

"저 두 사람, 조카 아니죠?"

"당연히 아니지."

직원은 내 그럴 줄 알았지 하고 중얼대곤 문을 쾅 닫았다.

우리는 머리를 맞대고 명부를 살폈다. 801호는 숙박객이 그리 많지 않았다. 특실이라 가격이 비싼 탓이다. 6월 초부터 7월 말 사이로 기간을 잡고 명부를 확인하니 다섯 쌍의 용의자가 나왔다. 육은숙 외 1명. 주인석 외 1명. 홍창선 외 1명. 김민수 외 1명. 안성규 외 1명.

동철이 심각한 얼굴로 말했다.

"육은숙이 범인 같아."

"왜?"

"남들은 남자 이름을 적었는데 혼자 여자 이름 적었잖아."

"그게 무슨 상관이야, 이 자식아."

"이름 봐. 가짜잖아. 세상에 육 씨가 어디 있어."

"없긴 왜 없어." 하고 말은 했지만 생각해보니 알쏭달쏭했다.

육 씨가…… 없나?

"누가 있는데?"

"흠…… 이육사."

"너야말로 무슨 헛소리야 미친놈아."

"육영수 여사가 있잖냐."

정훈이 끼어들었다. 동철이 물었다.

"그게 누군데요?"

정훈은 자세히 설명하기 귀찮은지 손을 내저었다.

"있어, 그런 사람. 옛날에 대통령 마누라를 했었지."

나는 컴퓨터 앞에 앉았다. 모니터는 주차장과 모텔 로비 그리고 두 개의 엘리베이터 앞과 이층과 삼층 복도를 비추고 있었다. 정훈이 내 옆에 서며 중얼거렸다.

"이게 뭐야? 삼층 이상은 카메라가 없어?"

그때 동철이 마우스를 잡더니 오른클릭을 해 메뉴를 띄웠다. 옵션에서 다른 카메라 보기를 고른 후 팔층을 찍자 여섯 개의 화면 중 하나가 팔층 복도로 바뀌었다. 동철이 다시 옵션에서 전체화면 보기를 누르자 화면이 커졌다. 정훈이 감탄했다.

"야, 너 능력 있구나? 이런 것도 다룰 줄 알고."

"프레임스위처라는 건데요, 원하는 카메라의 영상을 골라 보는 기능이에요. 모니터를 여러 대 가져다 놓으면 돈도 많이 들고 보기도 오히려 불편하니까요. 좀더 중요한 곳의 영상을 중점적으로 보다가 필요할 때 다른 곳으로 돌리는 거죠."

나는 호기심을 참지 못하고 물었다.

"너 그런 건 어떻게 알았냐?"

"일본 야게임 중에 도촬 미행 강간 장르가 따로 있거든. 그중에 여고 경비가 여학생들 눈여겨보다 예쁜 순서로 한 명씩 납치해서 막 하는 게임이 있는데 거기에 다 나와. 그런 게임들이 디테일을 많이 따지거든. 그래야 실감나게 게임을 즐기니까. 비공식 한글판도 있는데 빌려줄까?"

"그만. 더 말하지 마라."

카메라는 복도 초입에 설치되어 있어 801호는 카메라 바로 아래 반쯤 걸쳐 보였다. 화면은 작지만 선명하고 칼라 재현도 잘된 편이라 얼굴을 알아보기 어렵지 않았다. 동철의 도움을 받아 화면을 뒤로 돌렸다가 801호로 사람이 들어갈 때마다 일시정지 비튼을 눌러 얼굴을 확인했다. 가장 최근 투수객은 7월 27일 오후 2시 23분, 은색 정장을 입은 젊은 남자와 살이 통통한 중년 여자 커플이었다. 명부에는 안성규 외 1인으로 적혀 있었다.

동철이 말했다.

"요새 연상연하 커플이 많다더니 정말인가보네."

"넌 바보냐. 부부가 벌건 대낮에 모텔에서 왜 만나. 당연히 불륜이지."

"진짜 좋아하는 사이일 수도 있잖아."

"그럴 수도 있지. 부부가 아니라서 문제지."

그때 정호이 가정문제 전문가처럼 끼어들었다.

"동철아. 넌 어려서 잘 모르겠지만 이런 모텔은 주말에 등산복 입고 오는 아줌마 아저씨 들로 먹고산다고 봐야 돼. 각자 와서 세 시간만 있다가 다시 각자 나가는."

"왜 각자 오는데요?"

"잘 생각해봐. 그나저나 동철아, 화면 캡처는 어떻게 하는 거냐?"

정훈은 모니터의 커플을 손끝으로 톡톡 두들기며 물었다.

"캡처해드려요?"

"응. 짧게 동영상으로 만들 수도 있냐? 된다고? 그럼 그것도 부탁한다."

나는 왠지 의심이 들었다.

"그건 어디다 쓰게?"

"쓸 데가 있어서 그래."

정훈은 건성으로 답하더니 숙박인명부에 적힌 이름과 주민 번호를 자신의 수첩에 옮겨 적기 시작했다. 이 자식 갑자기 뭐 하는 거래? 사진 캡처해서 저 사람들 협박하려고 그러는 거 아냐? 놈의 탐욕스러운 눈빛을 보고 있으려니 내 짐작이 맞을 거란 확신이 들기 시작했다. 저렇게 살고 싶나. 욕을 해줄까 하다 그만두었다. 이러든 저러든 저놈 인생이다. 나도 누가 내 인생에 참견하는 게 제일 싫더라. 그러니까 말인데, 넌 그렇게 쭉 살다 죽어라.

우리는 계속 용의자를 확인했다. 숙박인명부에 적힌 시간에 맞춰 동영상을 확인하니 오래 걸리지 않았는데, 문제는 전단지 속 여자일 리 없는 중년 아줌마만 계속 801호에 들어갔다는 거다. 이제 남은 건 한 커플뿐이었다. 6월 7일 육은숙 외 1명. 동철은 마우스를 움직여 날짜를 고르며 흥분한 어조로 말했다.

"감이 온다. 육은숙이 범인이야."

나는 육은숙의 주민등록번호를 살폈다. 83으로 시작하는 숫자. 전단지 속의 여자라고 보기엔 나이가 많은 것 같지만 확신하긴 일렀다. 세상에는 나이보다 어려 보이는 사람도 많으니까.

6월 7일 오후 1시 13분. 우리는 숨죽인 채 엘리베이터에서 사람이 나오길 기다렸다. 키가 크고 삐쩍 마른 남자가 먼저 걸어 나왔다. 혹시 저놈, 나비 문신 아냐? 체형이나 느낌은 비슷하다. 턱수염은 없지만 그거야 그냥 두면 자라는 거니까. 좀더 가까이 와봐라. 그럼 알 수 있으니까. 뚫어져라 화면을 보는데 갑자기 노이즈가 끼다가 어두워졌다.

"이게 뭐야? 왜 이래?"

정훈이 인상을 쓰며 모니터를 툭툭 쳤다. 동철이 파일을 확인해보고 말했다.

"더 이상 없는데요."

"그게 말이 돼? 이게 야동도 아니고 왜 결정적인 장면에서 지워져!"

"저야 모르죠."

정훈은 밖으로 나가 직원을 불러왔다.

"여기 영상이요. 갑자기 끊기는데 어떻게 된 거예요?"

"하드디스크 용량 때문에요. 호텔 내에 설치한 건 두 달 지나면 지워요."

직원은 우리 일이 뭔가 잘못된 걸 눈치챘는지 고소하다는 듯 웃으며 말했다. 나는 답답한 마음에 물었다.

"완전히 지운 거예요? 다시 못 살려요?"

"내가 컴퓨터 회사 직원이냐. 그런 걸 알게."

직원은 퉁명스럽게 쏘아붙이곤 이제 십 분 남았다고 말하고 나갔다. 우리는 다시 화면을 돌려봤지만 지워진 영상을 어쩔 방법은 없었다. 동철이는 복원 프로그램을 받아 뒷부분을 살리려고 노력했지만 결국 고개를 흔들었다.

"벌써 위에 새 파일이 덮어씌워져서 안 되겠는데."

나는 다시 영상을 플레이하고 엘리베이터에서 내리는 남자를 가리키며 물었다.

"저기 저놈 말이야, 그때 그놈 같지 않냐?"

"누구?"

"나비 문신!"

"그런 거 같기도 하고 아닌 것 같기도 하고."

동철은 자신이 없는 듯 말끝을 흐렸다. 솔직히 나도 확신은 없었다. 체형이 비슷하긴 한데. 여자가 보이면 얼마나 좋을까. 그때 동철이 눈을 반짝이며 말했다.

"야! 이거 백 형사님한테 가져가서 복원해달라고 하면 어떨까? 그럼 확실해질 거 아냐."

"걔가 해주겠냐. 욕이나 안 하면 다행이지."

나는 고민에 고민을 거듭했지만 좋은 방법이 떠오르지 않았다. 화면에 찍힌 자가 출장안마와 관련이 있다는 확증이 있으면 모르겠는데 그것도 아니니. 나는 한숨을 쉬며 일어섰다.

"끝났다. 가자."

"잠깐만."

정훈이 동철의 등을 두들기며 남자가 등장하는 마지막 장면까지 캡처해달라고 속삭였다. 그는 주머니에서 열쇠고리에 달린 USB메모리를 꺼내 지금까지 저장한 파일을 모두 옮겨 담고 이름과 주민번호도 다 적었다. 마치 다람쥐가 겨우내 양식을 모으듯 협박거리를 모아두는 느낌이다. 협잡꾼 같은 놈. 엉덩이를 한 대 걷어차려다 그만두었다. 카운터의 직원은 노트북으로 영화를 보다가 우리가 나오는 걸 보고 물었다.

"원하시는 건 찾으셨어요?"

"뭐, 그럭저럭요."

우리는 아무 대화 없이 너털너털 로비를 가로질렀다. 두통도 두통이지만 범인에 대한 단서를 잡지 못했다는 실망감이 더 컸다. 농철이 갑자기 설음을 넘쳤나. 발만 보며 걷다가 녀석의 등에 일굴을 박을 뻔했다. 뭔가 알아냈니. 비짝 긴장해 얼굴을 쳐다보자 동철은 로비의 레스토랑을 가리키며 말했다.

"배고픈데 밥 먹고 가자."

유리창에 점심 특선 함박스테이크 만 원이라고 적혀 있었다. 확실히 속 편한 녀석이다. 지금 밥이 넘어가나? 나는 어이가 없어 헛웃음을 흘리다가 마음을 고쳐먹었다. 그래. 산 사람은 살아야지. 밥 먹고 잠도 자고 그래야 정구 죽인 놈 잡을 가능성도 높아지는 거니까.

"그래. 밥 먹자."

배가 고픈 건 아니지만 오늘 아침부터 지금까지 토스트 두 조가밖에 먹지 못했다. 그마저도 토해버렸으니 억지로라도 먹어두는 편이 좋겠지. 평일 오후라 레스토랑은 한산했다. 요리사와 잡담을 나누던 웨이터가 다가와 우리를 자리로 안내했다. 정훈이 말했다.

"여기 조용하고 좋네. 어디 갈 거 없이 밥 먹고 여기서 바로 인터뷰하자."

"일이 이렇게 됐는데 무슨 인터뷰."

"이제 와서 딴소리하면 곤란하지. 어쨌든 시도는 좋았잖아. 결과까지 책임진다는 얘긴 없었다고. 내 돈 써가며 CCTV 확인까지 도와줬는데 이런 식으로 나올 거냐?"

영 내키지 않았지만 정훈의 말이 옳았다. 약속을 했으니 지켜야겠지.

"알았어. 대신 우리가 한 말에서 토씨 하나도 고치지 마. 조금이라도 왜곡해서 보도하면 아주 끝장날 줄 알아."

"나 언론인이야. 사람 속이고 그러지 않아."

"한두 달 있다가 기사화해. 일이 좀 잠잠해진 다음에."

"야! 그렇게 늦게 기사 내면 흥행이 안 돼."

내가 눈을 부라리자 그는 타협안을 제시했다.

"보름으로 하자."

"그리고……."

"또 있어?"

"밥 사."

정훈의 입가에 미소가 맺혔다.

"당연하지."

만 원짜리 함박스테이크는 꼭 모래를 씹는 것처럼 푸석푸석했다. 억지로 두어 점 먹다가 포기하고 물을 마시는데 동철이 물었다.

"너 어디 아프냐? 표정이 영 안 좋다."

"괜찮아."

"진짜 괜찮아?"

"그렇다니까."

"스테이크 더 안 먹을 거냐?"

"너 다 먹어라."

접시를 녀석에게로 밀고 고개를 뒤로 젖혔다. 어느새 가슴도 축축하게 젖었다. 시간이 지날수록 괜찮아지기는커녕 점점 나빠지는 것 같다. 정훈은 후식으로 나온 커피를 한 모금 마시곤 점잖게 입을 열었다.

"죽은 정구 일은 나도 참 안타깝게 생각한다. 친구가 죽은 걸 알고 너희들이 얼마나 마음 아팠을지 잘 안다. 하지만 이대로 쉬쉬할 일이 아니야. 이번 기회에 인터넷에 퍼지고 있는 각종 억측과 루머를 잠재워야 돼."

나는 고개를 들었다. 두통도 있고 해서 녀석이 무슨 소릴 하건 한 귀로 듣고 한 귀로 흘릴 생각이었는데 지금 하는 말은 그냥 들어 넘길 수가 없었다.

"무슨 억측과 루머?"

"너희들 어제 인터넷 안 들어가봤냐?"

"안 봤는데요."

동철이 커피를 홀짝이며 대답했다. 나도 고개를 흔들었다.

"사이트마다 니들 얘기로 나리야, 한국 사회가 얼마나 섹스에 화장했으면 고교생까지 집에 출장안마를 부를 생각을 하겠냐는 거지. 거리마다 온통 섹스 광고에, 텔레비전을 틀면 십대 여고생이 핫팬츠 입고 엉덩이 살랑살랑 흔드는 춤을 추니까 애들도 미친다는 거지. 일단 학교에서 성교육 강력하게 실시하고 방송 음반 검열 시작해야 한다는 얘기까지 나오고. 그랬더니 이번엔 집에 인터넷 되고 키보드 있는 걸그룹 팬들이 다 나섰지. 거지 같은 세상 소녀시대 보는 낙으로 사는데 그거까지 막으려는 거냐. 새벽에 출근해서 야근하고는 집에 와서 잠이나 자라는 거냐. 그러다 보니 이야기가 점점 심각해져서 사회계급 문제에 신자본주의 논쟁까지 나오고, 다음 아고라랑 네이버 뉴스 댓글이 전부 그 얘기하느라 정신없다. 트위터까지 서로 RT 붙여가며 싸우고 있으니 니들 덕분에 대한민국 인터넷 트래픽이 최소한 5퍼센트는 늘었을 거다."

정훈은 커피잔을 내려놓으며 조그맣게 박수를 쳤다.

"맞다, 축하한다. 오늘 아침에 너희가 다음 검색 4위 먹었더라. 고교생 출장안마."

"에이, 씨발."

동철이 창백한 얼굴로 중얼거렸다. 녀석은 작년에 이어 올해도 검색어 순위에 오른 게 달갑지 않은가 보다. 정훈은 짐짓 심각하게 말했다.

"이럴 때 관련자인 너희들이 직접 무슨 일이 있었는지 해명해주고 너희 생각을 밝히면 좋을 것 같은데. 이건 말이지, 단순히 학생 하나가 죽은 문제가 아니야. 다들 쉬쉬하는 사이 점점 비대해지기만 하는 대한민국의 섹스산업이 공적인 영역으로 확대될 수 있는 기회니까. 왜들 그렇게 섹스에 집착하는 걸까? 요새는 초등학교 고학년만 돼도 여친이랑 키스하고 애무하고 그런다는데……."

"진짜요? 진짜 그래요?"

동철이 눈을 동그랗게 뜨고 물었다. 지금 녀석에게 소원이 뭐냐고 물으면 초등학생으로 돌아가는 거라고 말할 것 같다.

"그렇다고들 하는데 나도 초등학생이 아니라서 잘 모르겠다."

"그렇군요."

"참, 공짜로 해달라는 건 아니니까 염려하지 마. 페이지뷰에 맞춰 돈 줄 테니까…… 아, 미안하지만 모텔 직원한테 준 돈은 거기서 까야겠다."

정훈이 겸연쩍게 웃는 걸로 봐서 실제로 돈을 줄 마음은 없어 보였다. 두통은 점점 심해지고 있었다. 목과 가슴에서 흘러내린 땀이 명치 끝에 고였다가 허리띠 위로 흘러내렸다. 기피를 한 모금 마셔봤지만 맛을 알 수 없었다. 아, 씨발 이러다 나도 숙는 거 아냐. 나는 테이블에 턱을 괸 채 정훈을 쳐다보며 물었다.

"형은 왜 이런 일 해?"

"좋은 기회니까. 다들 섹스에 안달이 나 있는 사회 아니냐. 새로 짓는 건물에는 룸살롱이니 섹시바니 하는 가게가 무조건 들어가고. 성매매특별법 만들어서 단속하니까 대딸방이니 키스방이니 하는 유사 성내매업소기 횡행하고. 초등학생만 돼도 인터넷에서 일본 야동이니 국산 셀카 다운받아 보는데 텔레비전에서는 서른 먹은 여자한테 첫 키스가 언제였는지 물어보고. 뭔가 엄청 꼬여 있나니까. 이 나라기 안 꼬인 거 없이 다 꼬여 있긴 하다만 섹스는 그 모든 걸 집약적으로 보여주는 느낌이 있지. 섹스를 팔아먹고, 섹스어필을 팔아먹고. 산업 자체는 커지는데 사람들은 쉬쉬하기만 하니까 전부 음지로 가잖아. 그러니까 이제라도 수면 위에 꺼내놓고 제대로 토론하고 논의하는 자리를 마련하자 이거지."

말 참 잘하네. 100분 토론에 나가도 되겠어. 개새끼…… 혈기 넘치던 작년 여름이라면 테이블을 뛰어넘어 녀석에게 박치기를 날렸을지도 모르겠다. 사람 많은 데라 감히 못 그랬으려나? 다만 지금은 그럴 기력이 없는 게 확실하다.

"그런데 그 자리가 형네 사이트였으면 좋겠다는 거구나? 그래야 룸살롱 갈 돈 버니까."

"바로 그거지."

힘든 가운데 웃음이 나왔다. 그래도 이 자식, 솔직하긴 하네. 정훈은 공범의 미소를 짓다가 살며시 손을 내밀었다.

"참, 내 핸드폰 줄래? 전화가 몇 통 왔을 것 같은데. 우리 대화 녹음도 해야 하고."

"어, 그래."

나는 선선히 대답하곤 주머니를 뒤졌다.

"어? 없는데? 어디 갔지?"

내가 당황한 목소리로 말하자 정훈은 얼굴을 찡그렸다.

"장난치지 말고. 우리 오늘 바쁘다. 할 일 많아. 인터뷰하고 범인 계속 추적해야지."

범인 추적하는 것도 기사로 쓰려고? 그래, 그렇게 해서 룸살롱 갈 돈 많이 벌어라. 나는 테이블을 짚고 일어섰다.

"아, 맞다. 801호. 거기 두고 왔나보다. 올라가서 핸드폰 가져올 테니까 잠깐만 기다려."

나는 정훈의 대답을 기다리지 않고 빠른 걸음으로 레스토랑을 빠져나왔다. 로비를 지나 모텔 문을 나서며 바지 주머니에서 정훈의 핸드폰을 꺼냈다. 녀석의 말대로 전화가 여러 통 와 있었다. 나는 있는 힘껏 핸드폰을 던졌다. 핸드폰은 포물선을 그리며 날아가 아스팔트 위에 떨어져 산산조각 났다. 막 차에서 내리던 중년 남녀가 미친놈 보듯 날 쳐다보았다. 나는 모른 척 두 사람을 스쳐 지났다. 신기하게도 두통이 사라졌다. 한 걸음 한 걸음 내딛을 때마다 다리가 가벼워짐을 느낄 수 있었다.

▶▶

호텔 입구에 자판기가 있었다. 게토레이를 뽑아 먹으며 동철에게 문자를 보냈다.

—화장실 간다고 하고 밖으로 나와라.

벤치에 앉아서 선명한 하늘을 바라보았다. 시원한 음료가 목구멍을 타고 넘어가자 목의 붓기도 한결 가라앉는 느낌이다. 보기 싫은 놈이 없어서 그런 걸까. 귀를 찌르던 삐익 소리도 많이 약해졌다. 호텔 입구의 원형 기둥에 콜택시 전화번호가 있었다. 나는 그리로 전화해 차를 보내달라고 부탁했다. 정훈은 정구가 누군지, 왜 죽었는지, 살인범은 누군지에 대해선 전혀 관심이 없었다. 아마 녀석이 떠벌린 사회문제에 대해서도 마찬가지일 것이다. 그저 유명해지고 돈 벌 궁리뿐이다. 내가 만난 모든 어른이 그랬다. 다들 열심히 해라. 난 그냥 살인범을 잡겠다.

캔을 구겨 쓰레기통에 던지는데 동철이 헐레벌떡 뛰어나왔다.

"왜 나오라고 한 거야?"

"정훈이 새끼는? 의심 안 해?"

"커피 한 잔 더 달라고 하던데. 특실에 핸드폰 없어서 그래?"

"핸드폰 저기 있다."

나는 호텔 초입의 아스팔트를 가리켰다. 때마침 콜택시가 핸드폰 잔해를 으스러뜨리고 주차장으로 들어섰다. 동철이 중얼거렸다.

"저거 비싼 건데."

택시가 우리 앞에 멈췄다. 나는 차문을 열고 턱짓을 했다.

"타라. 집에 가자."

"어? 무슨 소리야. 인터뷰하기로 했잖아."

"안 해. 저딴 새끼한테 무슨 말을 하냐. 저 새끼가 정구에 대해서 발톱만큼이라도 관심 있는 거 같냐?"

"아니."

"그럼 타."

동철은 그래도 약속했는데 하고 쫑알대다 차에 올랐다. 나는 뒤따라 차에 타고 문을 닫았다. 막 출발하는데 호텔 문이 열리고 정훈이 튀어나왔다. 녀석은 벌게진 얼굴로 택시를 쫓아오며 소리를 질렀다. 택시기사가 백미러를 쳐다보며 물었다.

"일행이세요?"

"아니요."

나는 창문을 열고 정훈에게 소리쳤다.

"형, 핸드폰 저기 있어! 전화 여러 통 왔더라."

"야! 이 개새끼야! 거기 안 서!"

정훈은 내가 가리킨 곳은 쳐다보지도 않고 고래고래 고함을 지르며 따라왔다. 하지만 택시가 차도로 나와 속도를 내기 시작하자 순식간에 거리가 벌어졌다. 멀리 정훈이 걸음을 멈추고 우릴 향해 욕설을 퍼붓고 있었다. 나는 한결 편안해진 마음으로 시트에 등을 기댔다. 동철이 물었다.

"근데 택시비는 있니?"

"너 있잖아. 그때 우리 모은 돈."

"아, 맞다."

동철이 고개를 끄떡이며 지갑을 꺼내다가 귀신을 본 듯 놀란 표정으로 날 쳐다보았다.

"왜? 돈 안 가져왔어?"

"그게 아니라, 너 귀에서 피 나."

나는 귀를 만져보았다. 축축했다. 셔츠를 들춰보니 어깨에도 핏자국이 흥건했다. 통증은 전혀 없었다. 나는 귀를 부여잡고 두려움에 몸을 떨었다. 무서웠다. 이러다 죽는 거 아닌지 겁이 났다. 진작 병원에 갈걸. 택시기사가 급히 차를 세우고 우리에게 티슈 뭉치를 던졌다.

"이게 무슨 일이야! 학생! 시트에 피 안 묻게 해!"

동철이 핸드폰을 꺼내 119에 전화했다. 나는 택시에서 내렸다. 아스팔트 위로 뚝뚝 피가 떨어졌다. 차에 기대서 도로를 바라보았다. 평일 오후라 오가는 차량은 거의 없었다. 지면의 열기가 아스팔트 위로 아지랑이를 만들었고 끝없이 이어진 차도가 너울거리며 꿈결처럼 빛났다. 어지러웠다.

대학병원 응급실은 혼란스럽고 시끄러웠다. 대부분의 침대에 응급환자가 차 있었고 응급실 문이 열릴 때마다 새로운 환자가 추가되었다. 그중 상당수가 피범벅이었다. 의사와 간호사들은 질서 없이 늘어선 침대 사이를 빠른 걸음으로 오가며 우선순위를 정하고 진단을 내렸다. 이런 일에 익숙하기 때문인지 통증을 호소하는 환자 앞에서도 서둘거나 당황하지 않았다.

내 차례가 왔다. 귀에서 피가 났다고 말하자 간호사는 혈압과 체온을 재고 커다란 솜뭉치를 건네주며 더 급한 환자가 많으니 복도에서 기다리라고 했다. 싸움질을 하다 응급실에 몇 번 온 적이 있지만 이런 푸대접은 처음이다. 피를 질질 흘리며 도착하면 다들 칙사 대접을 해줬는데. 하긴 동네 병원은 위급한 환자가 많지 않으니까.

복도에 쪼그려 앉아 응급실을 찾은 환자들을 지켜보았다. 어딘가에서 교통사고가 났는지 한꺼번에 부상자가 쏟아져 들어왔다. 그중에는 노인도 있었고 어린애도 있었다.

한바탕 폭풍이 지나가고 간호사가 얼굴을 내밀더니 들어오라고 손짓했다. 침대에 걸터앉자 지친 유치원 교사처럼 보이는 여의사가 다가왔다. 그녀는 체온을 확인하더니 귀에 묻은 피를 닦아내고 깔때기 같은 기계로 귓속을 살폈다.

"고막에는 이상 없는데."

그녀는 볼펜처럼 생긴 손전등으로 내 눈을 비추더니 입을 벌리게 하고 목구멍을 들여다보았다.

"오늘 어디 부딪힌 적 있니?"

"오늘은 아니고 그제, 아니 어제 새벽에요."

"세게 부딪혔어?"

뭐라고 대답해야 하려나? 목이 졸려서 쓰러지다가 바닥에 머리를 부딪혔다고 해야 하나. 그럼 왜 목이 졸렸는지부터 설명해야 할 텐데. 동철이 대신 대답했다.

"기절했었어요."

적당한 대답이군. 하지만 의사는 그렇게 생각하지 않았다.

"그런데 왜 병원에 안 왔어?"

"바빠서요."

의사는 이래서 애늘이란, 하는 표정으로 날 쳐다보다 다시 물었다.

"어딜 부딪혔지?"

나는 위치를 알려주고 혹이 나긴 했지만 심하진 않다고 말했다. 그녀는 혹을 꾹꾹 눌러보더니 물었다.

"머리는 안 아프니?"

"아프긴 아픈데 조금 지끈거리는 정도예요."

지금은, 이라는 말을 덧붙일까 하다가 그만두었다.

"이상한 게 보이거나 들리진 않고?"

"그런 건 없는데 계속 귀에서 소리가 나네요. 아까 작아졌었는데 다시 커졌고요. 귀가 간지러운데 긁어도 되나요?"

"안 돼. 뇌진탕 같으니까 일단 CT 찍어보자."

"저 돈 없는데요."

동철이 내 손을 잡았다. 녀석은 거의 울 듯한 기세였다.

"내가 어떻게든 돈 마련할게. 그냥 CT 찍자."

"누가 죽냐? 왜 오버하고 지랄이냐."

"너까지 죽으면 나 혼자 어떻게 살아."

동철이 날 끌어안으며 외쳤다. 오가던 사람들의 시선이 우리에게 쏠렸다. 잠깐이지만 응급실이 조용해졌다. 나는 얼굴이 달아오르는 걸 느끼고 동철의 귓가에 속삭였다.

"안 죽으니까 이것 좀 놔라. 사람들이 오해하겠다."

"절대 죽으면 안 돼."

"알았다니까 새끼야."

다음 순간 문을 박차고 응급환자를 실은 침대가 들어왔다. 병원 스태프들이 빠르게 그리로 움직였다. 여의사는 간호사에게 지시를 내리고 날 돌아보며 말했다.

"다음부터는 머리 세게 부딪히면 바로 병원에 와라."

일층의 영상의학과로 내려가 CT를 찍었다. 탈의실에서 평상

복으로 갈아입는데 밖에서 동철이 직원에게 묻고 있었다.

"성민이 죽는 거 아니죠?"

저 자식 뭔 소릴 하는 거야. 창피하게스리. 정말 죽을지도 모른다는 생각이 안 드는 건 아니다. 정구 죽인 놈들 잡겠다고 결심하고 추적을 시작했을 때만 해도 뭔가 해내고 있는 기분이었는데, 지금은 그저 무서울 뿐이다. 이렇게 병신처럼 죽는 걸까? 고작 잘못 넘어진 것 때문에? 언제 죽어도 상관없다고 생각했는데 막상 죽음이 코앞에 닥치니 겁이 났다. 죽고 싶지 않다. 정말로. 나는 죽는 게 무섭다. 정구처럼 죽고 싶지 않다. 그런데 너무너무 졸렸다. 대기실 의자에 길게 누웠다. 귀가 간질간질했다. 긁고 싶었지만 그러지 말라던 의사의 말이 떠올랐다. 등이 바닥에 닿자 한결 숨 쉬기가 편해졌다. 잠깐 눈만 감고 있사. 아주 잠깐만…… 죽는 건 아니고 잠자는 거야. 잠자는 거.

눈을 떴을 때 그 남자가 앞에 서 있었다. 엄마의 남편. 내 동거인. 처음에는 꿈이라고 생각했다. 하지만 그 남자 옆에 동철이 서 있는 걸 보고 그게 아니란 사실을 알았다. 입가에 흐른 침을 닦으며 급히 일어나 앉는데 남자가 재빨리 팔을 잡았다.

"괜찮아. 누워 있어."

스타일 구겨지게 이게 뭐야. 그것도 이틀 연속으로. 부끄럽기도 하고 짜증도 났다. 나는 동철을 노려보았다.

"야. 네가 불렀니?"

"보호자에게 연락하라는데 어떡해. 넌 기절했고."

"내가 잤지 기절했냐. 깨웠어야지."

나는 화를 내다 말고 남자를 곁눈질했다. 이 남자가 보는 앞에서 동철과 싸우고 싶진 않았다. 근데 이 인간, 오늘도 월차 내고 왔나? 월차 못 낸다며. 두 사람을 밀치고 일어섰다.

"좀 자니까 낫네. 그만 가자."

투덜거리며 바닥에 발을 내려놓는데 내가 병원 바지를 입고 있었다. 상의 역시 병원 로고가 그려진 환자복이었다. 놀라서 주변을 살피다 더 충격적인 사실을 알게 되었다. 나는 대기실 의자가 아니라 병실에 와 있었다. 침대 옆에 냉장고와 선풍기가 보였고 옷걸이에 내 바지가 걸려 있었다. 병원의 1인실이었다.

동철이 말했다.

"깨우는데 안 일어나잖아. 그래서 연락 드린 거야."

병실로 옮기고 옷을 갈아입히는 내내 잤다는 사실이 믿어지지 않았다. 사람이 그 정도로 곤히 잠들 수 있는 걸까?

"너 두개골에 금 갔대."

동철의 말에 나는 놀라서 녀석을 돌아보았다. 저 새끼 저런 무서운 말을 어쩜 저렇게 쉽게 해? 그 남자가 말했다.

"겁먹을 거 없어. 내가 의사 설명 들었는데 두개골에 살짝 금이 가고 측두엽에 조금 물이 찬 정도라더라."

말만 들어도 무섭다. 이 인간은 이렇게 끔찍한 말을 하면서 어떻게 겁먹지 말라고 할 수가 있지? 나는 최악의 결론을 상상하며 입술을 깨물었다. 하느님 예수님 부처님, 바보가 되는 거면 차라리 죽게 해주세요.

남자가 말했다.

"의사 선생님께서 통증이 심했을 텐데 어떻게 참았는지 모르겠다고 하시더라. 충격을 한 번 더 받은 것 같다고 하시던데 그

일 있은 다음에도 머리 부딪힌 적 있니?"

정훈의 차에서 머리를 부딪혔던 일을 떠올렸다. 그 새끼, 끝까지 사람 골치 아프게 하네.

"두 번 충격을 받고 머리가 흔들려서 뇌압이 상당히 올라갔대. 까딱하면 뇌출혈이 생길 상황이었는데 피가 귀로 나와서 압력이 떨어졌다고 하더라. 다행이지."

"정말요?"

"그럼. 내가 왜 거짓말을 하겠니. 두개골 금간 건 그냥 두면 붙는다더라. 머릿속의 붓기도 많이 빠졌다고 하니까 며칠 영양 섭취 잘하고 푹 쉬면 괜찮을 거야."

혹시나 하는 생각에 동철을 쳐다보았다. 녀석은 고개를 끄떡였다. 나는 놀란 가슴을 쓸어내리며 침대에 쓰러지듯 누웠다. 설마 내게 불치병이 있는 걸 감추는 건 아니겠지. 그러다가 정신을 차리고 도로 일어나 앉았다. 쪽팔리게 이게 뭐냐. 범생이들 앞에서 사시나무처럼 떨다니. 이래가지곤 동철이 학교에 가서 최성민 알고 보면 완전 허당이라고 소문내도 할 말이 없다. 그러나 두 사람의 표정으로 보아 이제 와서 벽에 머리를 찧는다 해도 용감해 보이긴 틀린 것 같았다. 나는 이불 밑으로 주먹을 부르쥐며 마음속으로 모든 불행이 스치고 지나가도 그저 일상일 뿐, 이라고 중얼거렸다. 조금이지만 기분이 나아졌다.

남자가 머뭇거리다 말했다.

"내가 진작 병원에 데려왔어야 하는데, 미안하다."

"그런 식으로 말 좀 하지 말아줄래요? 비꼬는 것도 아니고 매번 왜 그러는데요? 병원엔 내가 안 가겠다고 했는데 왜 아저씨가 미안해요."

"미안하다. 그런 뜻으로 한 말이 아니라……."

"아, 진짜."

나는 고개를 돌렸다. 다른 때라면 속으로 삭였겠지만 지금은
그럴 수가 없었다. 나는 남자를 노려보며 속에 꾹꾹 눌러 담고
있던 말들을 모두 쏟아냈다.

"엄마 죽었잖아요. 이제 우리가 서로 볼일이 뭐가 있어요? 엄
마한테 지킬 의리가 남았어요? 아, 씨발 그딴 거. 지금은 학교
다니고 그래야 되니까 그냥 있는데, 졸업하면 바로 나갈 거니까
아저씨도 저한테 신경 끄세요. 왜 자꾸 아버지 흉내를 내려고
그래요, 부담스럽게. 웬만하면 서로 편하게 갑시다. 눈에 안 띄
도록 조심할 테니까."

남자는 날 쳐다보며 말했다.

"동철아. 잠깐 나가주겠니?"

동철은 고개를 끄떡이더니 재빨리 병실을 나갔다. 아저씨는
내 옆의 빈 의자에 앉았다. 그는 곤혹스러운 목소리로 말했다.

"널 어떻게 해야 할지 모르겠다."

"아무것도 안 하면 된다니까 그러시네."

"네 말대로 난 너에 대해 전혀 몰라. 아니, 네 또래의 남자애
에 대해 모른다는 표현이 정확하겠지. 조카들을 봐도 무슨 생
각을 하는지 전혀 모르겠더라, 자주 만나질 않았으니…… 하
긴 자주 만났더라도 잘 몰랐을 거 같다. 난 학교 다닐 때도 친
구들이랑 잘 못 지냈거든."

"아저씨가요? 완전 범생이 아니었어요?"

남자는 쓸쓸하게 웃었다.

"모범생도 모범생 나름이니까. 내 경우에는 공부를 너무 잘했지."

"와, 진짜……."

끝까지 밉살맞은 인간이다. 남자는 사실이라는 듯 눈을 동그랗게 뜨며 말했다.

"내가 이래 봬도 예전에는 수재 소릴 듣고 살았어. 정말이야. 전교 일등을 놓쳐본 적이 없으니까."

"알아요, 알아. 지금 봐도 짐작이 가네요. 좋으셨겠어요."

"별로 안 좋았어. 고등학교 때는 겉돌았지. 요새 애들 겉도는 거랑은 좀 다른 느낌으로. 외따로 떨어져서 혼자 있는 걸 좋아했거든. 우리 반 애들 중에 나랑 대화 통할 만한 수준의 애가 없다, 뭐 그런 이상한 생각을 했던 것도 같고."

남자는 옛날 기억을 떠올리는지 얼굴을 찌푸렸다. 흠, 그건 나랑 비슷하군. 나도 나만 보면 눈을 내리까는 같은 반 애들을 보며 내가 최고라고 생각한 적이 있다. 양아치들에게 얻어맞고 김기혁이 전학 오면서 그 모든 자부심이 무너지긴 했지만.

"대학 좋은 데 나오셨잖아요. 거기서 만난 사람들이랑은 대화 통했을 거 아니에요."

남자는 머리를 긁적였다.

"아, 그때는 공부하느라."

"아이구, 매일 공부만 했어요?"

남자는 쑥스러운지 머리를 긁적였다.

"어쩌다보니 그렇게 됐다. 지금 생각하면 한심한 일이지. 다들 재학중에 고시 패스할 거라고 했거든. 나도 그럴 줄 알았고. 그런데 시험에 한 번 떨어지고 두 번 떨어지고 결국 입대 영장이 나올 때까지 떨어지더구나. 평소에는 눈 감고도 외던 내용인데 시험장에만 들어가면 머릿속이 하얗게 변하는데……."

그는 깊고 어두운 목소리로 말했다.

"몇 번 미역국을 먹고 군대 가서 죽도록 구르다 오니 머리는 안 돌아가고 집에 돈은 필요하고. 결국 공무원 시험 보고 법원에 취직하게 됐지. 그리고 지금까지 이러고 살았지. 회사 갔다가 집에 와서 독서 좀 하다가 자고. 일요일에는 영화나 보러 다니고. 너무 사건이 없어서 책으로 쓰면 공책 한 권도 못 채울 거다. 내 인생이지만 진짜 한심해서 말하기가 부끄러울 정도야."

남자의 목소리가 살짝 밝아졌다.

"사십대도 절반 넘게 지나서야 처음 연애란 걸 해봤으니까."

"무슨 소리에요, 그게?"

"너희 엄마랑 한 게 내 첫 연애였다고. 아니 그 전에도 선은 여러 번 봤지. 그중에 잘될 뻔한 여자도 있었고, 내가 흠모하던 여성도 있었고. 근데 연애는 처음이었어."

"정말요?"

"그렇다니까. 내가 왜 거짓말을 하겠니. 처음 법원에서 봤을 때부터 마음에 들었어. 먼저 대시할 용기가 없으니 우선 지켜보는 정도였지만. 근데 어느 날인가 너희 엄마가 입찰가액에 동그라미 하나를 더 적어 낸 거야. 난리난 거지. 그 돈을 내고 살 수는 없는데 포기하자니 보증금을 날리게 되고. 점심시간이 다

지나서도 경매장 구석에 멍하니 앉아 있는 걸 보니 왠지 속이 끓더라고. 내 인생에서 처음이자 마지막으로 용기를 냈지. 네 엄마 앞에 가서 내가 해결해줄 테니까 같이 점심 먹으러 가자고 했다."

"어떻게 해결해줬는데요?"

"판사님한테 부탁했지. 사실 말도 안 되는 건데 내가 불쌍해 보였는지 해주더라. 그 뒤로 계속 만나다 사귀게 됐지."

"사귈 때 싸우지는 않았어요?"

"특별히 싸운 적은 없었는데……."

남자는 살짝 얼굴을 찌푸리더니 말을 이었다.

"사귀기로. 한 날, 나한테 연애 경험을 묻는데 할 말이 없지 뭐냐. 내가 잘 못해서 묻는 것 같아 걱정은 되는데 그렇다고 없는 연애담을 지어내지도 못하겠고. 그래서 연애는 소싯적에나 해봤고 나이 먹고선 가끔 업소에 갔다고 했지."

나는 어이가 없어 입을 딱 벌렸다.

"진짜요? 왜 그런 소릴 해요! 누가 좋아한다고."

"그땐 몰랐으니까 그랬지. 아예 안 했다고 하면 믿어주지도 않을 것 같고 어딘가 문제 있는 사람으로 볼까봐 걱정스러워서. 은근히 실망하더라. 엄청 후회했지. 사실 그런 데 한 번도 안 가봤거든. 점수 딸 좋은 기회였는데."

"전혀요? 전혀 안 갔어요?"

"응. 넌 처음 보는 여자애랑 그런 거 하면 좋냐. 난 잘 모르는 사람이랑 말하는 것도 힘들던데, 다들 대단해. 마음이 통해야 몸도 통하는 거지. 나중에야 임마한데 그 얘길 했더니, 좋아하더라. 내 인생이 한심한 게 유일하게 기뻤던 순간이었지."

"그럼 그 전까지 욕구는 어떻게 해결했는데요?"

"남자만의 방법이 있잖니."

남자는 부끄러운 듯 웃었다.

"으흠."

믿어지지 않았다. 우리는 나이 열여덟에 여자가 없다고 겁에
질려 있었는데 사십대 중반까지 여자 한 번 없던 남자가 바로
옆에 있었던 것이다. 심지어 정구와 똑같은 방법으로 욕구를
해결해온.

남자는 말했다.

"지금 와서 생각하면 왜 그렇게 살았는지 후회가 되긴 해.
그 좋은 시절에 공부한답시고 허송세월을 했으니. 그렇다고 돈
을 많이 번 것도 아니고 세상 경험을 많이 쌓은 것도 아니고 심
지어 공부를 많이 하지도 못했어. 주로 걱정을 했지. 젊을 때는
그냥 놀아야 되는데. 술 마시고 여자 많이 만나면서 마음 편하
게. 자유롭게."

나는 어이가 없어 웃었다.

"그런 사람이 어디 있어요."

"너."

"예?"

"네가 그렇게 사는 거 아니었어? 자유롭게 마음 편하게. 여
자도 많이 만나고. 얘기 들으니까 너 연예인하고도 사귀었다며.
걔 이름이 뭐더라……."

"어떤 새끼가 그래요!"

"아니야?"

"아니거든요. 그리고 하나도 안 편하고 하나도 안 자유스럽거든요. 저 잡아 죽이지 못해 안달인 애들이 얼마나 많은데. 조금이라도 약한 모습 보이면 바로 잡아먹히거든요? 항상 긴장하고 집중하고 살아야 되거든요. 저야말로 학교에서 완전 겉돌아요. 누가 나한테 말이라도 거는 줄 알아요?"

남자는 입을 반쯤 벌린 채 내 말을 듣다가 간신히 대답했다.

"그렇구나."

"공부하는 게 맘 편하지. 시험 기간 닥치면 저 같은 애들은 잠노 못 자요. 술 마시고 여자 만나면서도 마음이 불편해서 밥만 먹으면 설사하고 그런다고요."

"그래도 그게 낫지 않나? 난 혹시 이번에 성적 떨어지면 어떡하나 하고 일 년 내내 노심초사하며 살았는데. 공부마저 못하면 내가 사는 이유가 없어지는 거니까. 덕분에 일 년 내내 변비 아니면 설사였는데. 그래도 넌 여자도 만나고 술도 마시고 오토바이도 타고 춘천 구경도 했잖아. 난 이게 뭐냐?"

"우리 엄마 만났잖아요."

"그건 그래."

남자가 나직하게 대답했다. 우리는 잠시 침묵을 지켰다. 남자가 조심스럽게 말을 꺼냈다.

"네가 부러웠어. 넌 어떻게 해야 할지 몰라서 그냥 넘어간 것도 있지만 그보다는 네가 행복하게 사는 것 같아서 참견하지 않은 것도 있어. 난 아무것도 못 해보고 나이를 먹었지만 넌 그러지 않았으면 했거든. 일종의 대리만족이랄까. 성적도 그렇고

읽는 책도 보면 머리가 나쁜 녀석도 아닌 것 같고…… 너 교육
시킬 돈이 없는 것도 아니니까 나중에 마음잡으면 편입학원에
라도 보내면 되겠구나 생각했지.”

그는 숨을 크게 들이마시곤 말을 이었다.

“엄마는 죽었지만 너랑 난 남았잖니. 난 이것도 다 운명이다
생각하고 잘 지내보려고 그랬다. 외로운 사람들끼리 친하게 지
내는 게 나쁜 일은 아니잖니.”

나는 답답해졌다.

“아저씨, 쫌……! 그런 말은 여자 꼬실 때나 하는 거잖아요.”

“내가 뭐 틀린 말 했냐. 아무튼 니가 대학을 가든 취업을 하
든 내가 도와줄 수 있는 일이 있으면 도와줘야겠다고 생각했다
는 거지. 그 마음 지금도 변함없고. 그러니까 너도 긍정적으로
받아들였으면 좋겠다.”

“알았어요. 생각해볼게요.”

남자는 의자에서 일어서며 말했다.

“너무 많이 생각하진 말고, 지금은 좀 쉬어라. 생각을 하면
할수록 혈류량이 많아져서 위험하다니까.”

나는 퉁명스럽게 말했다.

“지금까지 생각 많이 했거든요. 벌써 머리가 폭발했겠네요.
근데 어제오늘 제가 어딜 다녔는지 안 물어보세요?”

남자는 병실을 나서려다 날 돌아보며 물었다.

“물어보면 알려줄 거니?”

“아뇨.”

“그럴 줄 알았다. 쉬어라. 난 회사에 다시 나가봐야 해서. 위

에다 사정 얘기하고 잠깐 나온 거거든."

어쩐지. 휴가라도 냈나 했다.

"잠깐만요."

나는 아까부터 궁금했던 것을 물었다.

"그런데 왜 일인실이에요? 여기서도 제가 자유롭길 바라서 그런 거예요? 여기 엄청 비쌀 텐데."

그는 다시 한 번 웃었다. 내가 본 중 제일 편한 미소였다.

"아니, 병실이 없어서 그랬어. 내일 팔인실로 옮길 거다."

▶▶

동철과 둘이 시간을 노닥거렸다. 서로 별로 할 말이 없이서 나중에는 TV를 틀고 함께 드라마 재방송을 보았다. 생각해보면 작년에 입원했을 때도 다르지 않았다. 그때도 녀석은 매일같이 병문안을 왔는데 별 다른 대화 없이 빌려온 만화책을 읽거나 TV를 보는 게 전부였다. 단지 그때는 내가 아닌, 같은 병실을 쓰던 태식에게 병문안을 왔다는 것만 다르다. 가끔 정구도 날 찾아왔는데, 그 무도한 녀석은 독서실을 빼먹고 병문안을 와 침대 옆에 문제집을 꺼내놓고 풀었다. 그때는 좀 기분이 나빴는데 지금은 녀석이 우리 옆에 있어준다면 사법고시 준비를 해도 기쁠 것 같다. 동철도 비슷한 생각을 하는지 가끔 옆을 보았다. 정구가 있다면 앉아 있었을 자리를.

동철이 말했다.

"안 오려나……"

"누구 얘기 하는 거야?"

"지은이 말이야. 아무리 헤어졌어도 너 다친 거 알면 한 번은 올 거 같은데. 작년에 너 다쳤을 때도……."

"내가 그 얘기 하지 말랬지!"

왜 다들 최지은 그 치사한 기집애한테 관심을 가지는지 모르겠다. 그 애는 요새 발에 채도록 흔한 오인조 걸그룹의 멤버다. 작년에 월화 미니시리즈의 순둥이 여동생으로 뜬 이후 지금까지 승승장구중인 우리 학교 최고 스타고. 작년 여름, 그 애와 은밀히 사귀던 때가 있었다. 난 공개적으로 연애하고 싶었지만 지은이 소속사에서 알면 큰일 난다고 해 몰래 만나야 했다. 그러다 내가 양아치들에게 맞고 병원에 입원했을 때 지은은 스케줄을 미루고 병문안을 왔고 우리 둘 사이는 학교 전체에 소문났다. 그때만 해도 기분 째졌는데. 그래도 얘가 날 정말 좋아하는구나, 싶었다. 그런데 그게 아니었던 걸까. 지은과는 얼마 못 가 끝났다.

저녁식사가 나왔다. 동철은 옆에서 반찬을 집어먹으며 맛이 별로라고 계속 투덜댔다. 나는 물었다.

"근데 넌 집에 안 가냐?"

"응. 좀 있다 가려고. 국물 마셔도 되지?"

동철은 소고기국을 꿀꺽꿀꺽 마시더니 내가 먹으려고 아껴 놨던 햄까지 집어먹었다. 잠깐만, 근데 얘는 집에서 어떻게 나온 거지? 나는 숟가락을 내려놓고 녀석을 쳐다보았다. 범인 잡을 생각에 빠져 녀석에 대해 잊고 있었다.

"너 말이야, 집에서 어떻게 나왔냐?"

"그냥 나왔지."

"너네 엄마가 널 집 밖으로 내보낼 리가 없잖아. 옆에 꼭 붙들어놓고 오 분에 한 번씩 잔소리를 해야 정상인데."

"그러려고 하셨지. 근데 내가 엄마한테 말했어. 정구가 죽었어요. 제 책임이 커요. 범인 잡는 일 돕고 싶어요. 그랬더니 허락해주셨어."

녀석은 침까지 튀겨가며 열심히 떠들었지만 그럴수록 거짓말이라는 심증이 굳어졌다. 동철아, 너네 엄마가 절대 그럴 분이 아니시거든. 나는 팔짱을 끼며 말했다.

"그래서 너희 엄마가 얼른 가서 범인 잡으라고 보내주셨다? 그걸 나보고 믿으라고?"

동철은 머뭇머뭇 내답을 망설었다. 나는 빨리 말해보라고 턱을 까딱였다.

"사실은 엄마한테 말 안 하고 나왔어."

내 이럴 줄 알았지.

"왜!"

"얘기해봤자 안 된다고 할 게 뻔하잖아."

"근데 어떻게 나왔냐? 너네 엄마 출근도 안 하고 너 지키고 있었을 거 아냐."

"방에 혼자 있고 싶다고 하고 이층에서 뛰어내렸지."

동철은 아파트촌 외곽의 이층짜리 단독주택에 살았다. 높이가 제법 돼서 이층이라고 해도 만만히 볼 것이 아니다. 동철이 이토록 심지 굳은 놈인 줄 몰랐다. 동철은 고개를 숙인 채 작은 목소리로 말했다.

"그 새끼들 당장 잡아서 죽여버리고 싶은데, 어디 있는지도 모르고 난 힘도 없고, 내가 할 수 있는 일이란 게 기껏해야 전단지 찾아서 경찰한테 전해주는 거밖에 없으니까. 그거라도 하지 않으면 못 견딜 것 같아서."

"아냐. 넌 대단한 놈이야. 나보다 훨씬 나아."

농담이 아니다. 나는 나를 의심하고 비웃은 자들에게 뭔가 보여주겠다는 생각 때문에 범인을 잡으려고 했다. 하지만 동철은 정말 정구를 위해 범인을 잡고 싶어 했다. 그게 나와 녀석의 차이다. 나는 동철을 향해 주먹을 내밀었다. 동철은 눈을 깜빡거리다 내가 뭘 하려는지 깨닫고 손을 뻗었다. 우리는 주먹을 부딪친 다음 악수하고 서로를 끌어당겨 힘 있게 포옹했다. 기혁을 비롯한 껄렁한 친구들과 주로 하던 건데 동철도 늘 해보고 싶어 한다는 사실을 알고 있었다.

동철이 물었다.

"이제 어떻게 할 거냐?"

"우리가 잡아야지."

"그래. 우리가 잡자."

우리는 다시 한 번 악수했다. 녀석의 손은 따뜻했다.

▶▶

우리는 살인범을 어떻게 잡을지 논의했다. 나는 철우 형에게 몽타주를 주고 온 일이며 자전거포 아저씨가 장물을 알아봐주기로 약속한 것, 그리고 정구 아버지에게 도난품 목록을 받아

온 것까지 전부 설명했다.

동철이 흥분해서 말했다.

"잘하면 진짜 그 새끼들 잡을 수 있겠다."

"그럴 거야."

"그런데 그 새끼들 찾는다고 쳐도…… 우리 손으로 잡을 수 있을까? 걔들은 진짜 강도에 깡팬데…… 우린 아니잖아."

"너 나 모르냐. 나 최성민이야. 파괴의 음유시인."

나는 가슴을 탁탁 치며 말했다. 부끄럽지만 파괴의 음유시인은 진짜 내 별명이다. 피범벅으로 병원 응급실 앞에 서서 담배를 꼬나문 사진을 싸이월드에 올리고 밑에 '모든 불행이 나를 스치고 지나가도 그저 일상일 뿐'이라는 허세 글을 적어 그런 별명이 붙었는데, 하늘에 맹세코 난 그런 글을 쓴 적이 없다. 사진을 올리긴 했다. 밤에 술 먹고 화장실에서 미끄러져 다친 거였는데 피가 철철 나는 게 멋있어 보여서 셀카를 찍어 올렸다. 술김에 한 짓이었다. 그런데 어떤 놈이 거기에 엉뚱한 소리를 붙여가지고 인터넷에 뿌리는 바람에 나만 우스운 놈 됐다. 지금이야 나도 실실 웃으며 내 이름은 파괴의 음유시인, 이러고 있지만 그때는 어떤 새낀지 잡히면 죽여버리겠다고 이를 갈았다.

간호사가 노크하고 들어와 맥박과 혈압을 쟀다. 뇌진탕은 갑자기 나빠지기도 하고 좋아지기도 해서 세 시간에 한 번씩 체크할 필요가 있다는 것이다. 동철은 걱정스러운 표정으로 날 지켜보다 주춤주춤 일어서며 말했다.

"나 갈게. 좀 자."

"어디 가려고? 집에 가게?"

"아니, 집엔 가면 다시 못 나오니까. 지하에 PC방 있더라."

동철은 PC방에서 사건 자료를 찾아보겠다고 했다. 병실에는 나 혼자 남았다. 불을 끄고 누웠지만 잠이 오지 않았다. 전에도 몇 번 입원한 일이 있었지만 1인실은 처음이다. 8인실을 쓸 때는 친근함을 가장해 이것저것 캐묻고 알고 싶지도 않은 가족 이야기를 해주던 할머니도 있었고 방장을 자처하며 병원 생활에 관해 쓸데없는 걸 알려주던 아저씨도 있었다. 그때만 해도 주책 맞은 늙은이들이라 생각했다. 하지만 지금은 그들이 그립다. 혼자 어두운 정적 속에 누워 있으려니 옆에 누군가가 있다는 것만으로도 위안이 된다는 걸 새삼스레 깨달았다. 이래서 내 동거인은 나를 거둔 걸까.

한때는 죽으면 죽는 거지, 라고 간단히 생각했다. 하지만 막상 죽을 뻔한 일을 겪어보니 죽는 것도 쉽지 않다는 걸 알게 되었다. 악착같이 살아서 세상이, 친구들이, 그리고 정구를 죽인 놈들이 어떻게 되는지 지켜보겠다.

새벽녘에 남자가 왔다 갔다. 그는 침대 앞에 서서 작은 목소리로 말했다.

"성민아."

잠든 척 돌아누웠다. 지금은 남자와 말을 하고 싶지 않았다. 어제 너무 터놓고 얘기했기 때문일까, 오히려 쑥스럽다. 그렇다고 평소처럼 냉랭하게 구는 건 더 이상하고. 차라리 자는 척하는 편이 낫다. 등 뒤로 남자의 목소리가 들렸다.

"너 동철이 어디 갔는지 아니? 집에 말도 없이 나온 모양이야. 동철이 어머니가 정말 많이 걱정하고 계셔서."

아무 말도 하지 않자 남자는 작은 목소리로 말했다.

"잘 자라. 아빠 간다."

아빠라는 말은 유난히 작았다. 문이 닫히는 소리가 들렸다,

눈을 뜨고 일어나 침대에 등을 기댔다. 속을 모를 사람이라니까. 시계를 보니 5시 50분이다. 두통은 많이 잦아들었고 더 이상 귀에서 삐익 소리도 나지 않았다. 옷장을 열어보니 티셔츠와 청바지가 잘 개켜져 있었다. 티셔츠는 새것이었고 바지 주머니에 있던 담뱃갑은 사라지고 없었다. 남자가 빼간 모양이다. 이 인간, 마음 편하게 자유롭게 살라더니 담배는 안 된다 이거야? 그 밑에 핸드폰과 지갑이 놓여 있었다. 이럴 때는 1인실이 좋다. 예전 병실이라면 옷을 꺼내 입는 걸 보고 어디 가냐고 다들 한마디씩 했을 텐데.

옷을 갈아입고 조심스럽게 병실을 나섰다. 데스크에서 간호사들이 잡담을 나누고 있었다. 어제 내 혈압을 쟀던 간호사가 주사기며 약상자가 담긴 카트를 끌고 복도를 가로질렀다. 짐짓 태연한 척 하품을 하며 옆을 지나갔다. 그녀가 날 보고 의아한 표정을 지었다.

"저기, 학생."

대답하지 않고 빠르게 걸었다. 간호사는 계속해서 날 불렀지만 따라오진 않았다. 복도 끝까지 다 가서 뒤를 돌아보니 그녀는 어쩔 줄 몰라 하는 얼굴로 저만치 서 있었다. 나는 그녀에게 꾸벅 인사한 뒤 엘리베이터를 타고 로비로 내려왔다. 아직 이른 시간이라 그런지 로비는 한산했다. 밤샘 근무를 한 것처럼 보이는 의사와 새벽잠이 없는 노인 몇 명이 오가고 있을 뿐이다. 동철에게 전화하려고 핸드폰을 보니 꺼져 있었다. 배터리가 떨어졌나보다. 하지만 녀석이 있을 곳은 뻔했다.

예상대로 동철인 PC방에서 연합뉴스의 메인 화면을 켜놓은 채 꾸벅꾸벅 졸고 있었다. 반쯤 벌린 입술 주위로 듬성듬성 자란 수염이 보였다. 테이블 위에 국물만 남은 컵라면과 빈 콜라병이 놓여 있었다. 분위기만 봐서는 PC방에서 사흘 정도 산 놈 같다. 어깨를 흔들어 녀석을 깨웠다.

"야 인마, 일어나."

동철은 기지개를 펴며 일어서다 날 보고 입맛을 다셨다.

"성민아. 네가 여기 웬일이냐?"

"잠 깨 인마. 살인범 잡아야지."

동철을 끌고 밖으로 나왔다. 거리는 아직 어두컴컴했고 커다란 우유 배달차가 길가에 산더미처럼 우유를 쌓아 놓고 배달지여별로 나누고 있었다. 백발의 할미니가 대형마드용 카드를 빌고 다니며 폐지를 뒤지는 모습도 보였다. 큰길 건너 버스 정류장에는 양복을 갖춰 입은 아저씨 한 명이 졸린 듯 눈을 비비며 서 있었다. 동철과 나는 건널목을 건너 버스 정류장으로 향했다. 차도 거의 지나다니지 않았다. 거리는 믿을 수 없을 정도로 조용했다. 잠시 멍하니 눈앞의 풍경을 바라보았다. 건물 뒤쪽으로 하늘이 조금씩 밝아오는 게 보였다. 하늘은 밀물이 밀려오듯 순식간에 잿빛에서 휘색, 그리고 파랑으로 바뀌어갔다. 평범한 여름 새벽의 풍경이다. 하지만 정구가 죽은 이후로 나와 동철의 일상은 더 이상 평범하지 않다.

동철이 물었다.

"머리 안 아파? 의사 선생님이 퇴원해도 된다고 한 거야?"

"그런 거 묻지 마. 생각 덜 하게. 생각을 많이 하면 머리가 터진대."

"그런데 우리 지금 어디 가는 거야?"

"자전거포 아저씨한테. 정구 죽인 새끼들이 훔쳐간 게 뭔지 알려줘야 하니까."

버스를 타고 시장으로 갔다. 자전거포는 아직 문을 열기 전이었다. 우리는 편의점에서 핸드폰을 충전하고 삼각김밥과 우유를 사 먹었다. 동철이 김밥을 우적우적 씹으며 어제 인터넷에서 본 것들을 말해주었다. 대부분 알고 있는 사실이었다. 언론에서 비중 있게 다뤄서 그런지 각종 커뮤니티에도 관련 글이 쏟아지고 있다고 했다.

"스타 영채널도 검색해봤는데 진짜 있더라. 일주일에 한 번 기획기사를 내는 모양인데 이번 주는 대한민국 섹스산업 특집. 그거 은근 재미있던데."

다음 주 특집은 우리였던 모양이군.

그때 아저씨가 나타났다. 그는 커다란 BMW 오토바이를 타고 있었는데, 맹렬한 속도로 달려오다 부드럽게 멈춰서 가게 오른편에 오토바이를 세웠다. 능숙한 움직임으로 보아 당장 레이싱 대회에 나가도 입상은 문제없을 것 같았다. 무릎이 아파서 오토바이를 못 탄다고 했던 것도 거짓말이었구나. 아저씨는 제목을 알 수 없는 트로트를 흥얼거리며 열쇠를 꺼내 셔터의 자물쇠를 풀었다. 슬그머니 옆으로 가서 셔터 올리는 걸 도와주며 인사를 건넸다.

"안녕하세요."

아저씨는 날 보고 반쯤은 놀라고 반쯤은 예상하고 있었다는 듯 묘하게 웃었다.

“성민이구나…… 이렇게 일찍 무슨 일이냐.”

“어제 말씀드렸던 거 있죠? 제가 좀 알아봤는데요.”

“아, 그거.”

아저씨는 말끝을 길게 늘이며 주위를 살폈다. 아직 장사가 시작될 시간이 아니었다. 문을 연 가게도 거의 없었고 오가는 사람도 보이지 않았다. 그럼에도 아저씨는 누군가 엿듣지나 않을까 염려되는 모양이었다. 지금껏 체포되지 않은 이유를 알 것 같다. 아저씨는 동철에게 시선을 주었다. 나는 동철의 어깨를 꽉 잡으며 말했다.

“제 친구예요.”

“그럼 안에 들어가서 이야기할까?”

아저씨는 잠긴 문을 열고 먼저 들어가라는 듯 손짓했다. 가게는 어두웠고 밤새 환기되지 않은 탓인지 고무 냄새가 코를 찔렀다. 그는 뒤따라 들어와 바깥을 쓱 살펴본 뒤 재빨리 문을 걸어 잠그며 물었다.

“커피 마실래?”

아저씨는 우리 대답을 기다리지 않고 종이컵에 커피믹스를 붓고 빈 믹스 봉지로 휘휘 저어 건넸다. 달짝지근한 냄새가 컵에서 피어올랐다. 그는 자기 커피를 한 모금 후루룩 소리 나게 들이켜고는 계산대 뒤의 작은 의자에 걸터앉았다. 좁은 가게 안에 다른 의자는 없었다. 우리는 그의 맞은편에 서서 뜨거운 커피를 조금씩 마셨다.

“저, 이거요.”

도난품 목록이 적힌 종이를 아저씨에게 건넸다. 그는 종이를 슬쩍 쳐다보다가 부드럽게 내 손을 밀어냈다.

"이건 그냥 가져가라."

"예?"

"커피나 한잔 마시고 그냥 가는 게 좋겠어."

"갑자기 왜 그러세요?"

"갑자기는 무슨. 뉴스 봤다. 보통 큰 사건이 아니던데. 그런 걸 그냥 도난 사건이라고 말하면 곤란하지. 지금쯤 경찰이 악에 받쳐서 조사하고 있을 텐데. 이런 일에는 끼지 않는 게 좋아."

"경찰은 걱정 마세요. 제가 알아서 할 테니까."

"물론 그렇겠지. 하지만 만에 하나라는 게 있지. 괜히 이런 일로 경찰이랑 얽히면 내가 힘들어져서 안 돼."

"안 얽혀요. 절 믿으세요."

아저씨는 냉담하게 말했다.

"널 어떻게 믿지?"

"제가 어떤 놈인지 모르세요? 전에 그런 일도 있었는데?"

나는 아저씨를 똑바로 쳐다보며 말했다.

"무슨 일? 아, 오토바이 건. 그거야 장난이지. 그거랑 이건 전혀 달라."

"뭐가 다른데요?"

"사건의 크기가 다르지. 그건 자잘한 사건 중 하나에 불과했지만 이건 여러 사람의 목이 걸린 일이거든."

"그게 중요한가요?"

아저씨는 코웃음 쳤다.

"넌 네가 대단한 놈이라고 착각하지? 내가 보기에 넌 주먹

조금 센 애송이야. 그냥 피래미라고. 학교에서 행세깨나 한다고 현실에서도 통할 줄 아는 모양인데, 거기랑 여긴 차원이 달라. 네가 경찰 앞에서 입 좀 다물었다고 거물이 되는 게 아니야. 우린 심심해서 이 일을 하는 게 아니라 밥벌이로 하는 거라고."

"저도 심심해서 이러는 거 아닌데요."

"그거야 네 생각이고 내가 보기에는 그냥 어린애 장난이야. 경찰도 나랑 비슷하게 생각할걸? 오토바이 건은 수많은 사건 중 하나에 불과하니까 그냥 넘어간 거야. 그거 해결 안 한다고 문제 생길 거 없으니까. 조금이라도 큰 사건이었으면 네가 질질 짜면서 뭐든 다 얘기하겠다고 할 때까지 괴롭혔을 거다."

"제가 그럴 거라고 생각하세요?"

아저씨는 낭연한 거 아니냐는 표정으로 팔짱을 꼈다.

"그럼. 경찰 같은 큰 조직이 맘먹고 나서면 뭐든 할 수 있어. 나도 질질 짤 텐데 무슨. 그리고 네가 하는 일은 경찰이 제일 싫어하는 종류야. 개들 밥그릇을 건드리는 거니까. 어른들 입장 에선 누가 와서 자기 밥그릇 걸어차는 것만큼 싫은 일이 없거 든. 네가 장물 판 놈을 알아내서 경찰에 알려주면 개들이 뭐라 고 하겠냐?"

"고맙다고 하겠죠."

"어린놈한테 물먹었다고 하지. 경찰 조직에서 못 해낸 큰일을 고삐리가 해냈으니까, 그다음에는 이 어린놈이 그걸 어떻게 알 아냈을까, 뒷조사를 해봐야겠는데? 하는 생각이 들겠지. 그럼 내가 망하는 거야."

"경찰한테 그런 얘기 안 해요. 어디 가서 자랑할 생각도 없고. 그냥 정보만 주고 말 거예요.”

“정말? 아무한테도 말 안 한다고?”

아저씨는 비웃듯이 말했다. 나는 속마음을 들킨 것 같아 부끄러웠지만 애써 고개를 끄떡였다.

“그럼요.”

“천만에. 범인 잡으면 자랑하고 싶어질 거야. 네가 해낸 유일하게 멀쩡한 일이니까. 커피 다 먹었으면 잔은 거기 재활용박스 있지? 거기다 버리고 가라.”

동철은 정말로 잔을 박스에 버리고 밖으로 나가려 했다. 녀석의 팔을 잡았다. 내 표정이 조금 험상궂었던 모양이다. 아저씨는 피식 웃었다.

“왜? 화나냐? 너 잘하는 주먹질 좀 해보려고?”

이 아저씨 주먹질에 자신이 있나. 아니면 내가 그럴 배짱이 없을 거라 생각한 걸까. 나는 궁금해졌지만 그걸 확인하려 들 정도로 바보는 아니었다. 아저씨 실력은 몰라도 뒤에 힘깨나 쓰는 사람들이 있는 건 확실하다.

“그런 게 아니라요, 섭섭해서요. 아저씨한테 충분히 잘해드렸다고 생각했는데.”

“그건 맞아. 그러니까 다음에 딴 걸 부탁해. 이왕이면 간단한 걸로.”

다시 열불이 났지만 꾹 참았다. 이 사람과 이야기할 땐 어른처럼 굴어야 한다. 속마음을 감추고 우릴 도와야만 이익이라는 점을 알려줘야 한다. 먼저 감정을 드러내는 쪽이 진다. 나는 종이를 도로 아저씨에게 내밀며 말했다.

"그럼 지금 부탁할게요. 읽고 힌트만 주세요. 조사는 제가 할 테니까."

"네가 무슨 조사를 해?"

"친구가 죽었어요. 다들 제 탓이라고 생각하고요. 사소한 단서 하나라도 구해서 범인 잡는 데 도움이 되고 싶어요. 경찰들 밥그릇을 건드리는 일이라고 해도요."

아저씨는 물고기처럼 감정 없는 눈으로 날 쳐다보다 종이를 받아들었다. 그는 돋보기안경을 꺼내 끼고는 위아래로 쓱 훑어보았다.

"네 친구네, 꽤 잘사는구나. 누가 모은 건지 모르지만 안목도 있고 물건들이 괜찮네. 시즌마다 제일 가치 있는 것만 한두 개씩 샀어. 오래 두면 산값보다 더 받고 팔겠다."

"그럼 추적이 어렵지 않겠군요."

두툼한 안경 너머로 아저씨의 눈이 번뜩였다.

"그렇진 않아. 희귀한 게 없거든."

"다 처음 들어보는 이름들인데요?"

"너한테나 그렇겠지. 우리나라에서 명품이 얼마나 많이 팔리는지 알면 놀랄 거다. 전 세계 백 개 한정, 오십 개 한정이라고 해도 서너 개는 들어오니까. 우리나라 아주 잘살아. 특히 부유층들은. 이놈들이 한꺼번에 팔면 잡을 수 있겠지만…… 그 정도로 바보는 아니겠지, 아마 하나씩 나눠 팔 거야."

"그럼요?"

"못 찾는 거지."

아저씨는 그림을 인쇄한 종이를 집어들었다.

"이거 마음에 드네. 신순남. 블루칩이지. 원래도 대단한 작가였지만 죽은 다음에 값이 엄청 뛰었거든. 주제의식도 분명하고 색감이나 구도가 나무랄 데 없어. 이미지가 아주 강렬하거든. 시간 나면 국립현대미술관에 가봐라. 죽기 전에 대표작 대부분을 기증했으니까. 유행 타는 그림이 아니라서 앞으로 값이 더 오를 거야. 이건 못 본 그림인데. 카자흐스탄에서 구했다고? 캔버스에 유화. 크기도 적절하고. 아주 괜찮아."

아저씨는 그림이 정말로 마음에 든 듯했다. 그는 안경을 벗어 책상 위에 내려놓았다.

"이건 시장에 내놓진 못할 것이고 브로커를 통해 개인 소장자에게 팔겠지…… 누구한테 가려나."

막상 품목을 보자 흥미가 동하는 모양이다. 이제야 전직 금고털이에 현직 장물아비처럼 보인다. 나는 조심스럽게 말했다.

"한번 알아봐주시면 안 될까요? 나중에 꼭 보답하겠습니다."

"보답이라…… 그런데 네가 나한테 뭘로 보답하지?"

"미래는 모르는 거라면서요. 전에도 한 번 도와드렸으니 나중에도 도울 일이 생길지 모르죠."

동철이 큰 소리로 외쳤다.

"저도 돕겠습니다."

아저씨는 가소롭다는 듯 동철을 흘끗 쳐다보았다.

"넌 어떻게 보답할 생각인가?"

"저희 어머니가 보험일 하시거든요. 변액유니버설이나 생명보험이나 뭐든 필요하시면 말씀하세요."

아저씨가 얼굴을 찌푸렸다.

"내가 보험 들면 너희 엄마한테 좋은 거잖아."

"아닌데, 가족들한테 좋은 건데요."

나는 두 사람 사이를 막아섰다. 동철이 입에 일단 발동이 걸리면 수습이 안 된다는 걸 알기 때문이다.

"경찰에는 아저씨 얘기 절대 안 할게요. 맹세해요. 한 번만 믿어주세요."

아저씨는 날 뚫어져라 바라보다 천천히 고개를 끄떡였다.

"좋아. 다른 건 곤란하지만 그림은 내가 알아봐주지. 그림을 취급하는 브로커는 그리 많지 않으니까 누가 팔면 금방 연락이 올 거야."

"감사합니다."

그는 네게 다시 도난품 목록을 내밀었다. 조금이라도 문제될 만한 물건은 갖고 있지 않겠다는 태도였다. 나는 종이를 받아 접어 주머니에 넣었다.

"대신 한 가지만 약속해라."

"말씀하세요."

"은혜는 평생 잊지 않겠다느니 나중에 보답하겠다느니 하는 말, 난 안 믿어. 그런 소리 하는 놈치고 진짜 보답하는 놈 못 봤거든. 보통은 뒤통수를 때리지. 보답하겠다고 약속을 했으니 뭐든 해야 하는데 하기 싫으니까. 부담감을 떨치려고."

"전 아닙니다."

"아무튼 난 보답은 필요 없어. 내가 실수한 오토바이 건을 갚은 셈 치지."

"그건 잊으세요."

"아니야. 뭐든 정확해야지. 브로커가 누군지 귀띔해주마. 대신 네가 범인을 잡고 원하는 바를 이뤘을 때, 그럴 기회가 있다면……."

그는 말을 멈추고 혀로 입술을 핥았다.

"나한테 그림을 가져오는 조건이야."

"그림을요?"

"부담 갖지는 말고. 그런 일이 가능했을 때의 이야기니까. 만일 그렇게만 된다면 내가 너한테 빚을 지게 되는 거지. 진짜 빚."

나는 의심쩍은 표정으로 말했다.

"빚이 생기면 뒤통수를 맞는다면서요."

아저씨는 교활하게 웃었다.

"그럼 친구가 되는 걸로 해두자. 나 같은 친구가 생기면 너한테도 나쁘진 않을 거야. 진짜 보험에 드는 거니까. 보험료를 안 내도 위험할 때 언제든 써먹을 수 있지."

"노력해보죠. 하지만 기대는 마세요."

"기대는 안 해. 네가 어느 정도나 해낼지 궁금할 뿐이지."

▶▶

동철과 가게를 나왔을 때는 9시가 조금 넘어 있었다. 상점들은 대부분 문을 열었고 행인들도 많아졌다. 일찍 오기를 잘했다는 생각이 들었다. 듣는 귀가 많은 시간이었다면 아저씨는 말을 꺼내기도 전에 거절했을 것이고 도난품이 무엇인지 확인하는 일도 없었을 것이다. 그가 장물에 대해 알아봐주기로 결심한 건 오직 신순남이란 화가의 그림에 대한 개인적인 욕심 때문인 듯했다.

동철이 조심스럽게 물었다.

"성민아. 너 저 사람이 하는 말 믿니?"

"아니. 안 믿어."

동철은 안도했는지 가슴을 쓸어내렸다.

"다행이다. 나만 그런 줄 알았네. 욕심이 아주 뿜어져 나오는데 이상하게 무섭더라."

은근히 정곡을 찌르는 녀석이다. 아저씨는 스스로 말했던 것처럼 밥벌이를 위해선 무슨 짓이든 할 수 있는 사람이다. 늘 웃는 낯으로 사람을 대하지만 사실은 다른 사람 생각 따윈 눈곱만큼도 하지 않는다. 보험료를 안 내도 되는 보험이라고? 고등학생에게 그림을 훔쳐오라면서 둘러대는 변명치곤 너무 구차하지 않나.

동철이 물었다.

"그런데 왜 믿는 척했어?"

"그래야 정구 죽인 놈들을 잡을 수 있으니까."

"난 겁나 죽겠다. 그림 안 가져가도 괜찮을까? 나중에 무슨 일 나는 거 아냐?"

"일은 무슨 일. 가만히 안 있으면 지가 어쩔 건데?"

"정구네 가서 훔쳐 오라고 할지두 모르지. 아니면 정구네 집 구조를 알려달라고 하거나. 아무튼 그냥 손 털 사람은 아닌 거 같아. 뭔가 꿍꿍이가 있는 거야."

"그딴 소리 하면 나도 안 참지."

"그래도 되겠어? 뒤에 깡패 있는 거 아냐?"

"뭐 어때. 우리도 꿀릴 거 없는데. 그때면 정구 살인범도 잡았을 거고. 경찰에 신고하면 되겠네. 장물아비라고."

"야, 그거 좋다!"

동철은 박수를 치며 기뻐했다. 나도 함께 웃었지만 정말로 신고할 생각은 없었다. 나 같은 일진에게 괴롭힘당하는 건 졸업까지만 버티면 그만이지만 아저씨 같은 어른에게 잘못 엮이면 죽을 때까지 인생이 꼬인다. 그런 인간과는 가급적 관계를 맺지 않는 것이 좋다는 걸 나도 안다. 하지만 이제 와서 범인 잡기를 포기할 수는 없었다. 혹시 아저씨에게 정보를 얻더라도 더는 약점 잡히지 않도록 최대한 조심하는 수밖에. 나는 동철을 힐끔 쳐다보며 생각했다. 이 자식은 괜히 데려갔군.

▶▶

동철은 안마시술소에 갈 거라는 말을 듣자 좋은 것도 아니고 싫은 것도 아닌 기묘한 표정을 지었다. 그러다가 늘 가보고 싶었지만 지금은 안마란 말만 들어도 속이 울렁거린다고 고백했다.

"죽을 때까지 계속 그럴 거 같아."

녀석은 우울한 목소리로 말했다.

"잘된 거야. 안마 가는 게 뭐 좋은 일이라고. 꾹 참았다가 나중에 진짜 좋아하는 여자랑 해라."

녀석은 구슬픈 음성으로 물었다.

"그러다 아무도 못 사귀면?"

대부분의 남학생이 공유하는 고민이라 뭐라 해줄 말이 없었다. 나도 아직 총각인데 뭘. 하지만 그런 얘기를 해봐야 그래도 넌 연예인 여자친구랑 키스는 해봤을 거 아니냐고 화를 내겠지. 솔직히 그게 내 인생에 몇 안 되는 자랑인 건 맞다.

나는 녀석을 위로했다.

"우리 엄마 남편한테 카운슬링 한번 받아라."

"그게 갑자기 무슨 소리냐."

다시 생각해보니 별로 좋은 처방이 될 것 같진 않았다. 마흔까지 동정으로 버티는 법 강의를 들을 것도 아닌데…… 적당히 얼버무렸다.

"있어 그런 게."

"야, 어디 가! 설명을 똑바로 해야지!"

지하철을 타고 가는 내내 그 남자와 동철이 엄마에게서 교대로 전화가 왔다. 핸드폰을 꺼버릴까 했지만 언제 자전거포 아저씨에게 연락이 올지 몰라 그럴 수도 없었다. 결국 벨소리 설정을 무음과 램프로 바꿔 주머니에 집어넣었다.

안마시술소는 포탄이라도 맞은 것처럼 엉망진창이었다. 출입구에 붙어 있던 보라색 시트지는 절반 넘게 찢겨나가 Papillon 중 Pap까지만 보였다. 금이 가서 뿌옇게 흐려진 자동문은 떼어내 반대쪽 벽에 기대 놓았다. 카운터가 훤히 들여다보였는데 직원은 아무도 없었다.

동철이 안을 기웃거리며 물었다.

"원래 이래?"

"아냐. 이틀 전까지만 해도 인테리어 끝내줬어."

"문 닫은 거 아냐?"

다행히 안쪽에는 사람들이 보였다. 직원들이 복도를 청소하고 부서진 기자재를 끌어내고 있었다. 직원 중 한 명이 우릴 보고 동작을 멈췄다. 그는 날 노려보며 동료들에게 속삭였다.

"저 새끼야."

다른 사람들의 시선도 우릴 향했다. 하나같이 싸늘한 눈빛이었다. 도대체 무슨 일이지? 나는 도망치고 싶은 마음을 꾹 누르고 꾸벅 인사하며 말했다.

"손철우 실장님 뵈러 왔는데요."

"계시니까 들어가."

직원은 턱으로 안을 가리키고 다시 청소를 시작했다. 휴게실 역시 엉망이었다. 바닥에는 물이 흥건했고 안마의자는 흠뻑 젖어 구석에 쌓여 있었다. 제복 차림의 여직원이 대걸레로 바닥을 쓸어서 양동이에 물을 짰다. 소니 브라비아 풀HD LCD TV는 화면이 깨져 검게 죽어 있었다. 직원 둘이 TV를 끌어내리려 하는 중이었고 다른 한 명은 제조사와 통화중이었다.

"AS가 안 된다는 게 말이 됩니까? 우리가 부순 게 아니라 경찰이 부순 거라니까요. 일단 AS 기사를 보내달라니까. 아, 새걸 사긴 뭘 사!"

동철이 작은 목소리로 중얼거렸다.

"국산 사지. 소니 AS 별론데."

직원이 그 말을 들었는지 동철을 향해 눈을 부라렸다. 실장실은 굳게 닫혀 있었다. 몇 번 노크를 했지만 대답이 없었다. 조금 더 세게 두들기자 철우 형이 고함을 질렀다.

"어떤 새끼야? 조용히 안 해?"

1, 2초 망설이다가 문을 열고 들어갔다. 철우 형은 추리닝 차림으로 누군가와 통화중이었다.

"사장님, 이제 괜찮다니까 그러시네요."

그는 날 보자마자 입모양으로 뭐라 욕을 하더니 슬리퍼를 벗어 던졌다. 급히 고개를 숙였다. 슬리퍼가 머리를 스치고 문에 부딪쳤다가 바닥에 떨어졌다. 동철의 얼굴이 하얗게 질렸다. 나는 얼른 슬리퍼를 집어 철우 형에게 가져다주었다. 철우 형은 죽일 듯이 날 노려보더니 슬리퍼를 받아 신고 창문 쪽으로 몸을 들어 통화를 계속했다.

"사장님, 단속 그거 저희만 받는 거 아니에요. 이제 서울 전체를 쫙 훑을 거래요. 이번에 취임한 경찰서장이 성질 더러운 놈이라 실적 내야 된다고 애들이 눈이 벌게져 있더라고요. 아니죠. 그러니까 저희 가게에 오셔야죠. 그런 말 있죠? 폭탄은 한 번 떨어진 자리에 다시 떨어지지 않는다. 어제 단속하고 오늘 또 단속한다는 게 말이 됩니까. 혜진이가 사장님 계속 찾던데. 언제 오시느냐고. 그럼 진짜죠. 지금 가게 정리중이니까 여섯시 이후에 오시면 될 것 같은데요. 생각해보시겠다고요? 그럼 이따 뵙겠습니다. 감사합니다 사장님"

그는 상대가 말을 바꿀 시간두 주지 않고 전화를 끊고는 핸드폰을 소파에 집어던졌다.

"개새끼. 진짜."

나는 철우 형에게 꾸뻑 인사했다.

"저 왔어요. 형."

"이 씨발넌, 아가리 닥치고 거기 가만히 있어. 한마디라도 더 하면 죽통을 날려버린다."

동철이 내 귓가에 속삭였다.

"나중에 다시 올까?"

나는 고개를 저었다. 지금 도망치면 죽도 밥도 안 된다. 도망치게 봐둘 철우 형도 아니고. 무슨 일인지 모르지만 죽은 듯 조용히 있다가 사과하는 게 제일이다.

철우 형은 우릴 무시하고 다른 곳에 전화를 했다.

"안녕하세요. 저 빠삐용 손 실장입니다. 잘 지내셨죠?"

가게 괜찮아졌으니 한번 들르시라는 요지의 통화였는데 대부분은 당분간 이 근방에 올 생각이 없는 듯 보였다. 하긴 단속 뜬 가게에 가서 불법성매매를 하려는 바보가 얼마나 될까. 그는 핸드폰을 내려놓고 의자에 쓰러지듯 주저앉았다.

"개새끼들. 겁은 좆나 많아가지고."

그는 계속 욕을 하다가 동철을 보더니 턱짓을 했다.

"야."

"저요?"

"그래 너 이 새끼야. 거기 너 말고 또 누가 있니? 자판기에서 게토레이 하나 뽑아와."

동철은 두리번거리다 말했다.

"자판기가 어디 있는데요?"

"휴게실에 있지 새끼야! 오다 못 봤어?"

철우 형이 대갈일성하자 동철은 급히 밖으로 튀어나갔다. 방에는 나와 철우 형만 남았다. 철우 형은 똥 씹은 얼굴로 날 쳐다보다 설레설레 고개를 흔들더니 담배를 꺼내 입에 물고는 내게 손을 까딱였다. 나는 재빨리 철우 형 옆으로 달려가 테이블 위에 놓인 빠삐용 안마 라이터를 집어 불을 붙여주었다.

"단속 떴었나봐요?"

"그래. 떴었지. 아주 대단했다. 이 바닥에도 룰이 있는 건데. 사이렌 크게 켜고 단속하러 온다고 신호를 보내야지. 그래야 비상계단으로 여자들이랑 손님들 다 빼돌리고 맹인 안마사 불러다 놓는 건데 씨발, 단속 하루이틀 해보나. 이 개새끼들이 사복경찰 동원해서 손님인 척 들어와서 단속으로 넘어간 기야. 어떻게든 손님들 보호하려고 애늘 농원해서 막으니까 소방호스로 물까지 뿌리데. 내가 이 바닥에서 오 년을 굴렀는데 이렇게 경우 없는 새끼들은 처음이다. 김 형사 개새끼, 꽁씹을 그렇게 많이 시켜줬는데 안면 싹 바꾸고 들어와!"

위로할 말이 떠오르지 않았다. 나는 최대한 슬픈 표정으로 고개를 끄떡였다.

"휴게실에 있던 사람들까지 포함해서 스무 명도 넘게 잡혀갔어. 단골들한테 스타일 완전히 구겼지."

"새로 바뀐 경찰서장이 누군데요?"

"바뀌긴 누가, 안 바뀌었어."

"아까 말씀하시길……"

"거짓말이지 새끼야. 이 바닥은 소문 한번 잘못 나면 장사 끝나. 동네마다 안마가 널렸는데 누가 단속 뜬 가게로 오냐? 재

수 없게. 별거 아닌 것처럼 장사 계속해야 살아남는 거야. 내가 오늘 전화 몇 통을 했는지 알아? 여기 투자자들한테도 전화해서 사정 설명하고 매출 어떻게든 맞추겠다고 약속하고. 여차하면 내 돈으로 손해 메우게 생겼어 이 새끼야."

철우 형의 눈에는 벌겋게 핏발이 서 있었다. 안마 실장 생활도 쉽지 않다는 생각이 들었다. 철우 형이 갑자기 이를 갈았다.

"왜 단속 떴는지는 안 궁금하냐? 이게 다 너 때문이야."

"저요?"

철우 형은 손가락으로 날 가리키며 말했다.

"그래 너. 엊그제 나 만나러 경찰 온다고 했지? 너한테 왜 칼 줬는지 물어본다고. 그 새끼가 너희 관할서 형사를 데려왔는데, 살다 살다 그런 악질은 처음 봤다. 가게를 이 꼴로 만들어놓은 다음에 무슨 일이 있었는지 묻더라. 거짓말 치면 피곤해진다는 걸 미리 알려주려고 그랬대."

백 형사다. 그 인간 진짜 독하구나.

"그래서요?"

"뭘 그래서야. 다 얘기했지. 너랑은 학교 선후배고 어쩌다 만났는데 칼 한 자루 가져간 거라고. 거의 전혀 모르는 사이라고 좆나 설명했는데 믿지를 않아. 그 새끼 돈도 엄청 밝혀. 난 우리 서 김 형사가 그 분야 최곤 줄 알았는데 아니야. 그놈은 차원이 다르더만. 통 큰 형사야. 김 형사보다 동그라미를 하나 더 붙이더라니까."

그 인간, 돈까지 밝히는 줄은 몰랐네. 나는 진심으로 사과했다.

“죄송합니다. 저 때문에.”

철우 형은 끄응, 하고 신음을 냈다. 표정이 몇 번이나 바뀌었다. 결국 한숨과 함께 담배를 쥔 손을 내저었다.

“아, 됐다. 네가 일부러 그런 것도 아니고. 액땜한 셈 치지 뭐.”

그때 문이 열리고 동철이 뛰어들어왔다.

“형님, 여기 있습니다.”

나는 아차 했다. 미리 말을 했어야 했는데…… 철우 형은 형님이라고 불리는 걸 싫어했다. 사업가인 자신을 사람들이 깡패로 오해한다는 것이 그 이유였다. 역시나 철우 형은 약간 마음 상한 얼굴로 음료수를 받았다. 그리고 병을 보더니 빌컥 화를 냈다.

“이거 파워에이드잖아?”

“게토레이는 없어서요.”

“그럼 밖에 나가서라도 사와야지 새끼야.”

철우 형은 쥐어박을 것처럼 손을 쳐들다가 동철의 얼굴을 자세히 들여다보았다.

“근데 너 누구냐?”

얼른 동철의 어깨를 잡으며 말했다.

“제 친군데요.”

“아, 그래? 그럼 너도 내 후배구나 나 22기, 네 칠 년 선배다.”

동철에게 눈짓을 보냈다. 동철은 90도로 허리를 굽혀 인사했다.

“안녕하세요. 성민이한테 말씀 많이 들었습니다.”

"그래? 뭐 좋은 얘기만 했겠지?"

나는 미소를 지으며 그럼요, 라고 대답했다. 그럭저럭 분위기가 좋아진 것 같아 다행이다. 철우 형은 파워에이드를 따서 한 모금 마시고 동철에게 건넸다. 음료수를 홀짝거리는 동철을 향해 철우 형이 거만하게 말했다.

"학교생활은 힘들지 않고?"

"어…… 지금은요. 방학이라."

"힘들면 언제든 찾아와. 내가 좀 험하게 고교 생활을 해서 그 시절의 노하우 같은 건 얼마든지 있으니까. 나 때문에 새 삶을 찾은 애들이 한 다스는 돼."

"감사합니다."

"후배를 만났으니 이럴 때 밥도 사고 그래야 되는데 오늘 형이 좀 바쁘다. 나중에 성민이랑 한번 들러라. 내가 시원한 맥주 한잔 살 테니까."

그는 나가보라는 듯 손을 까딱이더니 핸드폰을 집어들었다. 동철이 어떻게 하냐는 듯 날 곁눈질했다. 나는 억지로 미소를 지으며 철우 형 앞에 섰다.

"형 죄송한데요, 저 도와주기로 하신 건……."

"그건 안 되겠다. 가봐라."

"형 그래도……."

철우 형은 언성을 높였다.

"야! 너 때문에 가게가 박살이 났어. 이거 다 복구하려면 며칠이 걸릴지 몰라. 근데 뭘 도와줘. 너 이 씨발놈 양심이 있냐?"

"정말 죄송한데요 형, 근데 그 형사 다시 오진 않을 거잖아요. 후배가 나쁜 놈들 손에 죽었는데 이럴 때 형이 나서서 누가 그랬는지 밝혀주시면 다들 형을 존경하게 될 거예요. 학교의 전설이 될지도……."

"아, 됐어. 그만해라."

철우 형이 말을 끊고 일어섰다. 덜컥 겁이 났지만 꾹 참았다. 그는 짜증이 묻어나는 말투로 말했다.

"너 말 잘하는 건 아는데 분위기 봐가면서 해. 귀여워서 넘어가줬더니 이제는 남의 머리 꼭대기에 올라앉으려고?"

그는 얼굴을 찡그린 채 날 노려보다가 갑자기 내 가슴을 주먹으로 퍽, 쳤다.

"길게 애기하기 싫고. 기라."

순간석으로 숨이 컥 막혔다. 나는 비틀거리며 물러섰다. 하지만 이렇게 돌아갈 순 없었다. 철우 형의 마음을 돌리기 위해서라면 무슨 짓이든 해야 했다. 나는 철우 형 앞에 털썩 무릎을 꿇었다.

"형, 한 번만 도와주세요. 꼭 은혜 갚겠습니다."

동철도 눈치를 보다 엉거주춤 내 옆에 무릎을 꿇었다. 철우 형은 아무 말 없이 날 내려다보았다. 평소보다 더 무표정해서 기분을 알 수 없었다. 그러다 불쑥 입을 열었다.

"그럼 학교 그만두고 내 밑에서 일할래? 그러잖아도 바지 사장이 잡혀갔으니 잠깐 일 배우다가 졸업하고 바로 그거 하면 되겠네."

가슴이 덜컹 내려앉았다. 한참 동안 말을 잇지 못하다가 간신히 대답했다.

"그건 좀……."

"진짜 실망스럽네. 너 원하는 건 해달라면서 나한테는 아무것도 못 해주겠다 이거 아냐."

철우 형의 말이 옳다. 바지 사장이 아니더라도 그의 밑에 들어와 안마 일을 할 생각은 없었다. 솔직히 말하면 이런 일은 쓰레기들이나 하는 거라고 경멸하고 있다.

"제가 일하겠습니다."

동철이 소리쳤다.

"이 새긴 또 뭐야."

철우 형도 어이가 없는지 허탈하게 웃었다. 그는 파워에이드로 동철의 머리를 툭툭 때렸다.

"이 새긴 낄 데 안 낄 데 못 가리네. 야, 너 솔직히 말해. 학교에서 왕따지?"

"아닌데요."

동철은 겁먹은 표정으로 고개를 흔들었다. 철우 형은 동철이 앞에 쪼그려 앉아 야비하게 말했다.

"그럼 내일 학교 그만두고 여기로 출근해라. 어차피 공부해서 성공할 것 같지도 않은데 여기서 일하면 되지. 일 잘하면 나중에 내가 사장도 시켜줄게. 이 일엔 대통령 빽보다 전과 없는 게 낫거든."

더 보고 있을 수가 없었다. 나는 일어나서 철우 형의 팔을 잡았다.

"형, 그만해요."

"뭐냐 너, 이거 안 치우냐?"

"화난 거 있으면 저한테 푸세요. 쟤는 그냥 저 따라온 거니까……."

발길질이 날아왔다. 반사적으로 손을 들어 다리를 걷어냈다. 철우 형이 엉덩방아를 찧었다가 바닥을 짚고 일어섰다. 그의 얼굴은 분노로 벌겋게 달아올랐다.

"이 새끼가 진짜 사람 우습게 만드네."

"형, 절대 일부러 그런 건 아니거든요."

눈앞이 번쩍하며 턱에 강한 충격이 왔다. 그대로 쓰러질 뻔했지만 벽을 짚고 버텼다. 철우 형의 차가운 목소리가 들렸다.

"내가 술 사주고 밥 사주고 실실대기만 하니까 진짜 친구로 보이냐?"

머리가 윙윙 울렸다. 눈앞에 섬광이 터진 것처럼 아무것도 보이지 않았다. 벽에 머리를 댄 채 숨을 몰아쉬는데 철우 형의 목소리가 들렸다.

"가끔 와서 저 좋은 일이나 하고 튀고, 그러다가 형이 한번 부탁하면 모른 척하고, 이 새끼 완전 도둑놈 심보잖아."

철우 형의 억센 주먹이 얼굴과 가슴에 잇달아 작렬했다. 두 팔로 얼굴을 가리고 고개를 숙일 때 등에 뭔가가 날아왔다. 순간적으로 허리가 부러지는 줄 알았다. 하늘과 땅이 뒤집혔다. 나는 바닥에 머리를 처박았다. 지독한 통증과 정신이 가물가물해지는 현기증이 번갈아 찾아왔다. 철우 형이 거친 목소리로 뭐라 외치고 있었는데 말소리는 잘 들리지 않았다. 눈앞에 철우 형의 슬리퍼가 보였다. 두 팔로 형의 다리를 끌어안으며 사정했다.

"형 미안해요. 제발 그만해요."

"이거 안 놔? 이 새끼가 진짜 죽어봐야 정신을 차릴 건가. 놔!"

머리와 어깨로 주먹과 팔꿈치가 날아왔지만 다리를 부둥켜 안고 견뎠다. 철우 형이 때리는 대로 맞다간 죽을지도 모른다는 위기감 때문이었다. 정신이 하나도 없었고 코가 막혀 숨 쉬기가 힘들었다. 나는 입을 벌린 채 컥컥 기침을 했다. 눈물이 고여 세상이 뿌옇게 보였다. 피와 침이 섞인 걸쭉한 액체가 입술을 타고 바닥까지 엿가락처럼 흘러내렸다.

느닷없이 공격이 멈췄다. 이제 좀 진정이 된 걸까. 나는 눈물이 핑 돈 눈으로 철우 형을 쳐다보았다. 그는 왠지 놀란 표정이었다. 그는 초점 없는 눈으로 내가 아닌 허공 어딘가를 쳐다보다가, 풀썩 쓰러졌다. 그 뒤에 동철이 깨진 화병을 들고 서 있었다.

"너……."

동철도 놀란 듯 부르르 몸을 떨다 화병을 떨어뜨렸다. 부서진 사기 조각이 사방으로 튀었다. 나는 비칠거리며 일어서서 바지를 털었다. 철우 형은 바닥에 머리를 박고 있었다. 발끝으로 머리를 툭툭 건드려봤지만 미동도 하지 않았다. 혹시나 하는 생각에 맥을 짚어봤지만 죽은 건 아니었다. 그나마 다행이네. 또 시체 보는 줄 알고 진짜 놀랐다.

"죽었어?"

동철이 사색이 되어 물었다. 나는 굳어진 얼굴로 소리쳤다.

"야! 너 이게 무슨 짓이야! 이 새끼가 얼마나 무서운 새긴데!"

“아니, 난 네가 죽을까봐⋯⋯.”

날 위해 그랬다는데 더 할 말이 없었다. 나는 입을 다물고 책상에서 크리넥스 티슈를 뽑아 녀석에게 건넸다.

“이건 왜?”

“너 손에서 피 나.”

동철의 눈은 손등을 타고 바닥에 떨어지는 피를 보고 화등잔만큼 커졌다. 너무 놀라 통증을 못 느꼈던 모양이다. 녀석은 크리넥스 한 통을 몽땅 쓸 기세로 휴지를 뽑아 손등에 대고 눌렀다. 나는 살짝 문을 열고 밖을 살폈다. 휴게실은 대충 정리가 끝났고 직원 둘이 마무리를 하고 있었다. 다행히 실장실에서 이런 사달이 난 걸 모르는 눈치였다. 하긴 철우 형이 그렇게 고함을 질러댔으니 우릴 쥐 잡듯 잡는 줄 일고 있겠지. 그나저나 이제 어떻게 하지.

그때 안마 아가씨 한 명이 휴게실로 들어와 직원에게 뭔가를 묻다가 우리와 시선이 마주쳤다. 그녀는 배시시 웃더니 우릴 향해 걸어왔다. 급히 문을 닫았지만 그녀는 문을 두들기며 소리쳤다.

“실장님, 저 혜진인데요⋯⋯ 실장님.”

우린 딱딱하게 얼어붙어 주춤주춤 뒤로 물러섰다. 혜진은 지치지도 않는지 계속 문을 두드렸고 목소리도 점점 커졌다. 이러다가 다른 직원들까지 다 와보겠다. 쿵쾅. 쿵쾅. 심장박동이 머릿속까지 울린다. 두통이 다시 시작되고 있었다. 마음을 독하게 먹고 캐비닛에서 골프채를 꺼냈다. 나는 비장하게 말했다.

“내 뒤에 서라. 돌파한다.”

동철이 놀란 눈으로 날 쳐다보다가 도리도리 고개를 흔들었다. 뭐 어쩌라고 인마. 녀석은 숨을 크게 들이마시더니 뚜벅뚜벅 문을 향해 걸어갔다. 저 자식 뭐하는 거야? 말릴 틈도 없이 녀석이 문을 15센티 정도 빼꼼 열었다.

"누구세요?"

혜진이란 여자가 물었다. 동철은 굳은 목소리로 대답했다.

"안녕하세요. 저 실장님 고등학교 후밴데요."

"아하. 그런데 손은 왜 그러니?"

"제가 잘못한 게 있어서요."

살금살금 동철의 등 뒤로 가서 밖을 내다보았다. 혜진이 문 앞에 서 있었다. 이름만 듣던 빠삐용 안마의 에이스. 실제로 보니 명불허전이었다. 화장기 없는 얼굴에 머리카락을 목덜미 어름에서 질끈 동여맸는데 안마 에이스라고는 믿어지지 않을 만큼 청순했다. 혜진은 귀에 꽂고 있던 이어폰을 빼내며 날 힐끔 쳐다보았다.

"그쪽도 후배?"

"그런데요."

"실장님이랑 할 말 있는데……."

혜진은 깨금발로 내 어깨 너머를 들여다보려 했다. 그때 동철이 끼어들었다.

"어? 지금 듣는 곡, 판타지온라인 OST 맞죠?"

"응. 너도 판타지온라인 하니?"

"지금은 안 하는데 예전에 조금. 어느 서버세요?"

철우 형 이야기가 안 나와 다행이긴 한데 초조해서 더 듣고 있을 수가 없었다. 나는 동철을 끌어내고 혜진 앞에 섰다.

"실장님 지금 손님들이랑 통화중이라 바쁘시거든요? 말씀하실 거 있으면 이따 하시는 게 좋을 것 같은데요."

"혜진이가 기다려요 혜진이가 사장님만 찾아요 하고 있나보네. 내가 기다리는 사람이 한 백 명 되나봐. 끝나면 내가 보잔다고 했다고 꼭 말해라."

"그럼요."

꾸벅 인사하고 문을 쾅 닫았다. 동철은 소매로 이마에 맺힌 땀을 문질렀다.

"십 년 감수했다 그치?"

나 역시 기진맥진이었다. 심지어 난 환잔데. 우리는 침묵을 시킨 채 충격이 가시실 기다렸다. 나는 바닥을 굴러다니는 파워에이드를 집어 한 모금 마셨다.

"판타지온라인이 작년에 난리났던 그 게임 맞지?"

"응. 그 뒤로 안 하는데 이럴 때 도움이 되네."

이쯤 되면 악연이다. 나는 고개를 설레설레 흔들며 서랍을 뒤졌다. 맨 아래 서랍에 간단한 응급약 세트가 있었다. 고작해야 소독약에 붕대가 다였지만 이 정도도 감지덕지다

"야, 일루 와봐."

나는 동철의 손등에서 휴지를 떼냈다. 피는 거의 멎어 있었다. 처음에 피가 흘러내리 걸 보고 놀랐는데 다행히 대단한 상처는 아니었던 모양이다 동철의 표정이 살짝 밝아졌다. 나는 상처에 소독약을 바르고 붕대를 감아주었다.

그다음은 철우 형이다. 우리는 바닥에 머리를 처박고 있는

철우 형을 바라보다 힘을 합쳐 의자에 앉힌 다음 얼굴 위에 추리닝을 덮어주었다. 겉보기에는 그럭저럭 괜찮았다. 피곤해서 잠깐 자는 것처럼 보인달까. 누가 들어오더라도 의심하진 않을 것 같다.

동철이 철우 형을 쳐다보며 물었다.

"솔직히 한 가지만 말해줄래?"

"뭔데?"

"저 안에 든 아저씨 말이야, 우리 용서해줄까?"

동철에게 꿈과 희망을 주고 싶었지만 솔직히 말하기로 약속해놓고 그럴 수는 없는 일이다.

"아니. 절대 안 그럴걸."

철우 형은 이런 종류의 원한은 절대 잊지 않을 것이다. 그가 때렸을 때 그냥 맞았어야 했다. 하지만 이미 지나간 일을 돌이킬 순 없다. 요즘 들어 그 사실을 정말 뼈저리게 느낀다.

.11. *연애*

처음에는 뒤도 안 돌아보고 도망칠 생각이었다. 다행히 직원들은 자기 일에 바빠 우리를 거의 신경 쓰지 않았다. 그런데 계단을 오르다 생각이 바뀌었다.

"잠깐만."

"뭐해? 들키면 죽는다며. 빨리 가자."

동철이 내 팔을 잡고 보챘다.

"잠깐만 있어봐."

이대로 돌아가면 죽도 밥도 안 된다. 그저 원한에 가득 찬 안마시술소 실장만 한 명 만드는 게 될 뿐. 그 이가 얼마나 집요한지 생각하면 앞으로 두고두고 골칫거리가 될 가능성이 높다. 이왕 망한 거 뭐라도 얻어가는 게 있어야 하지 않을까. 문득 마녀가 떠올랐다. 안마계의 산증인. 원년 멤버. 이름이 안나였던가? 그 여자가 뭔가 알아냈을지도 모른다. 나는 몸을 돌려 휴게실 옆의 비상계단으로 올라갔다.

"야, 어디 가?"

동철이 쫓아오며 물었다.

"여자들 보러."

대기실 문을 열자 지난번처럼 방 안에 아가씨들이 가득했다. 우리가 들어가자 시끌벅적하던 방이 일순 조용해졌다. 괜한 긴장감에 침을 꿀꺽 삼키며 안쪽을 바라보았다. 여자들의 시선이 우릴 향했다가 곧 중요하지 않은 인물이란 걸 알아차리고 다시 시끄러워졌다. 어제 본 드라마 이야기며 짜증나는 손님 이야기, 단골 미용실 이야기 등 화제가 다양했다. 혜진은 화장대 앞에 앉아 있었다. 그녀는 우릴 향해 가볍게 손을 흔들며 말했다.

"실장님은? 이제 안 바빠?"

그녀는 담배를 입에 문 채 두 손으로 머리끈을 풀고 있었다. 팔을 내리는 순간 긴 생머리가 어깨 위로 떨어졌다.

"아, 아직 통화중이세요."

동철이 안절부절못하며 대답했다. 혜진이 동철을 위아래로 훑어보다 불쑥 물었다.

"너, 안마 잘하니?"

"예?"

동철이 흠칫 놀라 반문했다.

"안마 잘하냐고."

"잘 모르겠는데요. 누굴 주물러본 적이 없어서. 엄마는 좋아하시긴 했는데……"

"그럼 잘하는 거네. 이리 와서 내 어깨 좀 눌러줄래? 어제 잠을 잘못 잤는지 컨디션이 별로 안 좋네."

동철은 어떻게 하냐는 듯 날 돌아보았다. 빨리 안 주무르고 뭐하냐고 눈짓을 보내자 녀석은 머뭇머뭇 혜진에게 다가갔다.

"그럼 부탁한다."

혜진은 눈을 감고 의자에 머리를 댔다. 동철은 산소가 부족한 것처럼 파랗게 질린 얼굴로 혜진의 등 뒤로 주춤주춤 다가가 뽀얀 어깨에 손을 얹었다. 침 삼키는 소리가 나한테까지 다 들렸다. 하지만 다른 여자들은 관심이 없는 건지 알아차리지 못한 건지 자신의 일에만 열중하고 있었다. 내가 헛것을 들었나.

혜진이 기분 좋은 신음을 흘렸다.

"아, 좋다. 더 세게 해도 돼. 그래. 잘하고 있어."

동철이 혜진을 전담 마크하는 사이 나는 다른 여자들을 살폈다. 마녀는 보이지 않았다. 오늘 쉬는 날인가? 그럼 곤란한데. 그때 머리를 노랗게 물들인 단발머리 아가씨가 불쑥 물었다.

"최성민 맞지? 가게 박살난 게 너 때문이라며?"

그녀는 전쟁을 앞둔 전사처럼 진하게 눈화장을 한 여자와 고스톱을 치고 있었다. 나는 처음 보는 여자가 내 이름을 어떻게 아는지 궁금했다. 다른 애들한테 내 얘기를 들은 걸까? 나는 딱 잡아뗐다.

"아닌데요. 그냥 좀 오해가 있었는데요."

"그래? 내가 잘못 들었나. 곧 가게로 와서 일할 거라고 하던데. 언제부터 일하니?"

오늘 철우 형과 나 사이에 있었던 일을 생각해보았다 우리 사이는 이제 돌이킬 수 없다. 친구들과 술을 마시더라도 이 근처는 가급적 피해야 한다.

"아마 힘들지 않을까 싶은데요."

"잘 생각했어. 공부나 해. 나이도 어린 게 이런 데 다녀봐야 좋을 거 하나도 없으니까."

"누나도 나이 많아 보이지는 않는데?"

나는 여자 옆에 엉덩이를 붙이며 물었다. 가까이서 보니 여자의 얼굴이 낯익었다. 엊그제 왔을 때 본 여자다. 화장 좀 지웠다고 완전히 딴사람이네.

여자가 눈을 흘겼다.

"근데 너 은근슬쩍 말 놓는다?"

"같이 늙어가는 처지에 뭘. 누나 이름이 뭐야?"

"지혜."

"지혜 누나. 그때 저기 앉아 있었던 큰언니 있잖아. 한 스무 살처럼 생겼는데 나이 좀 있는."

"아, 안나 언니. 그 언니는 왜?"

"물어볼 게 있어서."

"아, 친구 집…… 그 살인 사건 때문에? 그거 너무 무섭더라. 어제 뉴스 나온 거, 너희 얘기 맞지? 진짜 무서웠겠더라."

"그 얘기는 별로 하고 싶지 않은데."

"그렇겠네. 미안하다."

"미안할 건 아니고, 안나 누나 오늘은 안 나와?"

"그 언니 좀 늦게 출근해."

"언제?"

단발머리는 무심하게 말했다.

"금방 올 거야."

지혜 맞은편에서 패를 들여다보던 여자가 말했다.

"너 고스톱 칠 줄 알지? 같이 한판 할래? 점당 오십 원짜리 게임인데. 맞고 치려니까 영 재미가 없어서 그래."

"나 돈 없는데."

"점당 오십 원이라니까. 천 원도 없어?"

그때 지혜가 끼어들었다.

"에이 돈 없다는데 왜 그래. 성민이 넌 돈 내지 말고 옷 벗어. 점수와 관계없이. 한 판 질 때마다 하나씩."

그러지 다른 아가씨들도 좋다고 환호성을 질렀다. 누군가 섬 낭 이백 원으로 올리자고 소리쳤다. 날 가지고 놀 생각인 모양인데 그렇게는 안 되지. 내가 한때 애들 돈을 싹 쓸고 다녀서 도박묵시록이란 말도 들었던 사람이다. 나는 핸드폰을 꺼내 시간을 확인했다. 철우 형 방에서 나온 지 십 분이 지났다. 언제 깰지 몰라 걱정되긴 하지만 마녀는 꼭 만나봐야 했다. 나는 조바심 나는 속내를 감추고 말했다.

"따는 거 다 내 돈이고?"

"그럼."

"좋아, 해!"

고스톱을 치다 보면 쓸데없는 질문을 받는 일은 없겠지. 안 나가 올 때까지 시간 때우기도 좋을 것이고.

타짜 수준의 실력을 가진 여자들이었다. 어쩌면 화투에 몰래 표시를 해놨는지 모르겠다. 셋째 판이 끝났을 때 난 팬티 한 장만 입고 있었다. 신발도 벗는 거라고 우기지 않았으면 게임이 끝났을 것이다. 문제는 넷째 판도 가망이 없다는 데 있었다. 먹을 거라곤 똥뿐이었다. 나는 정신을 차리고 방 안에 있는 여자들을 살폈다. 다들 반짝반짝 빛나는 눈으로 날 쳐다보고 있었다. 혜진마저도 기대에 찬 얼굴로 날 곁눈질했다. 동철이 녀석만 땀을 뻘뻘 흘려가며 안마에 열중하고 있었다.

저놈은 내가 죽어도 모르겠군.

다시 두통이 심해지기 시작했는데 뇌진탕의 후유증 때문인지 곧 처음 보는 여자들 앞에서 팬티를 까야 할지 모른다는 공포 때문인지 알 수 없었다. 더는 못 참겠다. 나는 손에 쥐고 있던 패를 우그러뜨렸다. 이미 빠삐용 안마와는 충분히 척진 사이다. 거기에 한두 가지 악명이 추가된다고 해로울 것도 없다. 판을 엎어버리고 튀기로 마음을 굳혔을 때 벌컥 문이 열렸다.

안나였다. 선글라스를 이마에 걸치고 헐렁한 줄무늬 티셔츠에 물 빠진 청바지를 입고 있었다. 대충 걸친 듯 보이지만 패셔니스타처럼 멋졌다. 그녀는 날 보고 웃음을 터뜨렸다.

"어이, 최성민. 너 지금 뭐하냐? 팬티만 입고."

"옷 벗기 고스톱중. 이제 좋은 구경할 거야."

단발머리가 흐뭇하게 대답했다. 나는 패를 내려놓고 다른 것들과 섞었다.

“자, 만날 사람 왔으니까 난 이제 그만.”

“너무한다!”

여자들이 비명을 질렀다. 모른 척 재빨리 셔츠와 바지를 입었다.

“못됐어. 정말!”

옆에 앉은 지혜가 등허리를 마구 때렸지만 상관하지 않고 신발까지 신은 다음 껑충 뛰어 안나 앞에 섰다.

“누나, 잠깐 얘기 좀 해요.”

안나가 아무 말 없이 날 유심히 쳐다보다 갑자기 내 머리로 손을 뻗어 조그만 사기 조각을 집어들었다.

“왜 이런 걸 머리에 붙이고 다니냐.”

아까 동칠이 화병을 깨뜨렸을 때 튄 모양이다. 나는 손끝으로 머리를 살살 털며 말했다.

“아까 실수로 화병을 하나 깨서요. 그때 튀었나봐요.”

“어디 다친 데는 없고?”

“예.”

안나는 팔짱을 끼며 으흠, 하고 콧소리를 냈다. 뭔가 알고 있는 것 같아 신경이 쓰였다. 등 뒤에서 여자들이 수군대기 시작했다. 벗으라는 옷은 안 벗고 뭐하는 거래? 애가 성격이 별로야. 화병도 실수가 아니라 일부러 깼을 거야.

“잠깐 밖에서 얘기 좀 해요.”

나는 안나의 팔을 이끌고 복도로 나갔다.

“그때 보여드렸던 몽타주 있잖아요, 그거…….”

“너 손 실장 때렸니?”

그녀는 문을 닫자마자 단도직입적으로 물었다. 나는 바짝 얼어 있다가 간신히 입을 열었다.

"무슨 소리예요. 제가 철우 형을 왜 때려요."

"오다 보니까 너 잡아 죽인다고 난리가 났던데. 직원들 다 너 잡는다고 밖으로 나갔는데 여기서 이러고 있어도 되겠어?"

나는 안나의 눈치를 보며 말했다.

"안 되겠죠?"

"안 되지."

"그럼 어떡하죠?"

"일단은 도망쳐. 잡히지 말고. 손철우 걔가 화나면 무서워."

그건 나도 안다. 하지만 이대로 도망갈 순 없었다.

"그럼 빨리 얘기해주세요. 뭐 알아낸 게 있나요?"

"그게 말이지."

계단 아래서 철우 형의 고함 소리가 들렸다.

"후배라고 귀여워해줬더니 사람 뒤통수를 쳐? 이 새끼 잡아서 반드시 대가리를 부셔놓는다. 이 개새끼. 왜 전화를 안 받아."

목소리가 점점 가까워졌다. 나는 급히 핸드폰을 꺼내들었다. 철우 형에게서 벌써 세 번 전화가 왔고 지금도 전화가 오고 있었다. 동철이 엄마가 하도 전화를 해서 무음으로 돌려놓아 다행이다. 나는 바들바들 떨리는 손으로 전원 버튼을 꾹 눌렀다. 화면이 곧 어두워졌다. 철우 형은 뚜벅뚜벅 계단을 올라오며 누군가와 대화를 나눴다.

"일본 관광객들 온다고? 지금? 하여간에 그 새끼들 날도 잘 골라요. 뭐해? 빨리 나가서 길 안내해드려."

어떡하지? 한 번 더 때려눕혀야 하나? 하지만 주고받는 대화로 보아 녀석은 혼자가 아니었다. 정면 대결로 승산이 있을까? 아마 없겠지? 그렇다고 동철을 불러 도망칠 시간은 없으니 진퇴양난이었다. 그사이에도 철우 형의 발소리는 점점 가까워지고 있었다.

그때 안나가 속삭였다.

"주차장에 가 있어. 내가 시간 끌 테니까."

그녀는 내 손에 뭔가를 쥐어주고 계단을 내려갔다. 뒤이어 그녀의 호탕한 목소리가 들렸다.

"손 실장, 얼굴이 왜 이래?"

"별거 아냐. 저리 가."

"별거 아니지 않은데. 누구한테 맞았어?"

퍼뜩 정신이 났다. 나는 방으로 뛰어들었다. 동철은 안마를 끝내고 혜진과 요플레를 떠먹고 있었다. 녀석에게 손을 흔들었다.

"야! 빨리 나와!"

방 안의 여자들이 한꺼번에 야유를 보냈다. 동철이 마지못해 밖으로 나오며 물었다.

"왜? 뭔가 알아냈어?"

뭘 알아냈는지 무슨 일인지 설명할 필요가 없었다. 계단 아래서 철우 형의 짜증 섞인 목소리가 들렸으니까.

"갑자기 돈 이야기는 왜 해?"

안나가 말했다.

"급하게 쓸 데가 있어서 그래."

"이년아, 내 얼굴 안 보여? 내가 지금 돈 얘기할 정신이 있을 거 같냐?"

우리는 더 듣지 않고 급히 계단을 뛰어올라갔다. 오층 비상구로 나가자 미용실과 휴게텔 간판이 우릴 반겼다. 복도 중앙에 엘리베이터가 있었다. 그리로 달리다가 멈칫했다. 엘리베이터를 타는 게 맞을까? 철우 형네 직원들과 마주치면 도망도 못 칠 텐데. 그렇다고 하염없이 오층에 계속 숨어 있을 수도 없었다. 그때 엘리베이터의 문이 열렸다. 에라 모르겠다. 우리는 엘리베이터로 뛰어들어 사람들을 비집고 안으로 들어가 벽에 붙었다.

동철이 숨을 헐떡이며 날 쳐다보았다.

"벌써 깬 거야? 회복력 끝내준다."

"좀 작게 말해."

엘리베이터가 움직이기 시작했다. 제발 빠삐용 안마를 그냥 지나치게 해주세요. 하늘에 기도했지만 역시나 내겐 조금의 행운도 주어지지 않았다. 삼층에서 문이 열렸고 가게 입구에서 만났던 직원이 엘리베이터에 탔다. 다행히 전화 통화에 정신이 팔린 데다 다른 사람들까지 있어 우릴 발견하지 못했다. 그는 지하 일층을 누르며 일본어로 뭐라 떠들기 시작했다.

일층에서 다른 사람들이 전부 내렸다. 우리도 내리고 싶었지만 직원의 눈 때문에 그러지 못했다. 우리는 벽에 바짝 등을 붙이고 숨을 죽인 채 직원의 뒤통수를 바라보았다. 엘리베이터에는 우리 셋밖에 없었다. 나는 동철을 곁눈질했다. 내가 직원을 때리는 시늉을 하자 녀석이 손을 엑스자로 만들어 결사반대한다는 뜻을 밝혔다.

직원은 핸드폰을 만지작거리며 투덜거렸다.

"이 새끼들이 무슨 국빈 방문하는 줄 아나. 마중을 나오래."

지하 일층에서 엘리베이터 문이 열렸다. 주차장은 어두컴컴했다. 직원은 주차장으로 한 걸음 내디뎠다가 뭔가 이상했는지 뒤를 돌아보았다. 우리는 살금살금 직원을 따라 내리려다 무궁화 꽃이 피었습니다, 를 한 것처럼 얼어붙었다.

"너, 너, 아까 그놈 맞지?"

이제는 돌이킬 수 없다. 나는 괴성을 지르며 직원을 향해 레슬링을 하듯 몸을 날렸다. 직원이 휘두른 주먹이 간발의 차이로 머리 위를 스쳤다. 니는 직원의 다리를 부여잡고 돌진했다.

"이 새끼가!"

직원은 기우뚱 넘어질 듯 뒷걸음치며 내 등에 대고 팔꿈치를 찍어댔지만 자세는 내가 훨씬 좋았다. 우리는 그대로 엘리베이터 밖으로 튕겨져나갔고 함께 자빠졌다. 쿵. 직원의 머리가 딱딱한 바닥에 부딪혔다가 농구공처럼 튀어올랐다. 그리고 잠잠해졌다. 나는 숨을 헐떡이며 일어나려다 다리에 힘이 풀려 그 자리에 주저앉았다. 운이 좋았다. 제대로 붙었으면 아마 내가 묵사발이 됐을 거다.

동철이 다가와 물었다.

"괜찮아?"

나는 퍼뜩 정신이 들어 직원의 맥을 짚어보았다. 다행히 제대로 뛰고 있었다. 이제는 누가 쓰러지기만 해도 죽은 게 아닌가 걱정된다. 나는 바닥에 다시 드러누우며 말했다,

"괜찮다."

"걔 말고 너."

"나야 멀쩡하지. 파괴의 음유시인. 모르냐?"

그때 주차장 안쪽에서 사람들의 발소리가 들렸다. 설마 빠삐용 안마 새끼들이 더 있나? 나는 하얗게 질린 채 소리 나는 쪽을 쳐다보았다. 동철이 재빨리 직원의 다리를 잡아당겨 차 뒤에 숨겼다. 나는 녀석을 멀거니 바라보고만 있었다. 어차피 빠삐용 안마 녀석들이면 도망칠 곳이 없었다. 어둠 속에서 노인 넷이 나타났다. 그들은 날 보고 반색하며 뭐라 말을 건넸다. 하지만 그들이 하는 말 중 스미마셍밖에 알아들을 수 없었다. 그때 동철이 차 뒤에서 걸어 나오며 능숙한 일본어로 대답했다. 녀석은 노인들을 엘리베이터로 안내했고 정중하게 인사를 나눴다. 문이 닫히자 그는 날 돌아보며 말했다.

"안마 받으러 왔대. 직원이냐고 해서 아니지만 삼층으로 올라가면 된다고 했어."

"너 대단하다. 일본어는 언제 배웠냐?"

"전에 내가 말한 일본 게임 있지? 그게 한글화가 안 된 것도 있어서……."

"됐으니까 그만."

주차장은 고요했다. 문득 안나가 내게 뭔가를 쥐어줬던 것이 떠올랐다. 손바닥을 펼쳐보니 자동차의 디지털 키였다. 동철이 말했다.

"빨리 나가자. 무섭다."

"안나 누나가 여기서 기다리라고 했거든."

“아까 그 누나? 키 크고 예쁜?”

“예쁘지? 그 누나 몇 살처럼 보이니?”

“이십대 중반 정도?”

왠지 흐뭇했다. 내 칭찬도 아닌데 왜 이러지? 나는 자동차 사이를 오가며 안나가 준 디지털 키를 눌러댔다. 구석에 있던 파란색 미니 쿠퍼에 시동이 걸렸다. 우리는 뒷좌석에 앉아 안나를 기다렸다. 동철은 카오디오를 보고 감탄했다. 녀석이 꿈꿔온 6.1채널 하이파이 시스템이라는 것이다. 동철은 죽인다는 말을 반복하며 조수석으로 자리를 옮겨 앉아 시스템을 들여다보기 시작했다. 그사이 나는 뒷좌석에 누워 휴식을 취했다. 철우 형에게 턱을 맞은 뒤로 계속 두통이 있다. 전보다는 통증이 덜했지만 그래도 겁이 나는 건 사실이었다.

그때 동철이 물었다.

“음악 틀어도 돼?”

“마음대로 해라.”

6.1채널인지 어떤지는 모르겠지만 음악은 듣기 좋았다. 동철은 레이 찰스가 부른 ‘*Somewhere, Over The Rainbow*’라고 말해주었다. 조용히 음악을 듣는데 문이 열리고 안나가 얼굴을 들이밀었다.

“너희들 다친 데는 없니?”

“예. 괜찮아요.”

조수석에 앉아 있던 동철이 우물쭈물 인사했다.

“안녕하세요.”

“성민이 친구? 네가 음악 틀었어?”

“죄송합니다. 시스템이 너무 좋아서……..”

“아냐. 잘했어.”

안나는 안전벨트를 매며 뒤를 돌아보았다. 나는 재빨리 몸을 일으켜 그녀에게 꾸벅 인사했다. 안나가 날 힐끔 보더니 글러브 박스를 열고 휴지를 꺼내 건넸다.

“너 어디 아프니? 한여름에 식은땀 흘리는 거 보니 보약 좀 먹어야겠다.”

이마가 땀으로 흥건했다. 동철이 우려의 눈빛을 보내는 걸 보고 괜찮다는 뜻으로 웃어 보였다. 그녀는 차에 시동을 걸었다. 주차장을 한 바퀴 돌아 막 밖으로 나가려는데 머리를 잡고 일어서는 직원이 보였다. 그는 좀비처럼 비틀거리며 엘리베이터 버튼을 누르고 있었다. 나와 동철은 급히 고개를 숙였다.

안나가 물었다.

“방금 쟤도 너희 짓이니?”

“일부러 그런 건 절대 아니고요 어쩌다가……..”

“너희들 큰 사고 친 거야. 손 실장, 사람이 무뎌 보이긴 해도 맹탕은 아니야. 이번 일 절대 그냥 안 넘어갈걸?”

동철이 거의 울 듯한 목소리로 물었다.

“누나가 중간에서 말 좀 잘해주시면 안 될까요?”

“그럼 나까지 죽이려고 덤빌 거다. 지금 너희들 도와준 것만 알아도 나 최소한 전치 오 주야.”

“그런데 왜 도와주는 거죠?”

안나는 어깨를 으쓱거렸다.

“뭐, 그냥. 아기들 박살나는 게 보기 싫어서.”

나는 앞좌석으로 얼굴을 내밀며 말했다.

"저희 아기 아닌데요."

"열여덟이면 아직 베이비지. 어제 뉴스 보고 알았다. 네 친구 일 안됐어."

나는 도로 의자에 주저앉았다. 그놈의 뉴스, 계속 짜증나게 하네. 앞으로도 두고두고 날 괴롭힐 것이란 예감이 든다. 나는 안나를 쳐다보며 이 여자도 내가 안마를 불렀다고 생각할지 궁금해졌다. 물어보고 싶었지만 참았다. 내가 듣고 싶지 않은 대답이 나올까 두려웠기 때문이다. 나는 대신 다른 걸 물었다.

"그래서 몽타주는 알아보셨어요?"

"너 성말 끈질기다."

"그거 알려고 여기까지 왔어요."

"여자 쪽은 누군지 못 알아냈어. 몽타주만 봐서는 특징 없이 예쁜 여자라. 이 바닥엔 비교적 그런 아가씨들이 많으니까."

나는 실망해서 고개를 숙였다. 이 얘기를 들으려고 그 고생을 했나 싶다. 안나가 말을 이었다.

"그런데 스타킹 뒤집어쓴 남자 중에 나비 문신 있지? 그쪽을 알아본 사람이 있어. 확실한 건 아닌데 아주 비슷하대."

나는 앞좌석에 바짝 붙었다.

"어떤 놈인데요?"

"삼성역에 있는 안마시술소에서 일하던 직원인데 가게 에이스 집적거리는 손님 두들겨 팼다가 짤렸다고 들었어. 뭐 그렇게 많이 때린 건 아닌데 그 손님이 시의원인가 도의원인가 그래서 문제가 커졌나봐."

"이름이 뭐죠?"

"그건 모르겠고 나이가 좀 있는 사람이라 그냥 삼촌이라고 불렀대. 평소에는 있는 듯 없는 듯 조용하던 사람이 갑자기 사람을 죽일 듯이 두들겨 패니까 다들 놀랐다더라. 그러다 작년에 출소했고."

마음이 조급해졌다.

"어디 사는데요?"

"나한테 얘기해준 친구 말로는 보름쯤 전인가 논현동에서 봤대. 한신포차 옆에 있는 편의점. 옷차림으로 봐서는 근처 사는 것 같았다는데."

대단하네. 나는 도로 의자에 주저앉았다. 정구를 죽인 놈이 맞는지 아닌지는 확실치 않지만 그 비슷하게 생긴 사람이 논현역 근처의 편의점에 출몰한다는 사실을 알게 됐으니. 이걸 단서로 범인을 잡을 수 있을까. 백 형사에게 이야기하면 화를 낼 것 같다.

안나가 날 힐끔 쳐다보며 물었다.

"실망한 것 같다?"

"아뇨. 생각 좀 하고 있었어요."

"나도 열심히 알아본 거야."

"알아요."

신호를 기다리느라 차가 멈췄다. 나는 창밖을 쳐다보았다. 외벽마다 붉은색 스프레이로 '철거 예정'이라고 쓰인 낡은 건물이 보였다. 유리창은 모두 깨져 있었고 벽에 걸린 간판은 아크릴 표면이 떨어져나가 앙상한 형광등이 드러났다. 출입금지라고 적힌 입구에는 쇠파이프로 바리케이드가 쳐 있었다. 강남에 이런 데가 있네. 인근의 다른 건물들은 정통 오사카식 주점이며 술 파는 노래방, 메가섹시 칵테일 바 등의 낯 뜨거운 네온사인을 대낮처럼 환하게 켜놓은 채 성업중이었다. 철거를 앞둔 불 꺼진 건물은 유흥가 한가운데서 섬처럼 외로워 보였다. 그 위로 달이 고요하게 떠 있었다. 차가 움직이기 시작했다. 나는 창문을 열었다. 시원한 바람이 불고 건물 앞 버드나무가 흐느끼듯 살랑거렸다. 갑자기 짙은 피로감이 몰려왔다.

내가 나서면 살인범을 잡을 수 있을 줄 알았다. 그래서 날 우습게 본 사람들 코를 납작하게 만들려고 했는데. 지금까지 돌아다니며 사고만 지고 뭐 하나 제대로 해낸 일이 없다. 계속 이렇게 며칠만 더 돌아다니면 내가 죽든 다른 누가 죽든 큰 사고가 터지고야 말겠다. 동철은 안나에게 오디오 시스템 튜닝은 어디서 했는지 케이블은 어떤 걸 썼는지 꼬치꼬치 물었다. 저 자식은 속도 편하지. 확실히 흥미가 동하는 일에는 물불 안 가리는 놈이다.

나는 문득 궁금한 게 생겼다.

"그런데 이렇게 막 퇴근해도 돼요? 좀전에 출근했잖아요."

"내가 손 실장한테 돈 빌려준 게 있거든. 그거 갚으라고 하면 태도가 많이 공손해지지. 오늘은 별로 안 공손해지긴 하더라민. 몸이 안 좋아서 일찍 퇴근하겠다고 했더니 그러라고 하네 바쁜 날이면 어림없지. 오늘은 단속 떠서 손님 별로 없으니까. 나야 뭐 나이도 많고. 남자들 나이 어린 여자 좋아하잖아."

"어려 보이세요."

동철이 진지하게 말했다. 안나는 정색하며 물었다.

"너 내 나이 아니?"

"아니 그게……."

동철이 말을 더듬는 걸 보고 안나는 재미있다는 듯 웃었다. 솔직히 그녀가 우릴 돕는 이유를 잘 모르겠다. 나이를 먹으니까 살아 있는 모든 것에 연민이 생겼나. 별로 그래 보이진 않는데. 아니면 정말 내가 마음에 들었나? 연하 킬러라던 철우 형의 말이 떠올랐다. 내가 괜찮게 보였나보지? 왠지 심장이 콩닥거렸다.

안나가 말했다.

"어디로 갈까?"

"가까운 정류장에 내려주시면 돼요. 아, 너무 가까운 곳은 말고요. 철우 형 패거리들 만나긴 싫으니까 좀 떨어진 곳이요."

"됐고, 어디 가는지 말해. 태워줄 테니까."

"좀 먼데, 괜찮겠어요?"

"그럼."

나는 동철의 주소를 댔다. 동철은 화들짝 놀랐다.

"나 집에 가라고? 너 왜 그래? 범인 안 잡아?"

나는 말도 말라고 손을 내저었다.

"하루 종일 죽어라 돌아다녀서 얻은 게 뭐가 있냐. 일만 열라 꼬였지. 이젠 장기전인데 범인 잡을 때까지 계속 밖으로만 다닐 수도 없잖아. 집에도 들어갔다 나오고 그래야지."

동철은 머뭇거리다 말했다.

"나 집에 들어가면 다시 못 나올 텐데."

"못 나오긴 왜 못 나와. 이번 일로 네 마음이 얼마나 굳건한지 아셨으니까 다음부턴 너희 엄마도 네 의견 존중해주실 거야."

"정말?"

"그럼."

당연히 거짓말이다. 지금쯤 동철이 엄마는 오만 가지 불길한 상상을 해가며 동철을 기다리고 있을 것이다. 나한테 전화한 것만 스무 번이 넘으니까. 동네방네 소문을 다 냈을 것이고 경찰에 가출 신고를 했을 가능성도 높다. 어쩌면 나랑 같이 나갔다고 신고했을지도 모르겠다. 동철은 당분간 집 밖으로 나올 생각을 접어야 할 거다. 동철이 엄마라면 혹시 모를 두 번째 탈출을 방지하기 위해 이층에 펜스를 설치할지도 모른다. 그 편이 낫다. 나에게나 동철에게나.

동철이가 나만큼이나 살인범을 잡고 싶어 한다는 사실이 기뻤고 녀석과 함께 다니면 마음이 든든할 거라고 생각했다. 혼자서 밤거리를 헤매는 건 생각보다 외로웠으니까. 내 능력이라면 동철이 하나 지키는 건 어렵지 않을 거라 믿었다. 하지만 세상은 그렇게 호락호락하지 않았다. 까딱 잘못했으면 둘 다 위험할 뻔했다. 우리가 무시한 건 동철이가 철우 형 뒤통수를 갈겨 기절시킨 덕분이었다. 그런 행운은 다시 오지 않을 것이다. 죽은 친구는 한 명으로 족하다. 멀리 동철이네 집 맞은편 아파트 단지가 보였다.

망설이던 동철은 결국 차에서 내렸다. 우리는 주먹을 부딪치고 악수하고 포옹했다. 나는 동철의 손을 꽉 잡고 말했다.

"뭔가 단서가 생기면 전화할게."

"알았어. 너도 어디 더 돌지 말고 곧장 병원으로 가라."

"오케이."

동철은 배에 힘을 꽉 주고 집으로 향했다. 녀석은 이제 엄마와 한바탕 전쟁을 치러야 할 것이다. 나는 동철이 전쟁에서 이기길 바랐다. 많이는 말고 조금만. 범인을 잡겠다고 다시 거리로 나오지 않을 정도만.

안나가 다시 차를 몰며 물었다.

"이제 어디로 가면 되니?"

어디 가는 게 좋을까? 병원 아니면 집? 양쪽 다 가고 싶지 않았다. 하지만 어디든 가야 했다. 시간을 확인하려고 핸드폰을 켜니 철우 형에게서 문자가 와 있었다. 당장 가게로 와서 무릎 꿇고 싹싹 빌지 않으면 팔다리를 부러뜨린 다음 한강에 던져버리겠다는 내용이었다. 장물의 행방에 대한 연락은 아직 없었다. 나는 핸드폰을 닫고 창밖을 내다보며 말했다.

"드라이브 좀 해도 돼요?"

"그래, 그럼. 어디로 갈까?"

"아무 데나요. 그리고 아까 그 노래 좀 틀어주세요."

레이 찰스의 목소리는 거칠면서도 서글펐다.

무지개 너머 저 어딘가에	somewhere over the rainbow
파랑새들이 날아다니는 곳	bluebirds fly
당신도 감히	and the dreams
꿈꿀 수 있는 곳인데	that you dare to,
왜, 왜 난 안 되는 거죠?	oh why, oh why can't I?

안나가 말했다.

"갈 데 없으면 우리 집에서 자고 갈래?"

가까운 친구에게 묻듯 편한 어조였다. 나는 그녀의 얼굴을 쳐다보며 속내를 짐작하려 애썼지만 결국 답을 알아내지 못했다. 나는 천천히 고개를 끄떡이며 말했다.

"그럼 저야 좋죠."

▶▶

양재역 뒤편에 주택가가 있다는 사실을 처음 알았다. 대형 할인마트가 몇 군데 들어선 데다 물류센터에 공사장까지 있어 공기는 지저분하고 차가 더럽게 막히는 동네라고만 생각했다. 그러나 마트 안쪽으로 조금 더 들어가자 공원이 나왔고 단독 주택들이 보였다. 지어진 지 오래된 공원인지 나무가 울창했고 공기도 번화가보다 한결 시원했다.

안나는 산비탈에 세워진 오층짜리 신축 빌라에 살았다. 이런 데는 값이 얼마나 나갈까? 창밖을 보며 생각했지만 감이 잡히지 않았다. 건물 앞에 차 석 대가 들어갈 크기의 주차장이 있었다. 한 자리가 비어 있었지만 노란색 접이식 주차금지 표지판이 입구를 막고 있었다.

안나가 차를 세우며 말했다.

"저것 좀 치워줄래?"

차에서 내려 표지판을 옆으로 옮겼다. 언제 비가 내렸는지 표지판은 축축하게 젖어 있었다. 나는 표지판을 옮기고 고개를 들었다. 머리 위에 나트륨 가로등이 노란색 불빛을 뿜어내고 있었다. 안나는 핸들 한번 안 꺾고 후진으로 노련하게 주차를 한 뒤 차에서 내렸다. 차에 있을 때는 잊고 있었는데 막상 옆에 서니 그녀는 여전히 예뻤고 나보다 훨씬 어른 같았다. 왠지 주눅이 들어 큰 소리로 말했다.

"집이 몇 층이에요?"

"사층. 그런데 집에 먹을 거 없는데. 너 저녁 안 먹었지?"

"배 안 고픈데요."

"그래도 뭐든 먹어야지. 뭘 좀 시켜먹을까? 근처에 배달해주는 가게 많은데."

나는 길 아래 보이는 편의점을 가리켰다.

"그냥 저기서 사다 먹죠."

"그럴까 그럼."

편의점으로 내려가 냉동식품 몇 가지에 음료수를 사 가지고 돌아왔다. 안나의 집은 402호였다. 문을 열자 어둠 속에서 초록색 눈이 불길하게 빛났다. 흠칫 놀라 뒤로 물러서자 안나가 말했다.

"놀라지 마. 우리 집 고양이니까."

불을 켜자 신발장 옆에 심술궂게 생긴 검은 고양이가 웅크리고 있는 것이 보였다. 고양이는 날 의심쩍은 눈으로 바라보다 카아 하고 낮게 위협하는 소리를 냈다.

"절 싫어하는 거 같은데요."

"아냐. 원래 그래. 쿠로, 괜찮아. 언니 손님이야."

안나는 손을 뻗어 고양이 머리를 쓰다듬고 턱밑을 긁어주었다. 고양이는 만족스러운 얼굴로 골골 소리를 내다 발라당 몸을 뒤집으며 안나의 손을 앞발로 꼭 잡았다. 그녀는 고양이 엉덩이를 팡팡 쳐주고는 오렌지색 캔버스화를 벗고 거실로 올라갔다.

"그냥 있지 말고 친한 척 좀 해줘."

고양이는 더 놀아주지 않아 불만스럽다는 듯 안나를 힐끔 쳐다보다 내게 시선을 주었다. 세로로 찢어진 초록색 동공이 커다래졌다. 가까이서 보니 아주 검은색은 아니고 목 아래며 앞발 등에 새치처럼 하얀색 털이 나 있었다. 안나가 하던 대로 배를 쓰다듬어주려 하자 고양이는 날렵하게 앞발을 움직여 내 손을 쳐내고 거실 안쪽으로 걸어가 소파 아래 자리를 잡고 웅크렸다.

"제가 싫은가본데요."

"아냐. 아직 부끄러워서 그러는 거야. 조금 있으면 먼저 애교 부릴걸?"

그녀는 안방으로 들어가며 귀고리를 풀었다. 활짝 열린 방문 너머로 거울이 붙어 있는 화장대와 트윈침대가 보였다. 그녀는 날 슬쩍 돌아보더니 문을 닫으며 말했다.

"나 옷 갈아입을게. 텔레비전 보고 있어. 화장실은 현관 옆."

욕실 전등은 따뜻한 느낌의 주황색이었다. 거울 위에 마음에 들지 않는 얼굴이 비쳤다. 차가운 물로 머리를 감고 얼굴을 씻었다. 따스한 색상의 소명 아래서도 얼굴이 평소보다 더욱 창백해 보였다. 억지로 미소를 지어봤지만 밉살맞은 표정은 달라지지 않았다.

거실로 다시 나왔을 때 안나는 낙낙한 목면 원피스 차림으로 찬장에서 그릇을 꺼내고 있었다. 텔레비전에서는 제목을 알 수 없는 외국 영화가 방영중이었고 전자레인지 안에 들어간 치킨은 훈제 향을 풍기며 빙글빙글 돌았다. 그녀는 동그란 연녹색 접시를 싱크대 위에 내려놓으며 말했다.

"나 화장실 좀. 마저 준비해줘."

"알았어요."

나는 음료수를 냉동 칸에 넣고 전자레인지에서 훈제 치킨을 꺼냈다. 냉동 떡볶이를 전자레인지에 돌리고 포크를 꺼내 테이블 위에 배치했다. 바쁘게 손을 놀리며 이제 어떻게 할지 궁리했다. 밥 먹으면서 재미있는 이야기로 분위기를 띄워야 하나? 아니면 로맨틱하게? 여자 혼자 사는 집에 와본 게 처음이라 잘 모르겠다. 그래도 나한테 마음이 있으니까 집까지 부른 거겠지? 설마 내가 불쌍해서 재워주려고 그런 건 아닐 거야. 준비를 마치고 소파에 앉았다. 가슴이 콩닥콩닥 뛰었다. 이제 나도 한번 해보는 건가. 이런 식으로 기회가 올 줄은 몰랐다. 지은이 생각이 났다. 첫 경험은 무조건 지은이일 거라 생각했는데.

지은이 마음에 들기 위해 부단히 노력했었다. 내 주제에 어울리지도 않게 메이커 옷만 골라 입었고 이 주에 한 번씩 동네에서 제일 비싼 미용실에서 머리를 잘랐다. 가끔씩 그녀에게 예쁜 액세서리를 선물하고 계절별로 커플 티셔츠니 커플 운동화를 사다보면 엄마에게 받는 용돈만으로는 터무니없이 모자랐다. 덕분에 우리 학교 애들만 죽어났다. 나는 가렴주구하는 탐관오리처럼 돈을 긁어모았고 선생님들에게 문제아로 확실하게 낙인찍혔다.

다행히 노력의 결실은 있었다. 지은은 조금씩 스타가 됐지만 날 잊지 않았고 우리는 틈틈이 만나 데이트를 즐겼다. 스킨십이라곤 키스 몇 번이 고작이었고 그녀는 여전히 공식적인 자리에서는 남자친구 없음, 이라는 프로필을 고수해 가끔 걱정이 되긴 했지만 그래도 좋았다. 그러다 병원에 입원했을 때, 그녀가 병문안 온 걸 보고 정말로 행복했다. 그날이 내 인생에서 가장 순수하게 기뻤던 날 중 하루라는 게, 지금 생각하면 참 우습다.

그때만 해도 다 잘될 줄 알았다. 지은과는 공식적인 연인이 됐고 내게 입원할 계기를 제공한 김태식과는 병원 2인실을 함께 쓰며 화해를 했다. 퇴원하면 어떻게든 잘해봐야지. 더 이상 애들도 괴롭히지 말고 공부도 시작하고. 지은에게 부끄럽지 않은 사람이 되어야지.

하지만 내게 그런 복이 있을 리 없었다. 지은에게 아버지가 큰 무역회사에서 일하며 지금은 런던 지사에 계시다고 거짓말을 쳤던 것이 실수였다. 차라리 아무 말 하지 않는 편이 나았을 텐데. 아니, 그랬다면 아예 시작하지도 못했을까.

온라인게임 사건이 화제가 되면서 신상 털기식 기사가 쏟아졌고 우리 아버지가 사람을 죽이고 감옥에 갔다는 사실도 알려졌다. 그때 세상이 얼마나 좁은지, 비밀이 일마나 쉽게 퍼지는지 알게 됐다. 지은이가 연예 활동에 전념하셌나며 그만 보자고 전화로 통보했을 때 난 아버지 문제가 그 결정에 영향을 끼쳤는지 궁금했었다.

죽일 년. 나 정말 너보다 잘살 거다. 두고 봐라.

뭔가가 창문을 탁탁 두들겼다. 커튼을 들추고 밖을 살폈다. 창문 너머로 주택가가 내려다보였다. 사층 높이까지 자란 느티나무가 창문 위로 늘어져 있다가 바람이 불 때마다 창문을 탁탁 때렸다. 저 소리였구나. 문득 정구 생각이 났다. 정구가 바람이 돼서 내게 부럽다고 신호를 보내는 건 아닐까. 캄캄한 하늘에 달이 환하게 빛났고 그 주위로 별인지 인공위성인지 모를 것들이 반짝였다.

"야경 괜찮지?"

안나가 화장실을 나와 깔개에 발을 문지르며 말했다. 수건을 머리에 둘둘 감고 있었는데 내심 기대했던 것과 달리 옷차림은 전혀 흐트러지지 않았다. 여전히 잠옷 대용으로 보이는 목면 원피스를 입고 있었다. 나는 살짝 실망했다. 그녀는 내 옆에 서며 말했다.

"사실 내 형편으로는 빌리기 힘든 집인데 경치가 너무 좋아서 조금 무리했어. 막상 들어오니까 잘했다 싶더라."

안나가 내게 살짝 몸을 기댔다. 팔에 느껴지는 감촉이 좋았다. 나는 정구에게 인사를 건네고 커튼을 내렸다.

우리는 소파에 앉아 저녁을 먹었다. 그녀는 냉장고에서 차가운 맥주를 가져와 내 잔 가득 따라주었다. 뇌진탕인데 술을 마셔도 되나. 찜찜했다. 지금은 머리가 아프진 않지만 그래도 뇌진탕에 피까지 났는데.

안나가 씽긋 웃으며 물었다.

"왜? 술 못해?"

"맥주가 무슨 술이에요."

그래, 맥주가 무슨 술이냐 청량음료지. 마음을 정하고 단숨에 들이켰다. 가슴속까지 시원해졌다. 신기하게도 바로 취기가 올랐다. 아휴, 이거 더 먹으면 안 되겠다.

안나가 젓가락으로 날 가리키며 말했다.

"당분간 가게에는 얼씬도 하지 마라. 손 실장이 화해하자고 그래도 믿지 말고. 너 불러서 몰매주려고 그러는 걸 테니까."

"알아요."

"방학은 언제 끝나니?"

"8월 26일이요."

"얼마 안 남았네. 학교에선 징계 같은 거 안 내린대?"

"아직 모르죠."

안나가 의심쩍은 어조로 물었다.

"너 평소에 학교는 잘 나갔니?"

"그럼요."

목소리가 약간 퉁명스러워졌다. 내가 사고를 치고 다닌 건 사실이지만 그것도 다 지난 이야기다. 엄마가 죽고 나서 내 맘대로 학교를 빠지는 일은 그만뒀다.

안나는 잠시 생각하다 물었다.

"최소한 정학은 맞겠지?"

"아마 그렇겠죠. 이거보다 훨씬 별거 아닌 일에도 정학 때리고 그랬으니까."

"그렇게 되면 화내지 말고 잘된 일이다 생각해. 손 실장이 학교 앞으로 애들 보내서 너 잡아오라고 할 수도 있으니까."

"정학 안 먹으면 어떻게 하죠?"

"그땐 학교 열심히 다니면 되지."

나는 살짝 웃었다.

"흠…… 뭔가 이상한데요."

"이상할 거 없어. 그리고 당분간 집에서 푹 쉬어."

"예? 뭐라고요?"

"살인범 잡겠다고 생각한 것만으로도 대견한 거야. 그놈들한테 맞아 기절까지 했었다며. 보통 무섭고 힘든 일은 피하려고 하지 맞서 싸우려고 하진 않는데. 맞다, 너 몸은 괜찮은 거니? 아까 보니까 땀도 많이 흘리고, 어디 아픈 것 같은데."

"괜찮아요. 철우 형이랑 싸우느라 힘 빼서 그래요."

"그럼 다행이고. 아무튼 너무 깊이 들어가려고 하지 마. 이 바닥 그리 만만하지 않아. 손 실장은 그래도 착한 사람이야. 세상에는 진짜 나쁜 사람들 많아. 타인의 고통 따위에 관심 없고 돈 몇 푼을 위해 무슨 짓이든 할 수 있는 사람. 그런 놈들에게 잘못 걸리면 사는 게 힘들어져. 이쯤에서 빠져."

"잠깐만요. 이런 얘기 하려고 저 부른 거예요?"

"응."

내가 그렇게 안돼 보였나. 내게 마음이 있어 부른 게 아니라는 사실을 알게 되니 입맛이 썼다. 하긴 나한테 볼 게 뭐 있겠어. 좌충우돌 사고만 치고 다녔지, 뭐 하나 제대로 해낸 일이 없으니까 여자애들한테 미역국이나 먹고 마는 거지. 나는 처량한 마음에 남은 맥주를 비우고 두 번째 캔을 땄다. 아, 술이나 먹자.

"그리고 널 혼자 두기 싫어서."

나는 흠칫 놀라 그녀를 쳐다보았다. 그녀는 눈을 내리깐 채 열심히 남은 떡볶이를 먹고 있었다. 그때 손가락에 차가운 맥주 거품이 쏟아졌다. 맥주캔을 입에 대고 쪽쪽 빨았다. 혼자 두기 싫다는 게 무슨 뜻이지? 내가 혼자 있으면 사고를 칠 것 같아서 걱정된다는 뜻인가. 아니지. 그럴 리 없어. 잘 알지도 못하는 사인데 날 왜 걱정해. 그렇다면 나랑 같이 있고 싶다는 뜻인가? 아마도 그런 뜻이겠지? 그렇겠지? 가슴이 너무 심하게 뛰어서 맥주를 단숨에 들이켰다. 뭐라고 대답해야 하나? 최대한 목소리를 깔아 저도 누나를 혼자 두기 싫어요, 라고 말하면 멋있겠지? 하지만 그건 생각뿐이었다. 정작 내 입에서 나온 말은 엉뚱한 소리였다.

"누나는 나이가 어떻게 돼요? 겉보기로는 통 감을 못 잡겠네."

"어. 스물일곱."

"철우 형은 서른하나라고 그러던데?"

안나의 얼굴이 갑자기 붉어졌다. 그녀는 목소리를 높여 말했다.

"손철우 걔는 진짜! 알지도 못하면서. 나 스물일곱 맞아. 그 자식이 너한테 장난친 거야."

뭔가 의심스러웠지만 본인이 아니라고 우기니 할 말이 없었다. 맥주를 더 먹으려고 보니 비어 있었다. 캔을 하나 새로 따서 꿀꺽꿀꺽 마시며 물었다.

"여기서 혼자 살아요?"

“응.”

“가족은 없나요?”

“부모님이랑 동생.”

“자주 보세요?”

“가끔 봐. 뭐라고 말해야 하려나? 어려서부터 성격이 안 맞았어. 얼굴 봐야 싸우기만 하니까 가급적 덜 만나려고 서로 애쓰는 편이지.”

그녀는 오해하면 곤란하다는 듯 엄한 얼굴로 덧붙였다.

“그렇다고 아예 안 보는 건 아니야. 명절에는 전화도 하고 선물도 보내.”

“저랑 비슷하네요.”

그녀는 내 곁에 바짝 붙어 앉으며 물었다.

“너는 어떤데? 엄마 아빠랑 잘 못 지내?”

“잘 지내고 말고 할 것도 없어요.”

한 가지는 분명했다. 뇌진탕일 때 술을 마시면 평소보다 빨리 취한다. 내 평생 맥주 세 캔에 취할 날이 올 줄은 몰랐다. 취기가 오르자 대담해져 평소라면 절대 하지 않았을 이야기들을 주저리주저리 늘어놓았다. 부끄럽고 답답한 기억들. 아버지가 사람 죽이고 교도소 간 이야기. 엄마가 나한테 머리를 맞고 입원했다가 췌장암 판정을 받은 이야기까지 전부 다.

“아버진 지난가을에 남해안 쪽 교도소로 옮겼어요. 가끔 편지 보내고 영치금 넣어주는데 답장은 절대 안 오더라고요.”

말을 다 하고 나면 시원해질 줄 알았는데 그렇지 않았다. 이상하게도 마음 한구석이 더 허전해지는 기분이다. 나는 쑥스러움을 감추기 위해 고개를 숙인 채 맥주를 홀짝였다. 근데 벌써 다 먹었네?

"술 더 줄까?"

안나가 물었다.

"네."

나는 얼른 고개를 끄떡였다. 그녀는 찬장에서 위스키를 꺼내 얼음과 함께 가져왔다.

"싱글몰트야."

그게 뭔지도 모르면서 난 고개를 끄떡였다. 비싼 양주라는 뜻이겠지 뭐. 독주가 목구멍을 지나 뱃속을 활활 태우자 나는 더욱 대담해졌다. 이왕 교도소 이야기까지 꺼낸 참이다. 너 못 할 말이 어디 있으랴.

나는 지은이 마음을 돌리려고 늦은 밤에 그녀를 기다렸던 일이며 헤어지자는 진짜 이유가 뭐냐고 따졌던 일, 그녀가 제발 이러지 말라고 엉엉 울었던 것까지 전부 다 말했다. 동철이나 정구에게도 하지 못했던 이야기다. 그날 이후로 난 지은이를 잊으려고 애썼다. 남들이 그녀에 대해 물어도 잘 모른다고만 말했다. 안나는 조용히 내가 하는 말을 들어주었다. 서서히 마음이 편해지기 시작했다. 아, 그저 말을 하는 것만으로도 고통이 줄어들기도 하는구나.

"태식이한테 진짜 섭섭해요. 쉴이 입원했을 때 꽤 친해졌다고 생각했는데 징계위원회에서 뭐라고 하니까 바로 배신 때리더라고요. 내가 입원한 것도 따지고보면 다 저 때문인데. 미안하지도 않나? 개새끼. 근데 서도 개한데 잘못하긴 했거든요. 고등학교 내내 엄청 괴롭히고 그랬다니까. 엄청 힘들었대요. 사실 기억은 안 나요. 내가 때린 사람이 한둘이 아닌데. 씨발, 뭘 그런 거 가지고 삐쳐. 근데 시간이 지날수록 걔가 이해가 가는 거예요. 인생이 마음먹은 대로 되는 게 아니잖아요. 학교 가면 나 같은 놈한테 괴롭힘 당하고 열심히 게임했더니 양아치들이 꼬이고, 간신히 정리되나 했더니 학교에선 정학 때린다고 하고. 솔직히 힘들긴 했겠더라고요. 요즘에야 그런 게 보이네요. 내 인생이 안 풀려서 그러나. 그래서 이해하려고 진짜 애쓰고 있어요. 태식이랑 매점에서 마주쳐도 모른 척한다니까요."

한참을 떠들었더니 목이 탔다. 위스키 병으로 손을 뻗는데 안나가 부드럽게 내 손을 밀어냈다.

"이제 그만. 더 먹으면 취하겠다."

나는 인상을 쓰며 말했다.

"저 안 취했는데요."

"이제 슬슬 자야지. 밤도 늦었는데."

"아직 열한시밖에 안 됐거든요?"

그때 안나가 내게 키스했다. 말문이 막혔다. 그녀의 입술은 믿어지지 않을 만큼 보드라웠다. 내가 눈을 크게 뜨자 그녀는 살짝 웃으며 내 입술을 사탕처럼 빨았다. 숨을 쉴 때마다 좋은 냄새가 났다. 아니, 여기는 천국인가? 어찌나 정신이 없는지 내가 서 있는지 앉아 있는지 헷갈릴 지경이었다. 그녀가 얼굴을 떼고 날 쳐다보았다. 취기가 올라서 그런지 아까보다 훨씬 요염해 보였다. 나는 더듬더듬 말했다.

"누나, 예뻐요."

“너도 꽤 귀여워.”

에라, 모르겠다. 그녀의 얼굴을 잡고 입술을 쪽쪽 빨았다. 그녀가 갑자기 내 귓가에 속삭였다.

“깨끗이 씻고 와.”

내 생전 그렇게 빨리 뛰어본 일이 없었다. 화장실로 들어가 문을 꽉 닫았다. 심장이 금방이라도 가슴을 뚫고 나올 것처럼 쿵쿵 뛰었고 얼굴은 어찌나 달아올랐는지 금방이라도 활활 타오를 것 같았다. 이제 진짜 첫 경험인가? 느닷없이 이게 무슨 일이야? 내 인생에 이렇게 좋은 일이 생겨도 되는 건가? 흥분 때문인지 술 때문인지 숨 쉬기가 힘들었다. 나는 입을 벌리고 허허 숨을 들이마셨다가 내뱉기를 반복했다. 술기운이 조금씩 빠져나가는 것 같긴 하지만 이것만으로는 부족하다. 빨리 정신 차려야 돼, 빨리. 나는 옷을 벗고 샤워기 밑에 서서 레버를 당겼다. 차가운 물이 머리 위로 쏟아지자 정신이 또렷해졌다. 혹시나 싶어 귀와 코를 만져봤지만 피는 나지 않았다. 두통과 이명도 사라졌다. 그래, 정신일도 하사불성이다. 고작 뇌진탕 때문에 하늘이 내린 기회를 놓칠 순 없다.

샤워를 끝내고 아무 칫솔이나 집어 양치를 했다. 문득 세면대 거울을 보니 아까처럼 내 얼굴이 밉살맞아 보이진 않았다. 술에 취해서 그런가. 안나 누나가 귀엽다고 해서 그런가. 머리를 쓸어올리며 생각했다. 그래, 이 정도면 귀엽지.

수건을 몸에 두르고 밖으로 나왔을 때 거실 조명은 꺼져 있었고 반쯤 열린 침실 문으로 불빛이 새어나왔다. 나는 심호흡을 했다. 침착하고 세련되게 잘 해내야 한다. 절대 주눅 들면 안 된다. 마음을 다잡고 조심스럽게 문을 열고 들어갔을 때 그녀는 화장대 의자에 앉아 뭔가를 읽고 있었다. 요염한 자세로 침대에 누워 있을 줄 알았는데 그게 아니라서 약간 실망했다.

"누나, 뭐 읽어요?"

"아, 이거. 가방에 있어서. 내가 도와줄 게 있나 싶어서 한번 봤어."

안나는 종이를 내려놓았다. 그녀가 보고 있던 것은 정구 아버지가 내게 준 도난품 목록이었다.

"뭣 좀 아시겠어요?"

"아니. 난 장물 쪽은 잘 모르니까."

나는 할 말을 찾았지만 마땅한 말이 생각나지 않았다. 한번 로맨틱한 분위기가 무너지니 어떻게 해야 할지 모르겠다. 나는 망설이다 그녀에게 손을 뻗으며 말했다.

"뭐, 어쩔 수 없죠."

안나는 고개를 흔들며 내 팔을 밀어냈다.

"오늘은 그냥 자자."

"예?"

"콘돔이 없어서. 하나 남은 게 있는 줄 알았는데 안 보이네?"

"제가 나가서 사 올게요."

안나는 고개를 흔들었다.

"근처에 약국 없는데. 아까 그 편의점은 콘돔 안 팔아."

"역까지 가면 있겠죠. 저 잘 걸어요."

나는 콘돔을 찾아 지구 끝까지라도 갈 준비가 되어 있었다. 옷을 찾아 두리번거리는데 안나가 말했다.

"왔다 갔다 하려면 한 시간은 걸릴 텐데."

"뛰어갔다 오면 삼십 분이면 돼요."

"오늘은 그냥 일찍 자자. 피곤하잖아. 오늘만 날이 아니잖니."

그녀는 날 뒤에서 끌어안으며 속삭였다. 하지만 지금 같은 상황에서는 설득력이 부족했다. 나 씻었는데. 마음의 준비도 끝냈는데. 지금 하고 싶은데. 지금처럼 흥분한 상태로 그냥 누웠다간 정말 뇌진탕으로 실려갈지도 모른다.

나는 절박하게 말했다.

"누나 차 타고 갔다 오면 안 돼요?"

"내가 좀 피곤해서."

피곤한데 섹스는 이렇게 할 생각이있대? 내놓고 물어보려나 잠았다. 이럴 때 비난은 도움이 안 된다. 최대한 이성적으로, 대화로 문제를 해결해야 한다. 내가 여태 그걸 못해서 사고를 치고 다닌 거 아닌가. 순간의 분노 때문에 지금 같은 기회를 날려선 안 된다. 어른처럼 굴어야 한다. 그때 안나가 내 손을 잡고 침대로 인도했다.

"그냥 자자 응? 넌 여기서 자. 내가 소파에서 잘게."

안나는 베개를 집어 들고 밖으로 나가려고 했다. 나는 인상을 쓰며 안나의 뒤통수를 노려보았다. 도대체 왜 갑자기 태도가 바뀐 거지? 안나의 뒷모습을 쳐다보다 문득 정구와 함께 안방으로 들어가던 살인자가 생각났다. 그때 그 여자도 원피스를 입고 있었는데.

정구는 늘 섹스를 하고 싶어 했다. 공부의 스트레스를 자위로 풀었고 하드디스크에 야동을 테라 단위로 쌓아두고 봤다.

녀석에게 섹스는 치르치르와 미치르가 찾던 파랑새 같은 것이었다. 끝없이 우울한 인생을 달라지게 할 마법. 그걸 하고 나면 여자 앞에서도 당당하게 말할 수 있을 것 같고 온종일 책상 앞에 앉아 공부를 하면서도 기분이 좋을 거라고 생각했다. 하지만 정구는 죽었고 살인범을 잡으려던 내게 기회가 왔다. 나한테 그럴 자격이 있는 걸까. 살인범 잡는 거 도와주려는 누나한테 한 번만 하자고 징징대도 되는 걸까. 이래선 내가 살인범을 잡는 의미조차 퇴색되는 게 아닐까. 그런 생각을 하니 갑자기 의욕이 떨어졌다. 나는 침울하게 말했다.

"알았어요. 그냥 자요."

안나가 고개를 돌려 눈을 동그랗게 뜨고 날 쳐다보았다. 나는 그녀에게 성큼성큼 다가가 베개를 빼앗았다.

"제가 소파에서 잘게요. 누나가 여기서 자요. 안녕히 주무세요."

방을 나가려고 하는데 안나가 다가와 손을 잡았다.

"갑자기 왜 그래? 삐쳤어?"

저도 피곤해서요, 라든가 사실은 제가 뇌진탕이 있거든요, 같은 말이 생각났다. 하지만 안나의 눈을 보자 마음이 바뀌었다.

"정구, 처음 해본다고 되게 좋아했었거든요. 그러다가 그렇게 죽었는데 제가 먼저 하는 것도 좀…… 그런 거 같아요."

"먼저라니? 너 처음이니?"

번쩍 정신이 났다. 나는 부끄러운 마음에 마구 손사래를 쳤다.

"무슨 소리예요. 내가 얼마나 많이 해봤는데."

"정말?"

안나는 감 잡았다는 눈빛이었다. 더 우겨봐야 소용없을 거란 느낌이 들었다. 좀더 현실성 있는 거짓말을 치는 게 좋겠다.

"사실은 두 번, 두 번 해봤어요."

문득 엄마에게 업소에 가본 적 있다고 거짓말 쳤다던 동거인이 떠올랐다. 그 남자도 이런 마음으로 자기 무덤을 팠구나. 이제야 그 마음이 이해가 간다.

"오호, 그렇구나."

내가 바짝 얼어 있는데 안나가 내 옆으로 다가왔다. 따뜻한 입김이 목덜미에 닿고 그녀의 머리카락이 얼굴을 스쳤다. 황홀해서 정신이 하나도 없었다. 그녀가 살짝 볼을 비비며 귓가에 속삭였다.

"그래서 좋았어?"

아마…… 좋겠지? 나는 머뭇거리다 대답했다.

"그럼요."

"그럼 한 번 더 할까?"

팔꿈치에 부드러운 가슴이 닿았다. 나는 부르르 몸을 떨었다. 유혹에 넘어가면 안 된다. 간신히 마음을 다잡았는데. 정구의 영혼이 날 보고 있다. 주을힘을 다해 말했다.

"콘돔이 없다면서요."

"생각해보니까 하나쯤은 어디 있을 것 같아서."

그녀의 입술이 살짝 귀에 닿았다가 떨어졌다. 머릿속에서 아드레날린이 펑펑 터졌다. 나는 더 참지 못하고 그녀의 머리를 부여잡고 입을 맞췄다. 정구야. 미안하다.

왠지 숨 쉬기가 힘들어 잠에서 깼다. 눈을 뜨자 심술궂은 표정의 고양이가 가슴 위에 올라탄 채 날 내려다보고 있었다. 이 자식은 뭐하는 거야. 내가 몸을 움직이자 고양이는 못마땅한 야옹, 소리를 내며 침대 아래로 내려갔다.

나는 머리를 벅벅 긁으며 하품했다. 한동안 정신이 멍했지만 어제 있었던 일이 떠오르자 저절로 입가에 미소가 맺혔다. 내 생애 이렇게 기분 좋은 아침이 또 있었나 싶다. 보통은 오늘도 안 죽고 깨는구나, 라는 생각에 우울해졌는데.

안나는 침대에 없었다. 화장실에라도 갔나? 사이드테이블에 놓여 있는 생수를 집어 꿀꺽꿀꺽 마셨다. 말 그대로 황홀한 시간이었다. 경험 자체도 믿어지지 않을 정도였지만 일을 마친 후 안나를 끌어안고 있는 것도 너무나 좋았다. 안나를 안고 오랫동안 이야기를 나눴다. 그녀는 살인범이 훔쳐간 도난품에 관심을 보였는데 보석이나 시계뿐 아니라 그림에 대해서도 궁금해하며 어떤 그림인지 알고 싶어 했다.

침대 아래로 발을 뻗었다. 밑에서 웅크리고 있던 고양이가 스윽 일어나 내 다리에 몸을 스치고 지나갔다. 처음에는 우연인 줄 알았는데 다리 주위를 왔다 갔다 하는 걸 보니 그게 아니다. 나는 안나가 했던 것처럼 고양이의 엉덩이를 쳐주었다. 고양이는 기분 좋은 표정을 지으며 내게 더욱 가까이 몸을 붙였다. 겉보기에는 뻣뻣하고 차가워 보이는 인상이었는데 막상 만져보니 따스하고 부드러운 녀석이었다. 역시 겉만 봐서는 모르는 거라니까.

밖에서 안나의 목소리가 들렸다.

"이번이 마지막 기회라니까. 다 털고 나올 수 있어."

누군가 대답했지만 뭐라 하는지는 잘 들리지 않았다. 손님이 왔나? 나는 급히 옷을 걸치고 조심조심 문가로 다가갔다. 현관 앞에 서 있는 안나의 뒷모습이 보였다. 맞은편에 누군가 있었지만 안나에 가려 얼굴이 보이지 않았다.

"내가 약속 다 잡았으니까 넌 물건만 가지고 나오면 돼. 나만 믿어. 울지 말고. 내가 다 알아서 한다니까."

"언니, 미안해."

여자 목소리가 울먹이며 말했다. 무슨 일인지 모르지만 심각한 상황 같았다. 내가 끼어들면 안 될 것 같아 소심스럽게 문을 닫았다.

"그럼 가 있어. 내가 다시 연락할 테니까."

안나의 목소리가 들리고 곧이어 현관 도어락 잠기는 소리가 났다. 나는 잠시 기다렸다가 밖으로 나갔다. 안나는 추리닝 차림으로 토스트를 만들고 있었다.

"일어났니?"

그녀는 내 뺨에 가볍게 키스했다.

"집에 달걀이 없어서 버터만 발랐는데 입맛에 맞을지 모르겠다. 우유랑 콜라 중에 뭐가 좋니?"

"콜라요. 근데 방금 누구예요?"

"누구? 아, 우리 때문에 깼구나? 미안. 내 동생이야. 내일모레면 서른인데 아직도 정신 못 차리고 살아서 큰일이야. 신용

불량이라 법원에 파산신청해야 되거든. 동사무소에 들러서 서류 좀 떼어오라는데 도통 말을 안 듣네."

나는 마음속으로 웃었다. 철없는 안나의 동생 때문이 아니라 스물일곱이라던 안나의 말이 거짓이라는 사실을 알았기 때문이었다. 아침을 먹으면서도 어젯밤의 일들이 계속 눈앞에 아른거렸다. 나는 토스트를 한 입 깨물며 조심스럽게 물었다.

"누나 오늘 뭐 할 거예요?"

"조금 쉬다가 헬스장 가서 운동하려고. 거기서 점심 먹고 근처에서 동생 만나고 그러다가 출근."

"헬스장이 어딘데요? 저도 가봐도 돼요?"

안나가 갑자기 엄한 목소리로 말했다.

"넌 안 돼. 오늘은 집에 들어가."

"예?"

"새아빠가 걱정할 거야."

항변하려 했지만 안나가 더 빨랐다.

"어제 말했지? 새아빠를 싫어하는 건 아닌데 단지 여기가 내가 있을 자리가 맞는지 고민이라며. 내가 알려줄게. 거기가 네가 있을 자리야. 집에 돌아가. 넌 재미있고 똑똑하고 좋은 아이야. 네가 걱정하는 것처럼 속이 빈 인간도 아니고. 예전에 친구들 때리고 괴롭힌 거 후회한다며. 그거면 돼. 딴 사람이 무슨 생각을 하나, 무엇 때문에 고통스러운가 생각하는 거. 그럼 앞으로도 잘 해나갈 수 있을 거야."

"그럼 우린 언제 만나요?"

"내가 다시 연락할게. 이제 집에서 좀 쉬어."

나는 토스트를 내려다보았다. 바짝 구워진 토스트만큼이나 나 자신이 메마르고 초라하게 느껴졌다. 언제나 쿨하게 보이려 노력했다. 상처받지 않기 위해서였다. 내가 아프고 힘들어 한다고 해서 봐주는 사람은 아무도 없다. 어쨌든 달라지지 않는다면 초연한 척이라도 해야 한다고 생각했다. 하지만 이번만은 참을 수가 없었다. 나는 인상을 쓰며 말했다.

"그냥 솔직하게 말하면 안 돼요? 저랑 있기 싫다고. 이상한 핑계 대지 말고. 아니, 누나가 무슨 나이팅게일도 아니고. 무슨 봉사활동 해요? 어제 제가 못해서 그래요? 아니 누군 처음부터 잘해요?"

"그런 거 아니야."

"아니긴 뭐가 아니에요. 지금 하는 말이……."

"너만 좋다면 나 너 계속 만나고 싶어."

"정말요?"

벌어지는 입을 다물기 위해 있는 힘을 다해 노력해야만 했다. 방금 전까지 화를 내다가 갑자기 웃으면 실없는 놈으로 보일 테니까. 하지만 안나의 다음 말을 듣자 표정이 굳을 수밖에 없었다.

"대신 정구 살인범 잡는 것도 포기해."

"왜요?"

"잡을 수 없으니까. 지금까지 살인범들 찾아다니며 얻은 게 뭐니? 손 실장하고 싸우고 기자하고 싸우고, 관계없는 사람들하고 싸운 게 전부잖아."

"누나가 알려준 게 있잖아요."

나는 항의했다.

"혹시 찾는다고 해도 그래. 어떻게 잡을 건데? 그때 너나 동철이 안 죽은 건 하늘이 도운 거야. 다음번에도 운이 좋을 거라 어떻게 장담해?"

"그때는 기습을 당해서 그런 거고요……."

"그쪽은 프로고 여러 명이야. 너 혼자선 절대 못 이겨. 동철이가 끼어도 그렇고."

안나는 한숨을 쉬며 말을 이었다.

"네가 정구 죽음에 책임감을 느끼는 거 알아. 하지만 세상에는 될 일이 있고 안 될 일이 있어. 그 사람들 잡으면 어떡할 거니? 죽일 거니?"

죽일 수 있어요! 아니, 죽이면 안 되죠. 잡아서 경찰에 넘길 거예요. 마음속에선 수없이 많은 말이 메아리쳤지만 입 밖으로는 한마디도 나오지 않았다. 불만스러운 표정으로 입을 다물고 있자 그녀는 내 손을 꼭 잡으며 말했다.

"그러니까 그만해. 지금까지 한 걸로 충분해."

"뭐가 충분해요. 아무것도 해낸 게 없는데."

나는 벌컥 화를 냈다. 안나는 고개를 흔들었다.

"경찰에게 가면 되잖아. 아는 경찰 있다고 했지? 그 사람한테 지금까지 알아낸 거 말해주고 집에 가서 다 잊어. 나비 문신에 대해 말해주면 그 사람들한테 도움이 될 거야."

"논현역 근처에 산다는 그 사람이요? 작년에 출소했고? 그걸로 대체 범인을 어떻게 찾아요?"

"이름 알아."

"예?"

"김재원이야. 나이는 서른일곱이고. 재작년에 감옥에 들어갔다 작년 봄에 출소했대. 그 정도면 경찰에서 조사하기 충분할 거야."

"그건 어떻게 알았는데요?"

"자세히 알아봐달라고 여기저기 부탁해놨었는데 좀전에 연락이 왔어. 성민아. 네가 다치고 죽을 고생을 해야 정구에게 의리를 지키는 게 아니야. 정구는 너까지 다치는 걸 바라지 않을 거야. 그러니까 경찰에 가서 김재원 정보 주고 끝내. 그거면 네가 할 도리는 다한 거야."

안나의 말대로나. 난 내 할 도리를 다했다. 살인범을 내 손으로 체포하겠다는 각오로 시작한 일도 아니었고. 그저 날 의심한 인간들에게 한 방 먹여주겠다는 마음뿐이었다. 단서를 찾으면 경찰에 알려야 할지 직접 나서야 할지도 생각하지 않았다. 하지만 안나의 말이 못마땅한 건 어쩔 수 없었다. 나비 문신이 무섭다는 걸 인정해야 하기 때문일까. 아니면 안나 누나가 날 너무 약하게 보기 때문일까.

안나는 내 손을 잡아 가슴에 댔다. 쿵, 쿵, 심장박동 소리가 들렸다.

"날 위해 그래줄 거지?"

.12. *나비 문신*

백 형사가 으르렁거렸다.

"이걸 어떻게 알았는데?"

"말했잖아요. 아는 선배한테 물어봤다고."

"네놈 아는 선배면 인간쓰레기일 거 아냐. 그런 놈 말을 믿으라고? 평소 맘에 안 들던 놈 때려잡으려고 수 쓰는 거 아냐?"

"인간쓰레기 아니에요."

안나 누나가 얼마나 똑똑하고 얼마나 착한지 이야기하고 싶었지만 참았다. 이런 지저분한 일에 그녀를 끌어들이고 싶진 않았다. 백 형사는 귀를 파며 말했다.

"네가 말한 그 안마에 가봤다. 빠삐용 안마? 네 선배라는 거기 실장도 만나봤어. 손철우 맞지? 아주 한심한 새끼두만. 그런 쓰레기는 태어나서 처음 봤어."

철우 형이 한 말이랑 다르다. 나는 호기심을 참지 못하고 물었다.

"혹시 거기 가서 돈 달라고 하셨어요?"

"뭐?"

백 형사가 귀지를 소매에 문지르다 눈을 치켜떴다. 이놈의 입방정. 당장 백 형사한테 잘 보여야 되는데 무슨 소릴 한 거야. 나는 급히 말을 돌렸다.

"아니, 뭐 별건 아니고요. 못 들은 걸로 해주세요."

백 형사는 헛기침을 하더니 부드러운 어조로 말했다.

"뭔가 오해가 있는 모양인데 말이야. 내가 진짜 돈 받으려고 그랬겠나? 그 새끼가 얼마나 뒤가 구린지 알아야 다음으로 넘어가니까 그랬지. 뇌물 주려고 하던 뭔가 있는 거잖아. 그래서 그런 거야. 너 설마 날 돈 먹는 형사 그딴 걸로 생각하는 거 아니지?"

돈 먹는구나. 나는 감을 잡고 고개를 흔들며 말했다.

"아닙니다."

백 형사는 못마땅한 표정으로 날 노려보다 불쑥 물었다.

"그래서 그놈 이름이 뭐라고?"

"김재원이요."

"사람 때리다 체포된 경력이 있고? 한신포차 근처 편의점에서 목격한 사람이 있다?"

"예."

"목격자가 누군지는 가르쳐줄 수 없고?"

"예. 익명으로 신고한 걸로 해줬으면 한대요."

"보나마나 뒤가 구린 놈이겠군."

나는 항의하려다 그만두었다. 백 형사는 손가락으로 책상을 툭툭 두들기다 입을 열었다.

"내가 경고했지. 엉뚱한 수작 부리지 말고 집에 가서 공부나 하라고. 너 집 나갔다고 아버지가 전화했었어. 네깟 놈이야 어디서 뭘 하든 나랑 상관없으니까 무시했지만. 전화 통화로 오 분이나 낭비했어, 무려 오 분. 사람 바빠 죽겠는데 쓸데없는 일로 귀찮게 할래?"

"죄송합니다."

"죄송하면 똑바로 해."

백 형사는 의자를 뒤로 젖힌 채 짜증 섞인 눈으로 날 바라보았다. 하지만 빨리 꺼지라는 말이 없는 걸로 보아 내가 하는 얘기에 아예 관심이 없진 않은 모양이다. 언론에선 매일같이 두들겨대는데 범인 근처에도 못 가봤으니 속이 타들어갈 것이다. 이런 때 새로운 단서를 던져줬으니 무시하지 못할 거란 확신이 들었다.

아니나 다를까, 백 형사가 말했다.

"찾았는데 엉뚱한 놈이면 너 죽는다."

"알았어요 알았어."

"니 뒤에 있는 놈도 죽일 거야."

내 뒤에 서 있던 동철이 바짝 얼어서 고개를 끄떡였다. 녀석은 아직 백 형사에 대한 공포를 극복하지 못했다. 의자에 앉지 않고 멀찌감치 떨어져 있는 것만 봐도 알 수 있다. 나는 등 뒤로 팔을 내밀어 녀석의 손을 잡았다.

"같이 죽고 같이 사는 거죠."

백 형사는 어이없다는 듯 고개를 흔들며 중얼거렸다.

"한심한 놈들……."

안나의 집에서 나왔을 때만 해도 어디로 가야 할지 알지 못했다. 안나에게는 경찰한테 단서 주고 집에 가겠다고 말했지만 막상 길을 나서자 왠지 그러고 싶지 않았다.

정구냐. 안나냐.

이상하게도 선택이 자꾸 그쪽으로 넘어갔다. 이유가 뭘까. 안나에게 약한 모습을 보이고 싶지 않아서? 아니면 남의 말을 듣기 싫어하는 내 천성 탓일까? 고민에 고민을 거듭했지만 결론을 내릴 수가 없었다. 그러나가 동철의 선화를 받았다. 너석은 다시 한 번 이층에서 뛰어내려 집을 나왔다고 했다. 유난스럽던 동철이 엄마의 극성도 이번에는 먹히지 않은 모양이다.

그때 마음을 정했다. 동철과 함께 경찰서에 가기로. 가서 백 형사에게 단서를 전하고 범인 잡는 걸 지켜보겠다. 그러지 않으면 동철에게 안 좋은 일이 생길지도 모르겠다는 생각이 들어서다. 녀석은 나와 달라 한번 발동이 걸리면 끝나기 전에는 절대 물러서지 않았다.

어쩌면 동철은 핑계에 불과한지도 모른다. 내 결정을 나 자신에게 납득시키기 위해 만들어낸 핑계. 그래도 상관은 없다. 내가 어느 쪽을 원하는지 확신하게 알게 된 셈이니까. 나는 살인범이 체포되는 걸 직접 보고 싶었디. 그러지 않으면 지금까지 한 일이 아무 의미도 없는 것처럼 느껴졌다.

백 형사는 전과자 데이터베이스로 들어가 김재원이라는 이름으로 검색을 시작했다. 우리는 백 형사의 등 뒤에 서서 화면에 뜨는 인물들을 살폈다. 간혹 특징 없이 멀쩡한 얼굴도 보였지만 대부분은 외모부터가 살벌하기 짝이 없었다. 이래서 서른 넘으면 자기 얼굴에 책임져야 한다는 말을 하는구나. 나는 볼을 쓰다듬으며 아직은 괜찮다는 생각을 했다.

백 형사가 키보드를 두들겼다.

"나이는 서른일곱에서 여덟. 작년 봄 출소라."

조건이 여러 개 붙으니 검색이 어렵지 않았다. 모니터 위에 금세 놈의 얼굴이 떴다. 평범한 인상의 남자였지만 두 줄의 굵은 주름이 코를 지나 입가에 닿아 있었다. 턱수염은 없었고 살짝 벌린 입술 사이로 벌어진 앞니가 보였다.

"이놈 맞아?"

"맞는 것 같은데요. 문신은요?"

"잠깐만 기다려봐."

백 형사는 그의 전과 기록을 확인했다.

"전과 3범. 셋 다 폭력 전과고. 가장 최근에 감옥에 갔다 온 게…… 삼성동 최강안마에서 사람을 때렸군. 아이구, 때린 게 아니라 아예 박살을 냈네. 한쪽 눈 실명에 광대뼈 함몰, 갈비뼈까지 부러뜨렸네? 안 죽인 게 용하다."

시의원인가 도의원을 때려 과하게 처벌받은 게 아닌 모양이다. 그냥 미친놈이다. 이런 놈과 싸우고 뇌진탕 정도로 끝난 걸 하늘에 감사해야겠다. 그때 백 형사가 휘파람을 불며 말했다.

"야. 이거 봐라. 특이사항. 손등에 나비 문신."

▶▶

　우리는 백 형사와 함께 나비 문신이 산다는 논현동으로 이동했다. 백 형사는 가는 내내 툴툴거리며 협박을 늘어놓았다.

　"내가 사흘째 집에 못 들어갔어. 지금 들어가서 좀 자야 되는데 니들 땜에 거기 가보는 거야. 피 같은 시간 써가면서 니들 하자는 대로 하는데 별거 없으면 너희들 야산에 파묻어버릴 줄 알아. 특히 너 유동철, 이 또라이 새끼야. 너네 엄마가 경찰서에 몇 번을 전화했는지 알아? 아들이 납치당했는데 왜 수사 시작 안 하느냐고 십 분에 한 번씩 전화하는데 아주 미치는 줄 알았어. 그런데 아침부터 말쩡한 얼굴로 경찰서를 찾아와? 너 인마, 옛날 같았으면 죽도록 맞고 사무실 구석에서 무릎 꿇고 손들고 있었어."

　백 형사는 가는 내내 말을 멈추지 않았다. 이후로는 우릴 파묻기 전에 어떻게 고통을 줄지 알려줬고, 우릴 묻은 다음에는 완전범죄를 위해 어떻게 알리바이를 조작할지에 대해 설명했다. 디테일이 너무 좋아서 나는 백 형사가 평소 살인에 대한 욕망을 품고 있는 게 아닐까 의심스러웠다.

　동철이 가만히 듣고 있다가 조심스럽게 물었다.

　"저기, 형사님."

　"왜?"

　"정말 피 묻는 건 아니죠? 그냥 해보시는 말씀이죠?"

　백 형사는 백미러로 동철을 째려보며 말했다.

　"성민아. 저 새끼 입 좀 다물게 해라, 짜증나니까."

"동철아. 쉿, 그만해."

동철은 목소리를 죽여 물었다.

"그러니까 안 파묻겠다는 거 맞지?"

주소지 확인 결과 김재원은 목격된 장소에서 멀리 떨어지지 않은 다세대주택 삼층에서 친구와 사는 걸로 되어 있었다. 당연히 주소불명 혹은 시골의 부모님 댁 정도로 등록이 되어 있을 줄 알았는데 그게 아니라서 백 형사도 은근히 기대를 품고 있었다. 그러니까 무거운 몸 이끌고 거기까지 행차하시는 거지 우릴 위해서 가는 게 절대 아니다.

"여기네."

백 형사는 건물 앞에 붙은 주소를 보며 중얼거렸다. 낡은 건물이었다. 현관 옆에 플라스틱으로 된 음식물쓰레기 수거통이 놓여 있었는데, 어딘가 틈이 있는지 바닥에 썩은 국물이 고여 있었다. 파리들이 정신없이 날아다니고 지독한 냄새가 코를 찔렀다. 벽에 분리수거일 꼭 지켜달라는 메모가 붙어 있었지만 분위기로 보아 아무도 신경 쓰지 않는 모양이었다. 일층에는 산지직송 복어탕집이 있었지만 오래전에 문을 닫은 듯 굳게 닫힌 셔터 위로 먼지가 잔뜩 쌓여 있었다.

계단을 따라 삼층으로 올라갔다. 재원의 집 앞에는 가죽이 뜯겨나간 소파와 라디오 그리고 철제 캐비닛이 놓여 있었다. 김 형사는 라디오를 툭툭 건드려보며 중얼거렸다.

"이 새끼는 집에 쓰레기를 모으나?"

"수상한데요."

백 형사는 찜찜한 얼굴로 고개를 흔들었다.

"내가 미쳤지. 이딴 새끼들 말을 믿고 여기까지 왔으니. 김재원한테 뭐라고 하나? 너 강도 맞지? 그럴 수도 없고."

"제 얼굴 보면 바로 도망칠 거예요."

백 형사가 인상을 쓰다가 갑자기 내게 손짓했다. 한 대 쥐어박으려는 줄 알았는데 가까이 다가가더니 목소리를 낮춰 말했다.

"이번 일 끝나면 바로 집에 들어가라. 부모님 속 그만 썩이고 더 이상 엉뚱한 짓 하지 마. 알겠냐?"

"알았어요."

그 말을 들으니 백 형사의 속마음을 알 것 같았다. 그는 김재원이 범인이라고 믿지 않았다. 우리를 단념시키기 위해 이곳에 온 것이다. 어쩐지. 우리가 따라가겠다고 했을 때 너무 선선히 받아준다 했다. 그래도 착한 구석이 있긴 하네, 돈을 밝혀서 그렇지. 나는 우리가 제대로 찾아왔다는 확신이 있었다. 안나가 알려준 정보니까. 놈의 얼굴을 내가 봤으니까.

백 형사가 벨을 눌렀다.

"계세요."

나는 품속에 손을 넣었다. 백 형사를 만나기 전 체육사에 들러 구입한 비장의 무기가 거기 있었다. 나비 문신이 저항할 때를 대비한 물건이다. 바짝 긴장한 채 문을 쳐다보고 있는데 동철이 갑자기 캐비닛을 열고 안을 살폈다. 거기에는 신문지며 잡지 등의 폐품들이 잔뜩 쌓여 있었다. 백 형사가 투덜거렸다

"지 새낀 뭐히는 거냐? 좀 말려라. 아, 나 정말 쟤는 묻어버리고 싶네."

나는 동철을 잡아당겼다.

“야. 뭐해? 그만해.”

백 형사가 다시 한번 벨을 눌렀다.

“그런데 이 새끼들은 왜 안 나와? 아무도 안 사나?”

그때 동철이 뭔가를 들고 돌아섰다. 녀석의 얼굴이 딱딱하게 굳어 있었다.

“성민아. 이것 좀 봐.”

녀석의 손에는 출장안마 전단지가 들려 있었다. 녀석을 밀치고 캐비닛을 살폈다. 신문지 사이로 전단지가 수백 장 쌓여 있었다. 나는 백 형사를 돌아보며 외쳤다.

“우리가 전화했던 그 전단지예요! 그놈들 맞아요!”

“나도 아니까 조용히 해 인마.”

그는 핸드폰을 꺼냈다. 지원을 요청할 생각이었던 모양인데, 그때 안에서 사람 목소리가 들렸다.

“누구세요?”

백 형사는 핸드폰을 주머니에 집어넣고 큰 소리로 외쳤다.

“아, 예. 도시가스 안전점검 나왔는데요.”

잠시 침묵이 흘렀다. 그러다 다시 목소리가 들렸다.

“지금 바쁜데 나중에 오면 안 돼요?”

“벌써 세 번째 오는 건데 오늘까지 점검 안 받으시면 가스 끊깁니다.”

“잠깐만요.”

자물쇠 풀리는 소리가 들렸다. 백 형사는 권총을 뽑아 쥐고 우리에게 물러서라고 손짓했다. 그래도 잊지 않고 총은 가져왔네. 동철이 두리번대다 캐비닛을 받치고 있던 빨간색 벽돌을 집어들었다. 그때 여드름 구멍이 송송 뚫린 애송이가 문을 열고 얼굴을 내밀었다.

"빨리……."

백 형사는 남자를 걷어차고 안으로 뛰어들었다. 그는 총을 겨누며 소리쳤다.

"경찰이다!"

거실에선 곱슬머리에 곱상하게 생긴 녀석이 텔레비전을 보고 있었다. 녀석은 백 형사를 보자마자 벌떡 일어섰지만 백 형사가 머리에 총을 들이대자 손을 쳐들고 도로 의자에 앉았다.

"엎드려! 이 자식아! 다른 놈은 어디 있어?"

"저 안에 돈 있어요. 다 가져가세요. 목숨만 살려주세요."

"엎드려! 새끼야! 경찰이라고!"

백 형사가 버럭 소리를 질렀다. 현관에 쓰러져 있던 여드름쟁이 애송이가 일어서려고 버둥거렸다. 나는 녀석의 머리를 힘껏 걷어찼다. 여드름쟁이는 머리가 휙 돌아가 축 늘어졌다. 이 자식아! 맛이 어떠냐! 나는 잔뜩 흥분해 거실 안쪽으로 뛰어들었다. 백 형사는 여전히 곱슬머리의 머리에 총을 댄 채 악을 썼다.

"잔소리 말고 엎드리라니까! 이 새끼야!"

"돈 가져가세요! 전 아무것도 몰라요!"

곱슬머리는 끝까지 엎드리지 않고 마주 소리를 질렀다. 아주 멍청한 놈이든가 진짜로 독한 놈이든가 둘 중 하나다. 백 형사가 더 참지 않고 곱슬머리의 팔을 꺾어 바닥에 머리를 박게 했다.

"야! 니들은 나가 있어! 여기서 뭐해? 위험하게. 니들이 다치면 내가 책임져야 돼!"

백 형사는 곱슬머리의 팔에 수갑을 채우며 우리에게 손을 내저었다. 나는 품속의 무기를 꽉 잡은 채 말했다.

"아직 한 명 더 있어요. 제일 중요한 놈이……."

그때 안방 문이 열리더니 누군가 튀어나왔다. 놈은 야구배트로 백 형사의 머리를 후려갈겼다. 백 형사가 반항 한 번 못하고 고꾸라졌다. 남자는 야구배트로 몇 번이고 백 형사를 내리쳤다. 인정이라곤 눈곱만큼도 없는 공격이었다. 우두둑. 뼈가 부러지는 소리가 들렸다. 나와 동철은 너무 놀라 움직이지 못하고 녀석을 지켜보기만 했다.

남자가 문득 내게 시선을 주고는 고개를 갸웃했다. 지저분한 턱수염은 여전했다. 여기저기 백 형사의 피가 튀어 있었다. 그는 손바닥으로 얼굴에 묻은 피를 닦아내며 말했다.

"너 어디서 본 놈 같다?"

남자의 손등에 나비 문신이 보였다. 다리가 뻣뻣하게 굳어 움직일 수 없었다. 놈을 보는 순간부터 고양이 앞의 쥐처럼 겁에 질렸다. 김재원의 얼굴을 똑바로 보며 나는 한 가지 사실을 깨달았다. 그랑프리 모텔. 거기 찍혔던 남자, 김재원이 맞다. 거기까지 제대로 찾아갔던 것이다.

김재원은 더 묻지 않고 성큼성큼 내게 걸어와 배트를 휘둘렀다. 배트가 날아오는 걸 보면서도 움직이지 못했다. 마치 슬로우 버튼을 누른 것처럼 세상 전체가 느리게 보였다. 머리가 깨지는 상상에 부르르 몸을 떨었다.

"으아아아아!"

동철이 괴성을 지르며 김재원의 얼굴에 벽돌을 던졌다. 놈이

비틀거렸다. 배트가 내 얼굴을 스쳐 지나갔다. 그제야 번쩍 정신이 났다. 김재원은 얼굴을 부여잡은 채 사방팔방으로 배트를 휘둘렀다. 테이블이며 텔레비전, 선반 등이 산산이 부서졌다.

나는 품속에서 5킬로짜리 바벨을 꺼냈다. 놈과 싸우려고 가져온 건데 막상 얼굴을 보니 겁이 나서 움직이지 못했다. 정작 우릴 구한 건 동철이었다. 하지만 아직 안 끝났다. 나는 두 손으로 바벨을 잡고 나비 문신을 향해 힘껏 던졌다. 커다란 쇠뭉치가 호선을 그리며 날아갔다. 나는 조마조마해졌다. 저걸 맞으면 죽는다. 놈이 죽으면 난 통쾌해질까. 아니면 또다른 죄책감에 시달리게 될까.

다행인지 불행인지 모르겠지만 바벨은 재원의 어깨를 스쳐 방문에 구멍을 뚫고 사라졌다. 재원이 배트 휘두르기를 멈추고 날 노려보았다. 피가 철철 흘러내리는 이마 밑으로 증오로 활활 타오르는 벌건 눈이 보였다.

당장 느껴야 할 감정은 공포였지만 그보다는 화가 났다. 아니 저 새끼가 나한테 열 받을 일이 뭐가 있다고? 난 아직 한 대도 못 때렸는데? 하지만 그가 배트를 고쳐 잡고 성큼성큼 걸어오기 시작했을 때 나는 오싹 소름이 끼쳤다.

등 뒤에서 동철의 목소리가 들렸다.

"성민아! 튀어!"

다리가 움직이면 튀지, 병신아. 나는 마음속으로 대답했다. 너나 도망가. 빨리!

그때 백 형사가 소리쳤다.

"무기 내려놔."

김재원은 걸음을 멈추고 백 형사를 돌아보았다. 소파에 몸을 기댄 채 백 형사가 총을 쳐들고 있었다. 머리에서 줄줄 피가 흘러내렸지만 개의치 않는 얼굴이었다. 그는 침착하게 총을 까딱이며 말했다.

"금방 지원팀 들이닥칠 거다. 그러니까 항복해."

재원이 배트를 집어던졌다. 배트는 백 형사를 향해 팔랑개비처럼 날아갔다. 백 형사가 반사적으로 팔을 쳐든 순간 재원이 문을 향해 뛰었다. 백 형사가 다시 총을 겨눴을 땐 너무 늦었다. 놈은 이미 사라지고 없었다.

나는 백 형사가 총을 겨누는 걸 봤을 때부터 바닥에 납작 엎드려 있었다. 동철도 어느새 엎드려 덜덜 떨고 있었다. 재원이 사라지자 살짝 고개를 들었다. 백 형사는 총을 바닥에 떨어뜨린 채 부들부들 떨리는 손으로 주머니에서 핸드폰을 꺼내고 있었다. 숨을 몰아쉬는 것으로 보아 조금 전의 침착한 말투는 허세고 실제로는 방아쇠 당길 힘도 없었던 모양이다.

"백 형사님, 괜찮으세요?"

"어. 괜찮아. 경찰에 신고 좀 해줘라."

백 형사는 핸드폰을 꺼내려다 포기하고 손을 축 늘어뜨렸다. 나는 화장실로 들어가 수건을 들고 나왔다. 곱슬머리가 등 뒤로 묶인 수갑을 다리 사이로 빼려고 몸을 뒤틀며 용쓰고 있었다. 녀석의 옆구리를 한 대 걷어찬 후 백 형사에게 가 상처를 수건으로 둘둘 감아주었다.

"꽉 잡고 계세요. 피 계속 나니까."

평소 백 형사라면 뭐라고 투덜댔겠지만 지금은 너무 힘들어

선지 고개만 끄떡일 뿐 아무 말도 하지 못했다. 주춤주춤 동철이 우리 옆으로 다가왔다. 다행히 녀석은 다친 곳이 없어 보였다. 동철에게 말했다.

"경찰에 신고하고 119 불러. 저 새끼들 도망 못 치게 감시하고. 움직이려고 하면 저기 저 야구배트로 때려라."

"너, 넌?"

"김재원 잡아야지."

백 형사가 무슨 기운이 났는지 버럭 소리를 질렀다.

"그만둬 이 새끼야! 남은 건 경찰한테 맡겨!"

무시하고 밖으로 튀어나갔다. 벌써 도망쳤을 김재원을 어떻게 추적할지 걱정했는데 그럴 필요 없었다. 길바닥에 섬섬이 핏방울이 떨어져 있었다. 나는 핏자국을 따라 달리기만 하면 됐다. 택배 트럭 한 대가 내 앞을 스쳐 지나갔다. 바닥만 보고 걷다 차에 부딪칠 뻔했다. 유리창이 열리고 기사가 고함을 질렀다.

미용실 앞 골목에서 핏자국이 끊겼다. 옆을 돌아보니 미용사가 넘어진 빨랫대를 도로 세우며 욕설을 내뱉고 있었다.

"방금 피 흘리던 남자 어디로 갔어요?"

미용사가 골목을 가리켰다.

"수건 훔쳐가지고 저리로 가더라. 그 새끼 딴 데서도 뭐 훔쳤니?"

한낮에도 어두컴컴한 골목을 지나 큰길로 나왔다. 재원은 전봇대에 기대선 채 피가 뚝뚝 떨어지는 이마를 수건으로 누르고 있었다. 놈은 날 보고 멈칫하더니 돌아서서 뛰기 시작했다. 젖먹던 힘을 다해 놈을 쫓았다.

처음에는 맹렬하게 달렸지만 삼 분이 넘어가자 속도가 느려지기 시작했다. 조금씩 다리에 힘이 풀렸고 심장이 터질 듯이 아팠다. 빌어먹을 담배, 다시 피우는 게 아니었다. 좀처럼 거리가 좁혀지지 않았다. 피를 뚝뚝 흘리면서도 놈은 잘도 뛰었다. 한낮의 여름 태양이 머리 위에 작열했다. 직사광선이 눈을 찌를 때마다 세상이 하얗게 보이다가 다시 제 빛깔을 찾았다. 현기증 때문이다. 신발에 땀이 차서 발을 내디딜 때마다 찔꺽쩔꺽 소리를 냈다.

오르막길이었다. 더 이상은 때려 죽여도 못 뛰겠다. 이젠 심장뿐만 아니라 온몸의 뼈가 전부 달그락거렸다. 막 포기하려 할 때 녀석의 동작이 느려졌다. 재원은 언덕 중간쯤 서서 날 돌아보았다. 숨을 몰아쉴 때마다 어깨가 들썩거렸다. 돌바닥 위로 피와 땀이 섞인 액체가 뚝뚝 떨어졌다.

너도 지쳤구나. 그렇다면 나도 포기 못하지.

다시 힘을 내서 달리기 시작했다. 놈도 다시 뛰었다. 우리는 그로기 상태의 복서처럼 비틀거리면서도 계속 달렸다. 머리 위로 뜨거운 햇볕이 쏟아졌다. 이마를 타고 땀방울이 쉬지 않고 떨어졌다. 아무 소리도 들리지 않았다. 하지만 멈추지는 않았다.

녀석도 내가 질긴 놈이란 사실을 알아차린 모양이었다. 이대로 달려서는 결판이 안 날 거라는 사실도. 그는 놀이터에서 걸음을 멈췄다. 텅 빈 미끄럼틀과 모래사장엔 아이들은 한 명도 보이지 않았다. 놈이 이리 오라고 손을 까딱이는 걸 보자 가슴이 서늘해졌다. 나는 재원을 노려보다 슬쩍 뒤를 돌아보았다. 차가 쌩쌩 지나가는 차도가 보였다. 저쪽으로 가면 자유다. 더 싸울 이유가 없다. 김재원은 경찰에 수배될 것이고 며칠 내로 체포될 것이다. 이 정도 했으면 정구에 대한 의리도 충분히 지킨 셈이다.

"안 쫓아올 거면 꺼져라."

재원이 손을 내저으며 말했다. 그 말에 나는 마음을 정하고 재원을 향해 걸어갔다. 한 걸음, 한 걸음, 천천히 다가가며 손발의 신경말단까지 피와 산소가 흘러들어가도록 숨을 크게 들이마셨다. 재원은 쥐고 있던 수건을 바닥에 던졌다. 우리는 3미터쯤 떨어진 채 서로를 마주보고 섰다.

나는 말했다.

"경찰서 가사."

"어린놈의 새끼가 불쌍해 보여서 살려줬더니 세상 무서운 걸 모르네. 조금만 기다려라. 내가 지금 알려줄 테니까."

녀석이 슬그머니 손을 내렸다. 철컥. 얇은 잭나이프가 불쑥 튀어나왔다. 가슴이 서늘해졌다. 빌어먹을. 그냥 도망갈걸. 당장 돌아서서 뛰고 싶었지만 꾹 참고 마음속으로 되뇌었다.

괜찮아. 나한테는 총이 있어.

주머니 속의 핸드폰은 쉬지 않고 울렸다. 아마 백 형사가 전화하는 것이리라. 나는 옆구리에 끼고 있던 권총을 꺼냈다. 백 형사의 총이다. 상처에 수건을 감아주는 척하며 몰래 집어가지고 왔다. 총은 땀으로 흠건했다. 젖어도 자동은 하겠지? 나는 재원의 머리통에 총을 겨누고 있는 힘을 다해 외쳤다.

"그거 버리고 무릎 꿇어!"

재원은 처음엔 놀란 표정이었지만 곧 미소를 지었다.

"아까 그 형사 새끼 거 훔쳐왔구나. 이거 아주 꼴통이네."

"잔말 말고 무릎 꿇어!"

"나 여기 있는 건 어떤 새끼가 알려줬냐? 어떤 배신자 새긴지 모르겠네. 넌 왜 같이 왔냐?"

재원은 칼등으로 허벅지를 톡톡 치며 천천히 내게 다가왔다. 총에 대한 공포는 전혀 없어 보였다. 나는 재원의 가슴을 겨눈 채 다시 말했다.

"진짜 쏜다니까. 나 거짓말 안 해."

"한번 해봐. 근데 경찰 총은 세 발째부터 실탄인 거 알고는 있냐? 첫 발은 비었고 두 번째는 공포탄."

당연히 몰랐지 새끼야. 재원은 이미 2미터 정도 앞에 서 있었다. 놀라 방아쇠를 당겼다. 틱! 방아쇠가 빈 공실을 때렸다. 재원은 움찔 몸을 떨다가 총알이 날아오지 않았음을 알고 내게 달려들어 칼을 휘둘렀다. 진짜 총알 없잖아. 겁에 질려 두 팔로 얼굴과 가슴을 가렸다. 총신에 잭나이프가 걸린 건 그야말로 우연이었다.

재원은 짧게 욕설을 내뱉으며 어깨로 내 가슴을 밀쳤다. 나는 엉덩방아를 찧으면서 반사적으로 방아쇠를 당겼다. 탕! 겨냥도 하지 않고 쏜 총이었는데 운 좋게 재원의 발등에 맞았다. 공포탄이라도 충격이 아예 없는 것은 아니었다. 신발끈이 후드득 끊어지며 피가 배어 나왔다. 재원이 찢어지는 비명을 질렀다. 다시 방아쇠를 당기려는 순간 재원이 발길질을 날렸다. 총이 호선을 그리며 날아갔다.

이제는 총도 배짱도 남아 있지 않았다. 나는 바닥의 모래를 한 움큼 집어 재원의 얼굴에 뿌리고 돌아서 뛰었다. 이번에는 쫓는 사람과 쫓기는 사람이 바뀌었다. 아가씨 몇 명이 맞은편에서 걸어오다 우릴 보고 비명을 질렀다. 나 때문에 저러는 걸까 아니면 김재원 때문일까. 슬쩍 뒤를 돌아보니 재원은 다리를 쩔뚝거리며 뛰어오고 있었다. 한 손에는 여전히 칼을 들었고 이마에선 피가 뚝뚝 떨어졌지만 발걸음은 멈추지 않았다. 생각보다 거리가 가까웠다. 나는 다시 앞을 보고 죽어라 달렸다. 입 안엔 모래가 꺼끌꺼끌하고 폐가 터질 것만 같았지만 걸음을 멈출 순 없었다.

멀리서 사이렌 소리가 들렸다. 큰길 쪽에서 경찰차가 나타났다. 이제 실렸구나. 그야말로 지옥에서 부처를 만난 기분이었다. 경찰차를 향해 손을 흔들며 소리쳤다.

"여기요!"

차에서 경찰들이 내렸다. 무전기 소리가 들렸다. 나는 걸음을 멈추고 재원을 돌아보았다. 놈의 얼굴이 일그러졌다. 그는 나를 노려보면서 주춤주춤 뒤로 물러서다 몸을 틀어 달아나려 했다.

하지만 반대쪽에서도 경찰차가 나타났다. 더 이상 도망칠 곳이 없었다. 재원은 칼을 휘두르며 저항했지만 얼마 버티지 못했다. 형사 한 명이 태클로 놈을 넘어뜨리자 나머지 경찰이 우르르 달려들어 팔을 꺾고 머리를 눌렀다. 누군가 재원의 팔에 수갑을 채웠다.

내 힘으로 정구를 죽인 놈을 잡았다. 내가 아무 짝에도 쓸모없는 인간이 아님을, 내 능력으로 할 수 있는 일이 있음을 증명

한 셈이다. 그런데 이렇게 허탈한 이유는 뭐지? 그냥 주저앉아 쉬고 싶기만 했다. 경찰들은 양쪽에서 재원의 팔짱을 끼고 차로 데려갔다. 나는 정신을 차리고 놈을 따라가 가장 궁금했던 걸 물었다.

"정구 왜 죽였어?"

재원은 무표정한 얼굴로 자신을 이끄는 경찰들을 쳐다볼 뿐 대답하지 않았다.

"왜 정구를 죽였냐고! 나랑 동철이는 살려주고 왜 정구만!"

아무리 소리를 질러도 재원은 묵묵부답이었다. 멱살을 잡으려 달려드는 나를 다른 경찰들이 막았다. 나는 경찰들에게 잡힌 채로 소리쳤다.

"여자는 어디 있어?"

그제야 놈은 귀찮은 표정으로 날 힐끔거렸다. 하지만 금세 고개를 돌리고 앞을 보며 걸었다. 끝까지 한마디도 하지 않았다. 형사들은 재원을 백차에 태웠다. 짧은 머리에 회색 반팔 티를 입은 남자가 내 앞을 막아서며 말했다.

"네가 최성민 맞지? 백 형사님이 너 꼭 데려오라더라."

그는 내게 헤드락을 걸고는 조그맣게 속삭였다.

"야, 이 새끼야. 총은 어떻게 했어?"

▶▶

"움직이면 안 됩니다. 눈 감으셔도 되고요."

의사가 수술 집게와 봉합용 실을 집어들며 말했다. 투명한 비닐장갑을 낀 의사의 손에서는 소독약 냄새가 났다. 나는 눈을 감았다. 의사는 능숙한 솜씨로 찢어진 내 눈썹 위를 꿰맸다. 바늘이 피부를 뚫고 들어올 때마다 나는 주먹을 꽉 쥐며 통증을 참았다. 솔직히 언제 다쳤는지도 모르겠다. 워낙 정신이 없고 흥분한 상태라 통증을 느끼지 못했던 모양이다. 권총을 찾자 형사는 다짜고짜 날 끌고 병원으로 왔다. 응급실에 들어와서야 머리가 찢어졌다는 사실을 알았다.

치료가 끝난 뒤 침대에 누운 채 깜빡 졸았던 모양이다. 덜컹. 이동 침대가 고르지 못한 바닥을 굴러가는 소리에 눈을 떴다. 하얀 벽과 천장이 보였고 간호사들이 바쁘게 움직이는 것이 보였다. 어느새 의사는 사라시고 없었다. 환사 중 누군가를 찾는 안내 방송이 들렸다. 머리가 띵하고 세상이 흐릿하게 보였다. 손으로 형광등 불빛을 가린 채 누워 있는데 누군가 팔을 잡고 흔들었다. 간호사였다.

"학생, 괜찮아요?"

"아, 예."

나는 침대에서 일어섰다. 온몸이 땀투성이였고 티셔츠 여기저기 핏자국이 묻어 있었다. 일부는 백 형사의 피고, 일부는 김재원의 피다. 아마 내 피도 섞여 있을 것이다. 나는 비틀비틀 응급실을 나왔다. 세상은 점점 선명해졌지만 이상하게도 몽롱했다. 미치 나 자신이 유령이 된 것처럼 느껴졌다. 쓸쓸하고 괴롭다. 이상힌 일이디. 정구 죽인 놈을 내 힘으로 잡았는데 애 이럴까? 병원을 빠져나가려는데 귀에 익은 목소리가 들렸다.

"성민아!"

복도 저쪽에서 백 형사가 성큼성큼 걸어오고 있었다. 그는 이마부터 정수리까지 붕대를 둘둘 감고 그 위에 그물 같은 것을 뒤집어쓰고 있었고 한쪽 손에는 깁스를 하고 있었다. 백 형사 바로 옆에 동거인, 아니 새아빠가 있었다. 나는 힘없이 웃으며 그들에게 살짝 손을 들어 보였다. 두 사람을 보니 너무 반가웠다. 왠지 눈물이 날 것 같았다.

새아빠가 말했다.

"너 괜찮니? 다친 데 없어?"

"그럭저럭 괜찮아요."

백 형사가 붕대를 감은 내 손을 가리키며 물었다.

"그럼 이건 뭐냐? 폼으로 묶은 거야?"

"백 형사님이야말로 많이 다치신 것 같은데 이런 데 나와 계셔도 돼요?"

일부러 쾌활하게 말했다. 내가 얼마나 지치고 얼마나 약해졌는지 이들에게 들키고 싶지 않았다.

백 형사는 코웃음 쳤다.

"이런 건 다친 것도 아니야. 내가 소싯적에는 옆구리를 여섯 번 찔리고도 술 먹으러 간 사람인데. 이건 그냥 침 발라도 나아. 문제는 너지. 이 미친 새끼야."

"저요? 저도 시간 지나면 나아요."

"그게 아니라 이 사태를 어떻게 해결할 거냐고! 네가 얼마나 큰 사고를 친 줄 알아? 내가 가만히 있으라고 했지! 지금 밖엔 난리도 아니야. 고등학생이 살인범이랑 추격전을 벌이고! 상부에서 하도 지랄을 해서 내가 지금 누워 있지도 못하고 여기까지 온 거 아냐."

"말씀이 지나치신 거 아닙니까?"

느닷없이 새아빠가 얼음장처럼 차가운 목소리로 끼어들었다. 나는 놀란 눈으로 새아빠를 쳐다보았다. 내 편을 들고 있음에도 내가 더 놀랍다. 저 아저씨 왜 갑자기 목소리를 깔고 저래. 백 형사도 새아빠의 드라마틱한 변화에 당황했는지 눈을 동그랗게 뜬 채 아무 말도 못했다. 새아빠는 백 형사를 쳐다보며 한마디 한마디 또박또박 말했다.

"성민이 덕분에 범인 잡은 거 아닙니까. 표창을 줘도 시원치 않을 판에 그런 말씀하시면 안 되죠. 그쪽에서 범인 잡는 데 고등학생 데려간 일이 오히려 잘못 같은데요. 안 그렇습니까?"

백 형사가 말을 더듬었다.

"아니 나쁜 뜻이 있어서 한 말은 아니고요……."

"성민이, 일단 집으로 데려가겠습니다."

새아빠는 내 팔을 잡아 자기 뒤로 끌어당겼다. 내 가슴팍에 머리가 닿을 만큼 작은 사람인데 이상하게도 오늘따라 몹시 커보였다. 항상 기세등등하던 백 형사가 오히려 조그맣게 변해 사정하듯 말했다.

"아니, 선생님, 아직 조사가 안 끝났는데요."

"몸이 먼저지 조사가 먼접니까. 조사할 게 있으면 제대로 절차 지켜서 제게 알려주십시오. 제가 성민이 보호자니까요."

새아빠는 날 데리고 병원을 나섰다. 백 형사는 황망한 얼굴로 우릴 쳐다보다 정신을 차리고 내 뒤를 쫓았다.

"잠깐만요, 선생님. 성민이에게 할 말이 있습니다."

"뭔데요? 하세요."

"그냥 개인적인 건데요. 형사가 아니라 남자로서, 일종의 조언 같은 겁니다."

"하세요."

"따로 조용히 얘기하고 싶은데요."

새아빠가 얼굴을 찌푸렸다. 형사가 간절하게 덧붙였다.

"금방 끝날 겁니다. 절대 화내려고 그러는 거 아닙니다."

나는 새아빠에게 괜찮다고 고개를 끄떡였다. 새아빠는 작은 목소리로 말했다.

"이상한 소리 하면 무시해. 알겠지?"

백 형사와 함께 복도 끝으로 갔다. 가까이서 본 그의 얼굴은 무척이나 지쳐 보였다. 머리에 감은 붕대에 피가 배어 있고 입술은 부어터져 있었다. 나도 저런 얼굴일까? 문득 궁금해졌다. 아니면 오래전 면회실에서 봤던 아버지와 더 닮았을까?

백 형사가 말했다.

"조금 전에 내가 한 말, 너무 신경 쓰지 마라. 진심은 아니었으니까."

"아니에요."

"네가 다칠까봐 가만있으라고 한 거야. 우리 일이란 게 꼭 누군가 다치게 되어 있거든. 여러 번 겪을 일이 못 돼. 이번에도 너 진짜 운 좋았던 거야. 상처 덧나지 않게 조심해라. 위에다가는 내가 잘 얘기해놓을게. 몇 번 불려오긴 해야겠지만 크게 문제는 없을 거야."

"예. 그리고 총이요……."

"이 개새끼."

백 형사는 반사적으로 욕을 하다가 말을 멈췄다. 그는 목소리를 죽여 말했다.

"그건 내가 조용히 처리할 테니까 너 어디 가서 그 얘기 꺼내지도 마. 그 새끼가 총 맞아 죽었으면 너랑 나, 둘 다 끝장나는 거였어. 공포탄만 쓰고 끝났으니 다행이지, 실탄이라도 썼으면…… 아휴, 어디 가서 변명도 못해, 자식아."

"죄송해요. 근데 그거 덕분에 살았어요."

"너 쓸데없는 데 네 평생 운 다 쓴 거다. 다시는, 다시는 그런 짓 하지 마 인마. 알겠냐?"

"알았어요. 다시 하라고 해도 안 해요. 무서워서. 근네 동절이는 어떻게 됐어요?"

"아, 그 녀석? 엄마가 데리고 갔다. 개 많이 컸던데? 이젠 엄마가 그 녀석 눈치 보더라. 그러니까 안심하고 집에 가서 쉬어."

백 형사가 이제 가보라는 듯 어깨를 쳤다. 나는 걸음을 옮기다가 그를 돌아보았다.

"김재원이 왜 정구 죽였는지 얘기하던가요?"

"뭐? 정구 죽은 거 사고잖아."

"사고라뇨?"

"내가 얘기 안 했던가?"

나는 간신히 대답했다.

"길식시리고만 하셨는데요."

"그러니까. 양말이랑 테이프로 입을 막아놨는데 정구가 토한 거야. 입안에 뭐가 잔뜩 들어 있으니 토사물이 밖으로 나오지 못하고 목에 걸린 거지. 그래서 죽었어. 정말 운이 없었던 거지.”

“김재원이랑 얘기는 해보셨어요? 출장안마 왔던 여자 못 잡았잖아요.”

“묵비권 행사중이야. 딴 얘기는 다 하는데 여자 얘기만 안 해. 그런 여자가 아예 없었다고 우기네. 이상한 데서 의리가 있는 놈이야.”

▶▶

새아빠는 병원 앞 옷가게에 들러 새 옷을 사주었다. 탈의실에서 옷을 갈아입고 나오자 그는 피 묻은 옷을 쓰레기통에 버리고는 따뜻한 목소리로 말했다.

“이걸로 다 끝난 거야. 고생 많았어.”

갑자기 울음이 쏟아졌다. 참으려 했지만 그동안의 서러움이 복받쳐올라 도무지 참을 수가 없었다. 나는 창피함도 모른 채 새아빠의 어깨에 기대 한참 동안 울었다. 그는 내 어깨를 토닥이며 끝났다는 말을 반복했다. 한결 마음이 편해졌다. 간신히 울음을 그쳤을 때 새아빠가 부드럽게 말했다.

“머리는 괜찮니?”

“예. 지금은 안 아파요.”

“피곤하겠다. 나중에 검사 한번 받기로 하고 일단은 집에 가자.”

갈 곳이 있다는 건 좋은 일이다. 날 믿어주는 사람이 있다는 것도 좋고. 나는 왠지 모를 안도감을 느끼며 고개를 끄떡였다.

.13.
화장

성남영생원에서 정구의 화장이 있었다. 날 반기는 사람이 없을 거란 사실은 알고 있지만 가지 않을 수가 없었다. 대기실은 엄숙한 분위기였고 검은색 정장 차림의 남녀들로 붐볐다. 그중에는 학생 대표로 온 듯 보이는, 정구네 학교 교복을 입은 아이들도 여럿 있었다. 내가 대기실로 들어가자 사람들의 시선이 내게로 쏠렸다. 빈 의자에 앉아 있는데 사람들이 수군대는 소리가 들렸다. 쟤가 바로…… 그 유명한…… 머리의 상처 좀 봐. 쟤가 범인 잡았대요. 그런데 범인을 어떻게 찾았는지 아무도 모른다잖아요. 경찰에서 쟤도 조사해봐야 하는 거 아니에요?

조용히 그들이 하는 말을 듣고 있었다. 이상히게도 화가 나지 않았다. 단지 마음이 무거울 뿐이었다. 나는 사람들의 시선을 피하지 않고 그들을 한 명씩 쭉 살폈다. 대부분 나와 눈이 마주치면 얼굴을 붉히거나 고개를 돌렸다. 정구 아버지만이 내게 가볍게 고개를 끄덕여 보였을 뿐이다. 그럼에도 기분이 나아지진 않았다. 나는 관망실에서 직원들이 정구가 들어 있는 관을 화장로에 집어넣는 걸 지켜보았다. 화장로에 불이 당겨지는 걸 보고 정구 어머니는 울음을 터뜨렸다. 마음이 편치 않았다. 내 손으로 살인범을 잡았지만 여전히 정구와 정구 부모님에게 미안한 마음뿐이었다.

한참 동안 화장로를 쳐다보고 있었다. 이제야 정구가 죽었다는 사실을 실감할 수 있었다. 엄마가 죽었을 때 알았다. 애정은 죽음을 붙잡을 힘이 없고, 어떤 관계도 영원할 수 없다는 걸. 그럼에도 눈물이 나는 건 막을 수 없었다. 정구는 아마도 천국에 갔을 것이다. 동철에게 농담처럼 말했듯 총각으로 죽었기 때문이 아니다. 정구는 내가 아는 한, 일진이든 열등생이든 편견 없이 대해주던 유일한 모범생이었다.

정구가 사라지는 걸 보고 있기 힘들었다. 날 의심하고 미워하는 사람들 사이에서는 더욱더. 나는 잠시라도 맑은 공기를 쐴 생각에 사람들을 헤치고 화장장을 빠져나왔다.

동철은 화장장 앞 벤치에 앉아 음악을 듣고 있었다. 이 자식은 여기서 뭐하는 거야? 얼른 눈물을 닦고 옆자리에 털썩 주저앉았다. 녀석은 이어폰을 귀에서 빼내며 물었다.

"다 끝났나?"

"아직. 거의 끝나가. 언제부터 여기 있었던 거야?"

"아까."

녀석은 잠시 침묵하다가 입을 열었다.

"사람 많은 건 질색이라."

우리는 조용히 하늘을 올려다보았다. 오늘따라 날이 너무 좋았다. 마치 안마를 불렀던 그날처럼. 동철은 불쑥 입을 열었다.

"정구 말이야, 계속 생각나겠지?"

나는 미미하게 고개를 끄떡였다. 새아빠는 시간이 약이라고 말했다. 모든 일은 서서히 잊히기 마련이라고. 나중에는 좋은 추억만 남게 된다고. 엄마 생각도 전만큼 자주 나진 않는다. 엄마를 떠올리면 가슴 한구석이 아파오지만 그래도 처음처럼 힘들지는 않았다. 정구도 항상 기억할 순 없지만 가끔씩 생각나길 바랐다. 행복한 추억이 오랫동안 떠오르길 바랐다.

동철이 불쑥 물었다.

"그 여자는 어떻게 됐을까?"

"모르겠다."

"잡을 수 있을까?"

"글쎄."

녀석의 질문이나 내 대답이나 기운이 없긴 마찬가지였다. 김재원 일당을 일망타진했지만 여자는 아직 잡지 못했다. 김재원은 끝까지 묵비권을 행사했고 다른 두 명의 공범은 피라미라 아무것도 몰랐다. 고등학교를 중퇴하고 집에서 노는 형편없는 양아치들이었는데 재원의 전화를 받고 그때그때 불려나가 작업을 했다고 했다. 여자를 민나는 건 현장에서였을 뿐, 밖에서는 한 번도 보지 못했다는 것이다.

우리가 찾아간 날, 그들은 돈을 나누기 위해 재원의 집에 모여 있었다. 백 형사 말로는 우천이 조금 넘는 현금에 놈들이 팔지 못한 물건 모두를 현장에서 찾아냈다고 했다.

재원의 통화 목록과 통장 거래내역을 조사해봤지만 여자에 대한 단서는 찾지 못했다. 재원은 무식한 외모와 달리 일처리는 깔끔했다. 매번 전문 업자로부터 분실폰을 구입해 작업하고 일이 끝나면 핸드폰을 버렸고, 언제나 현금으로 돈을 분배했다고 했다.

백 형사는 당분간 수사는 계속하겠지만 이 상태로 마무리될 가능성이 높다고 했다. 주범을 잡았으니까 미결사건으로 길게 끌 이유가 없다는 것이다. 그 여자만 없었다면 정구는 죽지 않았을 것이다. 하지만 더 이상 범인을 잡겠다고 나설 마음이 들지 않았다. 목숨을 걸고 싸우는 건 한 번으로 족하다. 그래서인지 재원이 안마 사진을 찍으러 그랑프리 모텔에 갔었다는 이야기도 백 형사에게는 하지 않았다. 거기서부터 또다른 범인을 찾아 나서게 될까봐 두려웠기 때문이다.

그때 화장장 문이 열리고 정구 아버지가 나왔다. 우리는 급히 일어나 인사했다. 정구 아버지는 무척 지쳐 보였다.

"너희들한테 고맙다. 여기 와준 것도 범인을 잡아준 것도. 정구도 고마워할 거야."

갑자기 동철이 울기 시작했다. 눈물은 푸들푸들 떨리는 뺨을 타고 뚝뚝 바닥에 떨어졌다. 동철은 계속 울면서 말을 쏟아냈다.

"정말 죄송해요. 정구가 그렇게 될 거라곤 생각도 못했어요. 제가 괜히 안마 부르자고 해서."

나도 함께 울었다. 그동안 충분히 울었다고 생각했는데. 이제는 안 울겠다고 다짐했는데. 이제는 정구를 담담히 보낼 때라고 생각했음에도 동철이 우는 걸 보자 눈물을 참을 수 없었다. 정구 아버지도 우리를 부여잡고 눈이 벌게지도록 함께 울었다.

화장이 끝났다. 잠시 후 관을 빼냈을 때는 하얀 재만 수북하게 쌓여 있었다. 직원이 빗자루와 쓰레받기를 가져와 재를 상자에 옮겨 담았다.

▶▶

화장이 끝나고 흩어지는 사람들을 보며 이걸로 모두 끝이구나, 생각했다. 슬프기도 하고 홀가분하기도 한 복잡한 마음이었다. 이제는 뒤돌아보지 말고 앞만 보며 가야겠다고 결심했다. 날 믿어준 사람들을 위해서라도 눈앞에 닥친 일에 최선을 다해야지. 지금까지 계속 미루기만 했던 일들도 처리하고. 개학하면 바로 태식이부터 만나서 그동안의 오해를 풀어야겠다.

결심을 굳히는데 전화가 울렸다. 자전거포 아저씨였다. 하여간에 타이밍하고는. 안 받을까 하다가 마음을 고쳐먹었다. 이제 다 끝난 일이다. 미무리를 깔끔하게 해야지. 그래야 내가 경멸하는 자들보다 나은 인간이 되는 셈이다.

"여보세요."

"성민이냐. 나다. 전에 네게 부탁한 거 기억나지? 그 일 때문에 전화했는데."

"죄송해요. 아직 뉴스 못 보셨나봐요. 범인들 잡고 장물이랑 현금 다 회수했는데. 저 때문에 고생하셨을 텐데 정말 죄송해

요. 그래도 아저씨가 경찰 조사 받는 일은 없을 테니 다행이에
요.”

아저씨는 의미심장하게 말했다.

“다 회수하진 못했지.”

“예?”

“그림 말이야. 그건 회수 못했잖니.”

그놈의 그림 어지간히 가지고 싶나보네. 나는 달래듯이 말
했다.

“어디 팔렸나보죠. 제가 못 가져다드려서 죄송한데요, 없는
걸 어떻게 하겠어요.”

“그런 얘기가 아니야. 내가 그 그림 샀다.”

심장이 쿵쿵대며 뛰었다. 끝났다고 생각한 일이 다시 시작되
고 있었다. 이왕 시작했으니 끝을 보란 하늘의 뜻일까.

“잠깐만요.”

나는 전화기를 고쳐 잡고 주위를 살폈다. 다행히 아무도 내
게 관심이 없었다. 동철이 엄마는 학부모로 보이는 다른 조문
객과 뭔가 이야기를 나누고 있었고 동철은 여전히 훌쩍거리며
핸드폰을 들여다보고 있었다. 나는 말했다.

“누구한테 샀는데요?”

“너 왔다 간 다음 날 아침에 어떤 여자가 전화해서 그림 팔
겠다고 하지 뭐냐. 내가 사기로 했다.”

심장박동이 빨라졌다. 여자라고?

“미리 연락 못한 거 미안하다. 그러면 일이 번거로워질 것 같
지 뭐냐. 너도 괜히 이런 일에 끼어봤자 좋을 것 없고. 그런데

어제 뉴스 보니까 범인들 다 잡혔다며?"

"여자 한 명은 못 잡았죠."

"그래. 걔가 나한테 전화한 여자겠지. 아직 거래 전이야. 돈이 여기저기 묶여 있어서 현금을 마련하려면 시간이 걸리거든. 근데 말이야, 잘 알지도 못하는 여자한테 그 큰돈을 줄 필요가 있나 싶지 뭐냐. 그래서 네가 좀 도와줬으면 좋겠다."

"제가 뭘 돕죠?"

"너도 마지막 한 명 잡고 싶을 텐데. 안 그러냐?"

아주 노골적이네. 이제는 내게 가면을 쓸 필요를 못 느끼는 모양이다. 진짜 친구가 됐다고 믿는 걸까. 어쩌면 내가 그쪽 세계에 발을 디뎠다고 생각하는지도 모른다.

"저보다는 밑에 있는 애들 시키시는 게 낫지 않나요?"

"그건 곤란하지. 장물아비가 장물 가로챘다는 소문 퍼지면 장사 엎어야 돼. 거래는 정상적으로 끝내야지. 물건과 돈을 교환한 다음에 벌어지는 일은 내 책임이 아니니까. 그러려면 피해자 중 하나인 네가 나서는 게 제일이지."

"정확히 제가 무얼 해주길 바라시는데요?"

"넌 범인을 잡고, 난 그림을 가지는 거지. 돈은 가짜를 준비할 생각이야. 여자가 가짜 돈인 걸 알기 전에 네가 손을 썼으면 좋겠는데…… 경찰들 데리고 들이닥치든 네 손으로 때려죽이든 그건 마음대로 하고."

"여자가 어디 사는지 아세요?"

"몰라."

"그런데 서너러 어떻게 여자를 잡으라고요? 거래 끝나고 집에 갈 때 미행이라도 해요?”

“아니. 그럴 필요 없어. 네가 아는 여자야.”

“예?”

나는 아저씨의 말뜻을 알아차리지 못하고 반문했다.

“여자가 나한테 전화했다고 했지? 그런데 그 번호, 내가 업무용으로 쓰는 핸드폰이거든. 보안 때문에 한 번 통화하면 바로 버리는 일회용 폰. 그런데 그 번호는 너한테만 알려준 거였어. 내가 신순남 그림에 관심 있는 걸 아는 것도 이상하고. 네가 만난 여자야. 내가 누군지, 내 전화번호가 뭔지 네가 알려준 거지. 이제 누군지 감이 잡히냐?”

“몰라요. 제가 왜 딴 사람한테 그런 걸⋯⋯.”

나는 말을 멈췄다. 번호를 볼 수 있는 사람이 있긴 있다.

안나 누나.

같이 잤던 날, 그녀에게 아저씨에 대한 이야기를 했었다. 그림이 장물로 거래되면 알려주기로 했다고. 신순남 그림을 좋아한다고. 내가 씻으러 간 사이 그녀는 도난품 목록을 보고 있었다. 아저씨의 전화번호도 내 핸드폰만 확인하면 바로 알 수 있었다. 하지만 누나가 왜?

아저씨가 까마귀처럼 웃었다.

“생각나는 사람이 있나보구나.”

대답하지 않았다. 지금 벌어지는 일들이 모두 혼란스럽게만 느껴졌다. 안나 누나가 저지른 짓인 걸 알면서도 그럴 리 없다는 생각이 자꾸 들었다. 뭔가 오해가 있을 거야. 누나가 그럴 리 없어. 날 도와주려고 그랬을 거야. 아니면 누나가 누군가 딴 사람한테 말했든가. 그래. 살인범 잡으려고 여기저기 물어보고 다녔으니까. 그날 아침에 동생도 왔었잖아. 신용불량자 동생이 사고를 친 건지도 모르지. 하지만 신순남 그림이 어디서 났을까?

내 침묵이 길어지자 아저씨는 정색하며 말했다.

"일 잘 끝나면 오백 주마. 그 정도면 너도 섭섭하진 않을 것 같은데. 학생한테 그 정도면 큰돈이지. 거래는 오늘 밤에 하기로 했으니까 내일 아침에 경찰에 알리면……"

더 듣지 않고 전화를 끊었다. 내가 원하는 건 오백만 원도 아니고 아저씨 같은 친구를 두는 것도 아니었다. 내가 알고 싶은 건 진실이다. 그동안 난 안나 누나가 날 진짜 좋아해서 살인범을 잡도록 도왔을 거라 믿었다. 그런 믿음에 보답하기 위해서라도 달라져야 한다고 생각했다. 하지만 누나가 돈 때문에 그런 거였다면? 그럼 난 어떻게 해야 하지?

▶▶

동철의 눈은 퉁퉁 부어 있었다. 정구 아버지를 붙들고 한참을 운 탓이다. 그러면서도 녀석은 누군가에게 열심히 문자를 보내고 있었는데, 날 보고는 다시 슬픈 표정을 지었다.

"정구가 죽은 게 아직 실감이 안 나."

"나도 그래."

나는 급히 대답했다. 하지만 머릿속은 다른 생각으로 복잡했다. 동철이 녀석도 장물아비에 대해 알고 있나는 사실이 생각나서 말을 걸긴 했는데 뭐라고 물어야 할지 모르겠다. 이 바보가 여자 목소리를 흉내 내서 아저씨에게 전화했을 리는 없고. 심지어 앤 여자도 아니다. 하지만 확인해볼 필요가 있다.

"너 그때 만난 자전거포 아저씨 말이야."

그때 동철의 핸드폰이 부르르 떨렸다. 녀석은 엄마가 멀리 있나 확인하더니 전화를 귀에 가져갔다.

"응. 누나. 지금 갈 거야. 약속 안 늦을 테니까 걱정 말고. 응, 알았어. 이따 봐."

평소답지 않게 애교가 담뿍 담긴 말투다. 그런데 무슨 누나? 동철이한테 누나 없는데?

"누구냐?"

동철은 실실 웃으며 대답했다.

"혜진이 누나."

"그게 누군데?"

"그때 거기. 있잖아. 내가 어깨 주물러준 누나."

나는 깜짝 놀랐다.

"설마 빠삐용?"

"그래. 그날 메신저 주소랑 판타지온라인 게임 아이디 교환했거든. 같이 게임했는데 나랑 통하는 데가 있더라. 오늘 휴일이라고 해서 같이 놀기로 했어."

"어디 가기로 했는데?"

"과천 경마장. 거기 공원이 그렇게 넓고 좋대. 입장료도 싸고."

"뭐야? 같이 경마하재?"

"아니. 공원 간다니까. 가서 기분전환하고 그러자고 해서."

"누가 경마장에 공원 보러 가냐? 돈 잃으러 가지."

"혜진이 누난 그런 거 안 해. 도시락 싸온다고 공원에서 같이 밥 먹자고 그랬어. 밥 다 먹으면 달리는 말 데생할 거고. 손님 중에 추첨해서 당나귀도 태워준대."

혹시 이 자식이 혜진이 누나란 여우한테 홀린 게 아닐까? 그래서 혜진이 자전거포 아저씨한테 전화를 하고?

"너 나랑 했던 얘기, 그 누나한테 말했니? 철우 형 문제며 자전거포 아저씨 이야기 말이야. 정구네서 없어진 물건이 뭔지 그런 거."

"안 한 거 같은데. 아니, 했나?"

동철은 고개를 갸웃거렸다. 나는 동철의 멱살을 잡으며 말했다.

"잘 생각해봐. 얘기했어, 안 했어?"

동철의 얼굴이 붉어졌다. 녀석은 내 손을 처내며 말했다.

"야! 너 왜 그래! 혜진이 누나 나쁜 사람 아니야. 나랑 생각하는 것도 비슷하고 성격도 좋은 사람이야. 그날 봤잖아."

"보긴 뭘 봐. 난 몰라. 그런 사람들한테 제일 중요한 게 뭔지 알아? 돈이야. 돈 앞에선 친구도 애인도 없어."

"그럼 닌?"

동철이 팔짱을 끼며 물었다. 나는 당황했다. 애가 뭘 알고 이러나?

"내가 뭐?"

"너 안나 누나랑 사귄나매. 혜진이 누나가 그리던데. 벌써 소문 쫙 났어."

"안나 누나는 달리."

"뭐가 다른데?"

"그냥 달라. 안나 누나는 진짜 날 좋아하고……."

거기까지 말하다가 그만두었다. 안나 누나는 믿을 수 있을까. 솔직히 잘 모르겠다. 동철이 혀를 끌끌 차며 말했다.

"넌 그 의심병 좀 버려. 사람이 꼭 안 좋은 의도로 접근하고 그러진 않아. 근데 갑자기 왜 그래?"

나는 입을 다물었다. 저쪽에서 동철이 엄마가 손을 흔들며 소리쳤다.

"동철아 뭐하니? 빨리 차에 타. 집에 가자."

새아빠가 이번에는 월차를 내는 데 실패해서 화장장까지 동철이 엄마 차를 타고 왔다. 오는 내내 좌불안석이었다. 지금도 동철이 엄마는 마치 내가 콜레라나 장티푸스라도 되는 듯한 눈빛으로 쳐다보고 있다. 그녀는 동철이 변한 게 내 탓이라 생각하고 있었다.

동철이 엄마를 향해 걸어가며 말했다.

"참, 혜진이 누나 본명이 뭔지 알아? 복남이야. 이복남. 판타지온라인은 친구 등록하면 프로필에 본명이 보이거든. 어제 내가 어찌나 웃었는지 몰라."

나는 피식 웃었다.

"요즘도 그런 이름이 있네."

"안나 누나 진짜 이름도 웃겨. 그 누나는 은조래, 은조."

"그 정도면 뭐, 괜찮지 않나?"

"이름만 들으면 그렇지. 그런데 성이 '육' 씨래."

녀석은 뭐가 그리 재미있는지 배꼽을 잡고 웃었지만 난 그럴

수 없었다. 며칠 전 그랑프리 모텔에서 비슷한 이름을 본 적이
있다.

육은숙.

김재원과 함께 특실로 갔던 여자. 전단지의 사진을 찍은 여
자. 얼굴은 보지 못했지만 숙박인명부에 이름이 남아 있었다.
과연 우연일까? 두 명의 육 씨. 절대 흔한 성이 아니다. 게다가
둘 다 이름에 돌림자처럼 '은'이 들어 있다. 문득 한 가지 사실
이 떠올랐다. 안나의 집에서 잔 다음 날 찾아왔던 그녀의 동
생. 설마 아니겠지. 우연일 거야. 동철이 말마따나 이놈의 의심
병을 버려야 해. 하지만 상상은 악몽처럼 끝없이 이어졌다. 자
전거포 아저씨가 뭐라고 했지? 내가 만난 여자라고…… 만일
안나 누나의 동생이 김재원과 한패라면…… 나는 더 참지 못하
고 걸음을 멈췄다. 동철이 날 돌아보았다.

"왜?"

"난 버스 타고 갈게."

나는 동철이 엄마에게 꾸벅 인사하고 셔틀버스를 향해 달려
갔다. 동철이 어디 가냐고 소리쳤지만 대답하지 않았다. 지금은
집에 갈 때가 아니다. 진실을 알아내야 했다.

▶▶

열 번쯤 신호기 울리고 나서야 안나가 전화를 받았다. 밖인
듯 주위가 시끄러웠다.

"성민이니? 일은 잘 끝났어?"

"누나 오늘 시간 어때요? 만날 수 있어요?"

"지금? 그건 곤란한데. 나 오늘 약속 있어."

"누나 보고 싶은데."

"네가 오늘은 정구 장례식장 가야 된다고 했잖아. 벌써 약속 다 잡았는데 어떻게 갑자기 깨니?"

다른 때라면 억지를 부리지 않았을 것이다. 가급적 어른스럽게 보이려 애썼겠지. 어린 남자애와 사귄다는 기분이 들게 하고 싶진 않으니까. 하지만 지금은 그럴 수 없었다.

"잠깐도 안 돼요?"

"안 돼. 오늘은 내가 바빠서 그래. 중요한 일이 있거든. 내일은 시간 되니까, 내일 보자. 알겠지?"

그녀가 전화를 끊으려 했다. 좀더 통화하고 싶었다. 무슨 말이라도 더 듣고 싶었다.

"잠깐만요!"

"왜?"

"저기…… 동생은 잘 있어요?"

"응. 잘 있지. 왜? 아, 전에 내가 파산신청한다고 그래서? 다 잘 해결됐어. 친구 왔다, 전화 끊어. 내가 나중에 다시 걸게."

더는 시간을 끌 말이 생각나지 않았다. 전화가 끊겼다. 이것으로는 아무것도 알 수 없다. 나는 현기증을 느꼈다. 거리는 사람들로 붐볐지만 나는 혼자였다. 왠지 이 세상이 내게서 멀어지는, 그래서 나만 홀로 남겨진 기분이었다.

.14. 나쁜 기억들이여,
어서 오라

안나는 일부러 내게 접근한 걸까? 내가 동생을 잡을까봐 걱정이 돼서? 그럴 리 없다. 그때 난 아무것도 알아내지 못한 채 사고만 치고 있었다. 내가 범인을 잡을 수 있었던 건 안나가 정보를 줬기 때문이었다. 혼자 고민하지 말고 만나서 물어보는 게 낫지 않을까. 내가 아는 모든 걸 털어놓고 대답을 듣는 거다. 하지만 그녀가 사실이 아니라고 우긴다면, 자길 못 믿겠냐고 울기라도 하면 어떻게 해야 할까? 지금도 이토록 혼란스러운데 그녀에게 계속 캐물을 용기가 있을까?

그러다가 진실을 알아볼 방법이 떠올랐다. 나랑 그랑프리 모텔에 함께 갔던 인간. 스티 엉체널의 이정훈. 녀석은 육은슈의 주민등록번호를 가져갔다. 그걸 백 형사에게 보여주면 안나와 자매가 맞는지 확인할 수 있을 거다. 나는 지갑을 뒤져 정훈이

준 명함을 찾았다. 거기 회사 주소가 적혀 있었다.

▶▶

오피스텔의 문 앞에는 '한발 빠른 연예 소식-스타 영채널'이라는 명패가 붙어 있었다. 벨을 누르고도 조바심에 문을 두들겼다.

"누구세요?"

인터폰을 통해 남자 목소리가 들렸다. 뭐라고 대답할까 하다가 이놈들이 혹할 말을 생각해냈다.

"제보드릴 게 있어서 왔는데요, 연예인에 관한 거예요."

문이 열리고 멍청하게 생긴 안경잡이가 얼굴을 내밀었다. 안경잡이를 밀치고 안으로 들어갔다. 정훈은 컴퓨터 앞에 앉아 마우스를 클릭하고 있었다. 놈은 여전히 가슴이 훤히 들여다보이는 브이넥 티를 걸치고 있었고 한 손에는 스타벅스 커피를 들고 있었다. 녀석은 날 보고 놀란 표정을 짓다가 환하게 웃었다.

"이 쌈박한 자식, 인터뷰하러 왔구나. 그러잖아도 집으로 한 번 찾아갈 생각이었는데 잘됐다."

나는 단도직입적으로 말했다.

"인터뷰는 안 할 거고. 그날 그랑프리 모텔에서 적어간 거 있지. 잠깐 보여줘."

"그건 왜?"

나는 녀석의 컴퓨터를 보았다. 정훈은 기사를 작성하던 중이었는데 제목부터가 심상치 않았다.

‘고등학생의 일탈과 죽음, 삐뚤어진 성의식, 그 현재는?’

정훈은 모르는 척 날 밖으로 데리고 나가려 했지만, 난 녀석을 밀치고 기사를 읽었다. 우리 사건에 대한 내용이었다. 앞부분에는 사건 개요를 설명하고 나와 정구, 동철에 대해 악의적인 묘사를 해놓았다. 그리고 사진 몇 장이 있었다. 내가 작성한 몽타주, 출장안마 전단지 속 여자를 확대한 사진, 그리고 어딘가의 주차장에서 찍힌 남녀 사진. 사진 속 남자는 김재원이었다. 이 사진은 뭐지? 나는 김재원과 함께 찍힌 여자에게 시선을 주었다. 낯익은 얼굴. 전단지 속 그녀다. 사진에서 눈을 떼지 않은 채 정훈에게 물었다.

“이 사진 어디서 났어?”

“오해하지 마라. 기사라는 건 말이야. 조금 자극적으로 타이틀을 잡을 필요가 있어서…….”

“그거 말고. 저 주차장 사진 말이야! 어디서 났냐고.”

언성이 높아지는 걸 보고 안경잡이가 겁을 먹고 전화기를 집어들었다. 경찰을 부를 생각인 모양이다. 나는 녀석을 손가락으로 가리키며 낮게 말했다.

“야! 거기 가만히 앉아 있어. 미리통 뻐개지기 싫으면.”

녀석은 슬그머니 뒤로 물러서며 정훈에게 말했다.

“위험한 일 아니라고 하셨잖아요.”

“그런 거 아니야. 잠깐 나가서 기피니 한잔 마시고 와라.”

안경은 기다렸다는 듯 사무실을 나갔다. 정훈이 혀를 찼다.

“청년인턴제로 데려온 앤데, 도무지 배짱이 없네. 쟤 덕분에 돈 나오는 건 좋은데…….”

나는 정훈의 멱살을 잡아당겼다.

"헛소리 말고 묻는 말에나 대답해."

정훈은 끝까지 협상을 하려 들었다.

"내가 알려주면 넌 뭘 줄 건데?"

더는 참을 수가 없었다. 얼굴에 한 방 날렸다. 녀석은 고통스러움에 비명을 지르다 날 밀치려 했다. 하지만 힘은 내가 한 수 위였다. 정훈은 버둥대다 말했다.

"알았어. 얘기할게. 이거 놔."

"먼저 말해."

"그때 모텔 직원 애가 뭐라고 했니? 모텔 안 CCTV는 두 달 지나면 지운다고 했잖아. 그럼 주차장 CCTV는? 니들이 간 다음에 다시 물어보니까 그건 석 달이라더라구. 그래서 내가 주차장에서 나오는 그치들 모습을 잡을 수 있었지."

정훈의 멱살을 놔주었다. 그는 의자에 도로 앉아 숨이 넘어갈 것처럼 기침을 해댔다. 나는 정훈의 맞은편에 털썩 주저앉았다.

"너나 그 똥철이란 놈이나 무식하기 짝이 없는 놈들이지만 특히 여자에 대해선 쥐뿔도 몰라."

"넌 얼마나 잘 아는데?"

"난 말이지, 헤어스타일을 바꾸고 화장을 다르게 했다고 해서 같은 여자를 못 알아보진 않거든."

"무슨 소리야?"

"무슨 소리는. 둘이 같은 여자라는 거지. 전단지 속의 여자와 정구네 아파트에 나타났던 여자."

나는 정훈의 말이 이해되지 않았다.

"말도 안 돼. 그 둘은 생김새가 완전히 달라."

"아니, 같아."

"그럴 리 없어. 전혀 다른 얼굴……."

나는 다시 컴퓨터에 시선을 주었다. 가까이 다가가 정구네 집에 왔던 여자의 몽타주와 주차장에서 찍힌 전단지 속 여자를 비교해보았다. 정훈이 손가락으로 모니터를 가리키며 말했다.

"그래. 이쪽은 가발을 썼고 저쪽은 생머리지. 이쪽은 풀메이크업을 했고 저쪽은 기초화장 위에 살짝 립스틱만 발랐고."

"코가 다르잖아. 피부색도 그러고."

"조명이랑 사진 찍은 각도가 다른 거야. 그리고 이거."

정훈은 날 밀치고 컴퓨터 앞에 앉았다. 그는 포토샵을 열고 전단지 속 여자를 스캔한 파일을 불러냈다. 여자는 우리가 무슨 대화를 나누는지 모르는 듯 수줍은 미소를 짓고 있었다. 그는 그녀가 서 있는 침대 모서리 부분을 확대했다.

"여기 침대가 일그러진 거 보이지? 왜 그럴까? 원래 망가진 침대라서? 그게 아니라 여자 다리를 늘인 다음 침대는 보정을 안 해서 그래. 그러니까 침대가 일그러졌지. 팔도 늘였고 다리도 늘였어. 턱은 깎았고. 이제 알겠냐?"

나는 말을 잇지 못했다. 정구의 아파트에서 만난 여자는 살짝 웨이브가 들어간 긴 머리에 선글라스, 하얀 피부를 가진 여자였다. 호리호리한 몸매의 검은색 원피스까지 내 머릿속의 그녀는 선명한 이미지로 남아 있었다. 몽타주를 작성할 때는 제대로 설명하진 못했지만 직접 보면 알아볼 수 있을 거라고 생각했다. 그런데 그녀가 전단지 속 여자와 동일인이라고? 나는 혼잣말처럼 중얼거렸다.

"가발 같지 않았어. 생머리가 진짜로……."

"니가 실제로 가발을 본 적이나 있겠냐? 세상에 부분가발이라는 게 있다는 건 알고? 뒤집어쓰는 게 아니라 자기 머리카락에 핀 같은 걸로 살짝 붙이는 거지."

정훈은 콜록콜록 기침하다 웃었다.

"화장을 바꾸고 옷차림을 바꾸는 것만으로 여자는 완전히 달라져. 머리 모양을 바꾸는 것만으로도 딴사람이 되지. 너희 같은 어린애들은 절대 구별 못하지. 얼굴도 모르고 마음도 모르고. 그러니까 그렇게 바보같이 당한 거 아냐?"

그래. 바보처럼 당했지. 하지만 지금 와서 전단지 사진을 찍은 여자가 정구를 죽인 여자와 동일인인지는 중요하지 않았다. 내게 중요한 건 안나가 이번 사건과 어떤 관련이 있느냐다. 이번에도 내가 바보처럼 속은 걸까?

"그래서 육은숙은 어디 있는데?"

"몰라. 모텔에서 적어온 주민등록번호로 확인해봤는데 주소 불명이더라고. 얼마 전까지 최강안마에서 일했다는 것까지만 파악됐어. 지금은 어디서 뭐하는지 아무도 몰라."

최강안마? 귀에 익은 이름. 그래, 김재원이 사람을 때렸을 때 일하던 안마시술소다. 가게 에이스를 지키려다 그랬다고 들었다. 점점 퍼즐이 맞춰지는 느낌이다. 나는 정훈에게 손을 내밀며 말했다.

"육은숙 주민등록번호."

"그건 왜? 뭐 알아낸 거 있어?"

정훈은 탐색하듯 내 눈치를 살폈다. 나는 정훈의 의자를 걸어차며 낮게 말했다.

"내놔."

정훈은 날 노려보다 책상 위의 수첩을 가리켰다. 나는 핸드폰에 육은숙의 주민등록번호를 옮겨 적었다. 사무실을 나가려다 걸음을 멈췄다. 아직 할 일이 남아 있었다. 나는 컴퓨터로 가서 정훈이 쓰던 기사를 지웠다. 사진 한 장까지 모두 지우고 하드디스크 포맷을 누른 뒤 중간에 컴퓨터를 꺼버렸다. 그리고 컴퓨터를 자빠뜨렸다.

정훈은 이를 악물고 말했다.

"그런다고 내가 기사를 못 쓸 거 같아?"

"아니, 그래도 늦어지긴 할 테니까."

최소한 내가 진실이 뭔지 알아낼 때까지는. 사무실을 빠져나가려다 정훈을 돌아보았다.

"이정훈. 인생 그렇게 살지 마. 너처럼 병신같이 나이 먹느니 그냥 죽고 말겠다."

정훈이 이를 드러내며 웃었나. 잇새로 피기 보였다.

"곧 다시 보게 될 거야. 폭행에 기물파손에 업무방해까지. 그때도 지금처럼 자신만만할지 어디 두고 보자고."

▶▶

결국 난 백 형사에게 전화하지 못 했다. 안나가 정말 날 속였을까봐 겁이 났기 때문이다. 진실을 알고 싶지만 그 진실이 감당하기 힘든 것일 때는 어떻게 해야 할까. 나는 안나를 만나러 갔다.

안나는 집에 없었다. 집 안에 들어가는 건 어렵지 않았다. 그녀가 문을 열 때 비밀번호를 봤기 때문이다. 일부러 훔쳐본 것은 아니지만 1357이라는 간단한 조합이라 외워버리고 말았다. 고양이가 신발장 옆에 웅크리고 있다가 날 보고 울었다. 머리를 쓰다듬어주자 눈을 게슴츠레 뜨고 골골 소리를 냈지만 녀석과 놀 마음이 나지 않아 엉덩이를 몇 번 두들겨준 뒤 소파에 앉아 기다렸다. 고양이는 내 다리에 두어 번 몸을 비비다가 내가 상대해주지 않자 불만스럽게 야옹 하고 울더니 베란다의 자기 집으로 가버렸다.

어느새 거실의 시계는 열시가 조금 넘은 시각을 가리키고 있었다. 부르르. 핸드폰이 울렸다. 새아빠에게서 온 전화였다. 고민을 하다 통화 버튼을 눌렀다.

"너 지금 어디냐? 밤이 늦었는데 왜 안 들어와."

"일이 있어요. 조금 있다가 들어갈게요."

잠시 침묵이 흘렀다. 긴 한숨이 들렸다.

"무슨 일인데? 설마 아직 살인범 찾고 있는 거니?"

"잠깐이면 돼요. 오래 걸리지 않을 거예요."

"언제까지 그 일에 매달릴 거야. 나랑 약속했잖니. 이제 그 사건에 대해서는 다 잊겠다고. 왜 마음이 바뀐 거야? 그래서 지금 어딘데?"

"오늘이 마지막이에요."

"그게 중요한 게 아니라, 위험한 일이니까 그러지. 너 여태 무사한 것도 천운인 거 모르냐? 그런데 또……."

새아빠는 감정이 격해지는지 말을 멈췄다. 피로했다. 애정이 있어 하는 말이라는 걸 알지만 지금은 그저 간섭처럼 느껴질 뿐이다. 나는 손가락으로 눈을 문지르며 빠르게 말했다.

"더 이상 위험에 처할 일은 없을 거예요. 금방 끝나요. 그냥 확인할 게 있어서 그래요."

"무슨 일인지 얘기하면 안 돼?"

"……죄송해요. 끝나고 전화드릴게요."

"알았다. 너무 걱정시키지 마라. 내가…… 그래도 니 아빠잖니."

아빠라…… 정말일까. 나는 전화를 끊으며 생각했다. 문득 교도소에 있는 아버지 생각이 났다. 그는 여자를 죽이기 전 하루 온종일을 집 앞에서 기다리고 있었다고 했다. 여자가 나타났을 때 무릎을 꿇고 함께 도망가자고 빌었고 여자가 거절하자 칼을 휘둘렀다. 그리고 지금 나 역시 여자의 집에 들어와 그녀가 돌아오길 기다리고 있다. 내겐 칼이 없고 칼을 휘두를 생각도 없다는 점은 다르지만, 여자가 내가 생각하는 그런 사람이길 간절히 바라고 있다는 점은 같다.

안나는 지금 자전거포 아저씨와 그림을 거래하고 있을까. 대가로 얼마를 받았을까. 상상은 끝없이 이어졌고 찰거머리처럼 머릿속에 달라붙어 날 괴롭혔다. 나는 소파에 축 늘어진 채 생각을 멈추려고 애썼다. 어쩌면 이 모든 게 내 착각일 수도 있다. 그녀는 아무 짓도 하지 않았는데 내가 엉뚱한 추리를 한 거라면? 그렇다면 그녀는 지금 어디 있을까. 나는 그녀가 빨리 돌아오길, 그래서 이 지랄 같은 불안이 끝나길 바랐다.

그때 도어락의 잠금장치가 풀렸다. 드디어 왔군. 나는 숨죽인 채 안나가 들어오길 기다렸다. 젊은 여자의 목소리가 들렸다.

"언니 정말 미안해. 나 이제 잘할게."

"잘하지 말고 그냥 외국에라도 나가 있어. 괜히 근처에 있다가 체포되지 말고. 김재원 그놈이 지금은 입 다물고 있어도 언제 마음 바뀔지 몰라."

"미안해, 언니. 그림은 집에 있는 거야?"

"거래는 내가 알아서 할 테니까 그런 건 신경 쓰지 마."

딸각. 그녀가 전등을 켰다. 나는 여전히 소파에 앉아 있었다. 안나는 날 발견하고 차갑게 얼어붙었다.

"누나, 안녕?"

그녀 바로 뒤에 다른 여자가 있었다. 화장기 없는 수수한 얼굴 몸에 딱 붙는 티셔츠와 청바지. 실제로 만난 적도 있고 전단지를 통해서도 내내 봤지만 이토록 가까이서 얼굴을 보는 건 처음이다. 지금에야 그녀가 어떤 얼굴을 하고 있는지 알겠다.

그녀는 어색하게 웃었다.

"놀랐다. 언니 애인이야? 어려 보이네."

안나가 말했다.

"말도 없이 집에 들어와 있으면 어떡하니? 불도 다 끄고."

"미안해요. 누나 놀라게 해주고 싶어서. 근데 같이 오신 분은……?"

"아, 여기? 내 동생이야. 이쪽은 최성민."

"깜짝 놀랐어요. 어두운 데서 뭐하셨어요."

이렇게 보니 그저 애교 많고 순진무구한 아가씨로 보인다. 길 가다가 지나치더라도 누군지 알아보지 못하고 예쁜 얼굴이네, 하고 돌아볼 것만 같다. 그런데 그녀가 날 알아보지 못한다는 사실에 더 화가 났다.

"내가 누군지 모르겠어요?"

"예? 오늘 처음 뵙는데…… 저 본 적 있으세요?"

"제 친구 아파트에서 봤잖아요. 며칠 전에."

나는 손에 감고 있던 붕대를 풀어 찢어진 상처를 보였다. 그녀가 어머어머, 소리를 냈다.

"이거 김재원 잡다가 입은 상천네. 이제 제가 누군지 알겠죠?"

당황해하던 그녀의 얼굴이 딱딱하게 굳었다. 그녀는 뒤로 물러서며 핸드백을 움켜잡았다. 나보다 안나가 더 빨랐다. 안나는 그녀의 손을 때렸다. 바닥에 최루가스 통이 떨어졌다. 내가 그녀를 향해 다가가자 안나가 내 앞을 가로막았다.

"은숙아. 나가 있어."

은숙이 급히 집을 빠져나갔다. 그녀를 잡으려다 그만두었다. 그녀를 잡는 일은 중요하지 않았다. 내게는 안나의 마음을 아는 것이 더 중요했다. 내가 얼마나 속았는지 아는 게 중요했다.

"어떻게 된 서죠?"

"우리 앉아서 얘기하사. 마음 진정 시키고."

안나가 내 손을 잡았다. 손은 따뜻했다. 가만히 있다간 그대로 녹아버릴 민큼. 히지만 그녀가 이끄는 대로 끌려갈 순 없었다. 난 진실을 알아야 했다. 그녀의 손을 뿌리치고 양쪽 어깨를 꽉 잡았다. 나는 안나의 두 눈을 보며 물었다.

"말해봐요!"

안나는 얼굴을 찌푸렸다.

"알았으니까 소리 지르지 마. 이것 좀 놓으면 안 돼? 아프잖아."

그녀의 짜증 섞인 말투에 놀랐다. 지금껏 들어본 적 없는 날선 목소리였다. 그녀는 내 손을 뿌리치며 소리쳤다.

"알았어! 말할게. 그러니까 진정해. 근데 한 가지는 알아야 된다. 은숙이 나쁜 아이 아니야. 내가 잘 알아. 쿠로도 동생이 주워온 고양이고. 조금만 슬픈 영화를 봐도 눈물을 글썽이는 아이야. 낭비가 심해서 늘 돈에 쪼들리긴 하지만 정말 착한 애라고."

거짓의 수렁에 빠져드는 기분이다. 이제 와서 은숙이 어떤 사람인지가 중요하다고 생각하는 걸까. 안나에 대한 최소한의 믿음마저 사라지고 있었다.

"착한 애가 강도짓을 해요?"

"강도짓을 하는 줄은 나도 몰랐어. 몽타주를 보고 집에 찾아갔더니 막 울더라. 네가 이해해야 해. 나이 먹고 돈 없이 산다는 게 얼마나 힘든 일인지 넌 몰라."

그녀는 땅바닥을 내려다보며 말했다. 나는 천천히 입을 열었다.

"그래서 그날 바로 저더러 경찰서에 가라고 했군요. 김재원이랑 똘마니들이 돈 나누는 날인 걸 알고."

분명히 내 입에서 나오는 소리임에도 다른 사람이 하는 것처럼 낯설게 느껴졌다. 안나가 조그맣게 말했다.

"미안해."

"김재원이 경찰에 동생 얘기를 하면 어쩌려고 그랬어요?"

그녀는 고개를 들어 날 똑바로 바라보았다.

"그럴 가능성은 없어. 동생에 대한 집착이 대단한 인간이거든. 절대 경찰에 넘기진 않아. 나와서 자기 손으로 해결하려고 하겠지."

"다 누나 계산대로 된 거네요."

"그렇게 됐지. 네 도움이 컸어."

그녀의 낯빛은 여전히 창백했지만 표정만은 원래대로 놀아와 있었다. 철우 형이 그녀를 마녀라고 불렀던 것이 떠올랐다. 그녀는 숨을 크게 들이마시곤 말을 이었다.

"동생을 지키기 위해서였어."

"그럼 동생한테 강도당한 사람들은요?"

"다 부자야. 돈 몇 푼 때문에 망할 사람은 없어."

"그럼 그림은 왜 빼뒀는데요?"

그녀가 움찔 놀랐다.

"그림 값으로 얼마 받기로 했어요? 팔자 고칠 만큼 큰돈이에요?"

"미쳤니? 그림 하나에 무슨. 거기다 그 새끼가 얼미니 값을 후려쳤는데. 동생 빚 갚으면 얼마 남지도 않아. 딱 오천 받기로 했다. 오천. 근데 너한테 그 애기 누가 했니? 설마 그림 사간 그 영감탱이가 그랬어? 쓰레기 같은 새끼……."

안나가 짧게 욕설을 내뱉었다. 그녀는 더 이상 어려 보이지도 예뻐 보이지도 않았다. 가슴이 찢어지는 기분이었다. 그림이 얼마든 돈을 누가 차지하든 나와는 관계없는 일이었다. 단지 나는 그녀가 돈 때문에 날 만난 게 아니라고 말해주길 바랐을 뿐이다.

"그럼 전 뭐예요? 누나한테 난 뭐냐고요? 그냥 이용물?"

"그게 무슨 소리야. 누가 이용물한테 밥 사주고 잠 자주고 그래? 익명으로 신고하면 간단하게 끝날 일이었어. 근데 너 집까지 불러서 복잡하게 일 처리한 이유가 뭐라고 생각해?"

안나는 답답하다는 듯 물었다. 나는 가슴이 다시 쿵쿵 뛰는 것을 느끼며 간신히 되물었다.

"모르겠어요. 왜 그랬는데요?"

"널 돕고 싶었어. 네가 범인을 잡고 죄책감을 버리도록 해주고 싶었어."

그녀가 간절한 목소리로 말하며 내 팔을 잡았다. 정말일까. 정말 나 때문이었을까. 난 안나를 믿고 싶었다. 그녀가 날 이용하려 든 게 아니라는 걸, 정말로 날 위해서 그랬다는 걸 믿고 이해하고 안심하고 싶었다. 거짓말이라 해도 달콤한 이야기를 듣고 싶었다. 그녀와 사랑을 나누고 싶었다. 하지만 사실이 아니란 걸 나도 알고 있었다. 나는 애써 냉정한 목소리로 물었다.

"수사 상황도 듣고, 그림 값어치가 얼마나 되는지 알고 싶어서 그런 게 아니고요?"

안나는 고개를 숙인 채 한동안 가만히 있었다. 그러다 고개를 들었을 때 그녀의 얼굴은 어느 때보다 차가웠다.

“그런 것도 있지. 왜? 섭섭해?”

대답할 말이 없었다. 그녀는 손을 놓고 물러섰다.

“너도 좋았잖아. 내 덕에 범인 잡고. 여자랑 잠도 자보고. 근데 뭘 더 바라는 거야? 돈? 자존심? 내가 왜 그랬는지가 그렇게 알고 싶어? 널 위해서 그랬다는 말 듣고 싶은 거야? 그렇다고 하면 만족하고 집에 갈 거니?”

그녀는 더 이야기하기 지긋지긋하다는 듯 고개를 흔들며 핸드백을 열고 담배를 꺼냈다. 나는 입술을 깨물었다.

“한 가지만 물을게요. 솔직히 대답해줘요.”

그녀는 알겠다는 듯 고개를 끄떡이며 담배에 불을 붙였다.

“말해.”

“나 좋아했어요?”

“좋아했냐고? 참나. 너 정말 어린애구나. 바빠 죽겠는데 참 사람 귀찮게 해. 방금 내가 말했잖아. 서로 좋은 일이었다고. 우리 딱 세 번 만났고 한 번 잔 게 전부야. 근데 뭘 정말 좋아해. 어떻게든 좋게 끝내려고 하는데 도통 말귀를 못 알아먹네. 너는 나 아니었으면 벌써 죽어서 어딘가에 묻혔어. 나한테 고마워해야지. 이딴 걸로 사람 귀찮게 할 일이 아니라고!”

잠시 정적이 흘렀다. 그녀는 담배를 깊이 빨아들였다. 코로 연기가 뿜어져 나왔다. 할 말이 하나도 떠오르지 않았다. 안나가 이런 식으로 돌변할 거라곤 상상하지 못했다. 그저 가슴이 답답할 뿐이었다. 안나가 말했다.

“너는 나 좋아하니? 지금 좋아한다고 생각하는 게 얼마나 갈 거 같은데? 길어야 빛 날이지. 그런 다음에는 여자친구 생졌다고 연락 끊을 거고. 가끔 자고 싶을 때 전화나 걸겠지. 그래도 난 화 안 내. 그렇게 될 걸 알았으니까, 만나는 동안 좋았으니까. 그러니까 너도 네가 준 것 이상을 나한테 기대하지 마."

나는 그 자리에 못 박힌 듯 서 있었다. 비참했다. 이대로 점점 작아져 세상에서 사라졌으면 좋겠다. 하지만 난 작아지지도 없어지지도 않았고, 굳어진 얼굴로 계속 그 자리에 서 있을 뿐이었다. 세상에 저절로 해결되는 일이란 없다. 지금 이 순간을 견딜 수 없다면 내가 문을 열고 밖으로 나가야 했다. 아니면 계속 이야기를 하든가. 문을 쳐다보다 문득 한 가지 생각이 났다. 안나가 어떤 사람인지 알 수 있는 방법.

나는 물었다.

"동생은 그림 파는 거 알고 있나요?"

"당연히 알고 있지. 쟤가 가져온 그림인데."

"그림 가격은 얼마로 알고 있죠? 제대로 알고 있나요?"

안나의 얼굴에 당황한 빛이 어렸다. 그녀가 그림을 얼마에 팔기로 했는지 나는 알지 못했다. 다만 그녀가 말한 금액보다 높지 않을까 의심했을 뿐이다. 혹시나 해서 물어본 건데 예상대로 안나는 동생에게도 그림 가격을 속인 모양이었다. 그녀가 말한 것 중 어디까지가 진실일까. 나는 공허한 목소리로 말했다.

"그림 판 값을 혼자 가지고 싶었을 거예요. 그래서 절 이용하기로 했고요. 전날 저녁에는 범인 잡는 거 포기하라라더니 아침에는 김재원 이름까지 알려주면서 경찰서에 가라고 한 것도 그것 때문이죠."

안나는 아무 말 없이 날 노려보다 갑자기 손뼉을 쳤다.

"대단해. 모르는 게 없네. 그 머리로 공부를 하지 그랬어? 잘
하면 서울대도 가겠네. 그래서 이제 어떻게 할 건데? 경찰을
부를 거니? 아니면 돈을 나눠달라고 할 거야?"

나는 고개를 흔들었다.

"아무것도요."

나는 그녀를 지나쳐 문을 열고 밖으로 나갔다. 안나가 당황
한 목소리로 물었다.

"너 어디 가? 설마 경찰에 신고하려고 그러니?"

대답하지 않고 빠른 걸음으로 계단을 내려갔다. 그녀와 말하
는 것이 너무 힘들었다.

주차장에 안나의 미니 쿠퍼가 보였다. 차창으로 은숙의 창백
한 얼굴이 어렴풋이 비쳤다. 헤드라이트가 환하게 켜져 주차장
을 밝히고 있었다. 나는 멈춰 서서 핸드폰을 꺼냈다. 백 형사의
전화번호는 48번에 저장되어 있었다.

잠시 후 누군가 계단을 뛰어내려오는 소리가 들렸다. 안나였
다. 그녀는 겨드랑이에 그림통을 끼고 양손에 하이힐을 하나씩
든 채 뛰어내려오다 날 보고 걸음을 멈췄다. 나는 턱으로 그림
통을 가리키며 말했다.

"거기 그림 들어 있어요?"

그녀는 멈칫 걸음을 멈추고 날 쳐다보았다.

"신고한 건 아니지? 그렇지?"

"어떻게 생각해요?"

나는 핸드폰을 흔들며 물었다.

"나랑 은숙이 잡혀간다고 네 친구가 살이 돌아올 것도 아

니잖아. 그냥 가. 내가 네 몫도 챙겨줄게. 너 나 불쌍하지도 않니? 이 나이에 안마나 하고 사는 게 안됐지 않냐고."

"별로요. 난 누나 이해 못하겠어요. 하고 싶지도 않고."

나는 일부러 싸늘하게 대답했다. 그래, 이해할 수가 없다. 그녀도 그리고 나도. 난 신고하지 않았고 그녀를 그냥 보내줄 생각이었다. 단지 내가 아픈 만큼 그녀도 아프게 하고 싶을 뿐이다.

그녀는 무표정한 얼굴로 하이힐을 떨어뜨렸다. 하이힐은 바닥을 굴러 내 발 앞으로 떨어졌다. 무심코 허리를 굽혀 힐을 집어들었다. 그 순간 아주 차가운 무엇인가가 옆구리를 거세게 짓치며 파고들었다. 손을 가져다 대자 이물감이 느껴졌다. 천천히 옆구리 쪽으로 고개를 돌렸다. 부엌칼이 거기 박혀 있었다. 이게 뭐지? 고개를 들려고 했지만 목도 좀처럼 움직여지지 않았다. 몸이 순식간에 나무토막처럼 변한 것 같다. 간신히 고개를 들어 안나를 바라보았다.

안나의 얼굴은 창백했다. 그녀는 나와 시선이 마주치자 칼을 놓고 물러섰다. 그녀는 조그맣게 말했다.

"네 잘못이야."

입을 벌렸지만 소리가 나지 않았다. 상처가 불에 덴 듯 뜨거웠다. 다리에 힘이 풀려 움직일 수 없었다. 나는 그 자리에 주저앉았다. 상처에 손을 댔다. 이상하게도 내 살처럼 느껴지지 않았다. 그저 어지러울 뿐이다. 안나가 허둥지둥 차로 달려갔다. 네 잘못이야. 그녀의 목소리가 메아리쳐 들렸다. 나는 어이가 없어 웃었다. 그냥 조금 아프게 해줄 생각이었는데 내가 훨씬 아프게 됐네. 웃을 때마다 통증이 엄청났다. 어느새 양쪽 볼을 타고 눈물이 흐르고 있었다. 도무지 울음을 멈출 수가 없었다. 눈물은 뺨을 타고 목을 타고 계속해서 흘러내렸다.

▶▶

나는 죽지 않았다. 야식을 배달하러 온 남자가 119에 신고해준 덕분이다. 의사는 칼이 깊이 들어가지 않아 생명에는 지장이 없었을 거라 했다. 단지 내가 겁을 먹고 움직이지 못했다는 것이다.

"죽일 생각으로 찌른 건 아니었던 모양이에요."

의사의 결론이었다. 약간 위로가 되긴 했지만 마음속 상처를 아물게 할 정도는 아니었다. 장기가 상한 건 아니고 살갗만 베인 거라 치료에 오랜 시간은 걸리지 않았지만 정학을 맞아 한동안 학교를 쉬어야 했다. 그나마 퇴학을 당하지 않은 건 백 형사 덕분이었다. 이번에도 범인을 잡으려고 나서다가 다친 거니 내 잘못이 아니라고 변호해주었다.

정신을 차리고 나니 어느새 날이 많이 서늘해져 있었다. 나는 퇴원하는 날, 아버지가 있는 교도소로 면회를 갔다. 언제고 해야 할 일이라 생각하면서도 미루기만 해왔다. 내가 직접 칼에 맞고 나서야 해야 할 일을 미루면 안 된다는 사실을 알았니. 접견실은 반 평 징도의 작은 공간으로 죄수와 접견자 사이를 이중의 아크릴 창으로 막아놔 소리를 지르지 않으면 대화가 되지 않았다. 나는 버럭버럭 소리를 질러가며 엄마가 어떻게 주었는지, 내가 어떻게 살고 있는지 알려주었다. 이번에도 아버지는 내가 하는 말을 듣기만 할뿐 반응을 보이지 않았다.

교도소 앞에서 새아빠가 기다리고 있었다. 나는 차에 오르며 내가 한 일이 의미가 있었나 생각했다. 마음의 준비를 하고 왔음에도 아버지를 보자 화가 치미는 건 어쩔 수 없었다. 나는 여전히 아버지가 싫었다. 범인을 잡고 진실을 캐내면서 조금 자랐다고 생각했는데. 아직 많이 부족한가보다. 그래도 신기하게 기분이 그리 나쁘진 않았다.

살아간다는 건 변화한다는 것이다. 무언가를 보내고 또 무언가를 얻으며. 잃은 것이 많다고 아쉬워해서는 안 된다. 아직 살 날이 많으니까. 더 좋은 날들이 기다리고 있으니까. 그때까지 포기하지 않고 좌절하지도 않으며 내 의지를 지켜나가는 게 중요하다. 그러니까 내가 한 일은 절대 의미가 없지 않다. 나는 창밖의 황량한 풍경을 보며 지금 내 인생의 중요한 한 순간이 지나가고 있음을 알았다.

안나는 잡히지 않았다. 나는 끝까지 그녀가 잡히지 않기를 바랐다. 도도한 마녀로, 싫은 일 따윈 하지 않고 어딘가에서 행복하게 웃으며 살기를 바랐다. 진심이었다.

에필로그

만화책을 빌리러 대여점에 가다가 기혁을 만났다. 녀석은 늘 그러듯 커다란 오토바이를 탄 채 아파트 단지 앞에서 날 기다리고 있었다. 그는 날 보고 실실 웃었다.

"칼침 맞았다더니 신수 훤하네. 정학 받으니까 좋냐?"

"뭐 휴가 받은 셈 치고 있지."

나는 슬쩍 주위를 살폈다. 기혁이 철우 형과 친하다는 사실을 알기 때문이다.

"그런데 여긴 무슨 일로 왔냐?"

"너한테 할 말이 있어서."

대충 짐작이 갔다.

"철우 형이 나 손 봐주라고 시키디?"

"미안하다. 내가 형한테 신세진 게 좀 많아서. 이번 한 번만 꼭 도와달라는데 어쩔 수가 없더라."

"여기서 계속 기다린 거야? 나오라고 전화를 하지 그랬어?"

"그건 좀 미안하니까."

한숨이 절로 나온다. 김기혁은 상대하기 까다로운 놈이었다. 동작은 느리지만 힘이 좋아 한번 잡히면 그걸로 끝난다.

"꼭 그래야겠냐?"

"미안하다. 내가 철우 형한테 얻어먹은 게 좀 많잖아."

"그 형도 어지간하네. 칼 맞은 사람한테."

"그러니까 여태까지 기다려준 거지. 직접 안 오고 날 보낸 것도 그런 이유고. 그 형 의외로 소심하잖냐."

마음을 정했다. 언제고 당할 일이었다. 내가 잘못한 것도 사실이고. 그렇다면 책임을 져야겠지. 맞을 만큼 맞고 확실하게 끝내는 편이 낫다.

"알았다. 그럼 어떻게 할래? 여기서 할까?"

"따라와."

기혁을 따라 골목 안쪽으로 들어갔다. 상가 건물 사이로 토지공사 소유라는 팻말이 붙어 있는 넓은 공터가 나왔다. 자갈밭에 잡초가 무릎까지 자라 있었다. 기혁은 거기 서서 날 돌아보았다.

나는 비장하게 말했다.

"빨리 끝내자."

기혁이 주머니에서 작은 병을 꺼내 내게 던졌다.

샘표 불고기양념.

"이게 뭐냐?"

기혁은 대답 없이 핸드폰을 꺼냈다. 그는 턱으로 양념병을 가리키며 말했다.

"그거 얼굴에 바르고 누워."

내가 벌건 양념을 입술과 코밑에 바르고 대자로 뻗자 기혁은 이리저리 위치를 옮겨가며 사진을 찍었다. 함께 사진을 확인해보니 그럭저럭 괜찮았다. 잡초가 몸을 덮고 있는 것도 도움이 되어, 진짜로 죽도록 맞고 기절한 느낌을 줬다.

작업을 마치고 녀석이 주머니에서 물티슈를 꺼내 건넸다. 예전부터 느끼긴 했지만 덩치에 어울리지 않게 세심한 녀석이다. 티슈로 얼굴에 묻은 양념을 닦으며 대꾸했다.

"고맙다."

"고맙긴 뭘. 날도 더운데 싸우면 땀이나 나지."

우리는 함께 오토바이가 있는 곳까지 걸었다. 나는 물었다.

"근데 너 철우 형 밑에서 일할 거냐?"

"아니. 쪽팔리게 퇴폐영업이 뭐냐. 여자애들 등치는 거 말고 뭔가 더 큰일 할 거다."

우리는 서로를 보며 웃었다. 기혁이 주먹을 내밀었다. 우리는 주먹을 부딪치고 악수를 한 다음 서로를 힘 있게 끌어안았다. ▪

한상운 장편소설
소년들의 밤
ⓒ 한상운 2012

1판 1쇄 | 2012년 2월 28일
1판 2쇄 | 2013년 2월 12일

지은이 | 한상운
펴낸이 | 강병선
편집인 | 이수은
책임편집 | 박혜미
디자인 | 이현정
마케팅 | 방미연 정유선
온라인 마케팅 | 김희숙 김상만 이원주 한수진
제작 | 서동관 김애진 임현식
제작처 | 상지사

펴낸곳 | (주)문학동네
출판등록 | 1993년 10월 22일 제406-2003-00045호
임프린트 | 톨

주소 | 413-756 경기도 파주시 문발동 파주출판도시 513-8
문의 | 031-95-2690(편집부) | 031-955-2688(마케팅) | 031-955-8855(팩스)
전자우편 | toll@munhak.com

ISBN 978-89-546-1755-0 (04810)
       978-89-546-1753-6 (세트)

www.munhak.com